AF284975

Maria ist Anfang siebzig. Seit dem Tod ihres Mannes lebt sie allein in ihrer kleinen Wohnung, mit ihrem Sohn versteht sie sich nicht besonders gut. Eines Tages erwacht sie in der geschlossenen Abteilung einer psychiatrischen Klinik. Wie und warum sie dort gelandet ist, weiß sie nicht, aber eines weiß sie ganz sicher: sie will weg von hier, und zwar so schnell wie möglich! Nach einer abenteuerlichen Flucht macht sie sich auf die Reise, zu Fuß und per Anhalter, ohne Geld und Papiere. Sie hat ein Ziel: Freiburg, die Stadt, in der sie studiert und ihren Mann kennengelernt hat. Zwei Tage lang ist sie unterwegs in Richtung Süden und begegnet Menschen, die ihr helfen und denen sie für kurze Zeit etwas bedeutet. Als sich ihr Sohn auf den Weg zu seiner Mutter macht, ist sie nicht mehr am Leben. Die beiden werden einander nicht mehr begegnen. Auch für ihn wird diese Fahrt zu einer Reise in die Vergangenheit, die ihn in die Atmosphäre seiner Kindheit zurückversetzt. Auf getrennten Wegen durchwandern Mutter und Sohn ihre gemeinsame Geschichte und nähern sich deren verborgenem Fluchtpunkt, einem weit zurückliegenden Ereignis, das einen Sommerurlaub der Familie am Meer abrupt beendete und das sie seither in seinem Bann hält.

Sabine Brandenburg-Frank, 1957 in Pforzheim geboren, machte nach dem Abitur eine Goldschmiedelehre und studierte Schmuckdesign und Literaturwissenschaft in Düsseldorf. Nach ihrer Promotion begann sie Romane zu schreiben. Sie lebt mit ihrem Mann als freie Designerin, Autorin und Winzerin in Staufen bei Freiburg.

Sabine Brandenburg

Meerleuchten

Roman

Bibliografische Information der Deutschen Nationalbibliothek: Die Deutsche Nationalbibliothek verzeichnet diese Publikation in der deutschen Nationalbibliografie; detaillierte bibliografische Informationen sind im Internet unter http://dnb.dnb.de abrufbar.

© 2020 Sabine Brandenburg-Frank
Herstellung und Verlag:
BoD – Books on Demand, Norderstedt

ISBN: 9783751922593

Meinen Eltern gewidmet

Niemandem fiel die gut gekleidete, weißhaarige Frau auf, die an diesem sonnigen Samstagvormittag die belebten Straßen entlangging. Sie mochte etwa siebzig Jahre alt sein, ihre Haare waren kurz geschnitten, sie trug einen schlichten dunkelblauen Hosenanzug, dazu passende blaue Schuhe mit flachen Absätzen, und unter dem Arm, ein wenig ängstlich an den Körper gepresst, eine schmale blaue Handtasche. Sie ging langsam, aber nicht wie jemand, der zum Vergnügen ohne bestimmtes Ziel durch die Stadt flaniert, sondern aufrecht und konzentriert, als suchte sie etwas. Ab und zu blieb sie vor einem Schaufenster stehen und betrachtete die Auslage, dann verschwand ihre schmale, nicht sehr hochgewachsene Gestalt wieder zwischen den Passanten. Niemand behielt sie lange genug im Auge, um zu bemerken, dass sie mehrmals denselben Straßen folgte und manchmal kurz innehielt, um die Hausfassaden zu mustern, verwirrt darüber, dass sie im Kreis gegangen war. Keiner sah, dass sie an Kreuzungen oft sekundenlang zögerte, bevor sie sich entschied, eine Straße zu überqueren oder in eine andere einzubiegen. Schaltete eine Fußgängerampel auf Grün, dann wechselte sie nicht selten zu einem anderen Straßenübergang, wo die Leute noch am roten Lichtzeichen warteten, als wollte sie Zeit gewinnen, um nachzudenken. Wer genau hingesehen hätte, wäre auch erstaunt gewesen festzustellen, dass es keine Handtasche war, worauf die Spaziergängerin so sorgsam aufpasste, sondern eine umgeschlagene Zeitschrift, die mit ihrer bauchigen Form und der blauen Hochglanz-Titelseite wie eines dieser modischen Accessoirs aus Lackleder aussah, in die nur das Allernotwendigste hineinpasst.

Sie war zufällig in diesen Stadtteil geraten, in dem sie sich nicht auskannte. An der Klinik war sie in eine Straßenbahn eingestiegen, ohne darauf zu achten, wohin sie fuhr. Nachdem sie den Waggon betreten hatte, stellte sie sich an eine Haltestange beim Ausgang, ängstlich auf schnelle Fluchtmöglichkeit bedacht, denn sie besaß keine Fahrkarte. Jedes Mal, wenn die Bahn anhielt, musste sie den Leuten ausweichen, die sich an ihr vorbeidrängten. Ein Junge in grellbuntem T-Shirt, ein Skatebord auf den Knien, stand auf und bot ihr seinen Platz an. Sie bedankte sich, erklärte, sie müsse gleich aussteigen, und er setzte sich wieder. Dann fuhr sie doch noch einige Stationen weiter und machte sich Sorgen, der Junge könnte gekränkt sein, weil sie sein freundliches, den ersten Eindruck von seiner Person korrigierendes Angebot ausgeschlagen hatte, aber er sah nicht mehr zu ihr herüber. Als sie weit genug von ihrem Ausgangspunkt entfernt war, um sich sicher zu fühlen, verließ sie die Bahn. Sie hatte Glück gehabt, dass ihr unerlaubter Ausflug nicht gleich am Anfang von einem Fahrkartenkontrolleur gestoppt worden war, dem sie hätte erklären müssen, warum sie ohne Geld und Ausweispapiere unterwegs war, nur mit einer zusammengerollten Zeitschrift unter dem Arm, die von weitem aussah wie eine Handtasche. Eine Weile blieb sie an der Haltestelle stehen, sah den Bahnen zu, die ankamen und abfuhren, und beobachtete die Leute, die ein- und ausstiegen. Sie war nun frei und ohne Zuhause. In ihre Wohnung konnte sie nicht zurück, denn dort würde man sie suchen, sobald entdeckt wurde, dass sie nicht mehr auf der Station war. Sicher hatten sie es längst bemerkt. Also blieb ihr nichts anderes übrig, als sich auf den Weg zu machen.

Montag, 9 Uhr 45

Er lenkte den BMW in die Autobahnauffahrt, gab in der engen Kurve Gas und überholte einen Kleintransporter, zog auf der Einfädelspur an einem Lastwagen vorbei und wechselte dicht vor dessen Kühler nach links auf die Überholspur. Die Tachonadel überschritt die senkrechte Position, neigte sich nach rechts und näherte sich der Hundertachtzig. Ein Unvorsichtiger scherte aus der Reihe der Langsamfahrer aus und zog sich erschrocken zurück, als der schwarze Wagen im Rückspiegel erschien. Leider konnte er das Tempo nicht lange halten, der Verkehr wurde dichter, und bald saß er in einem Pulk fest, der mit achtzig einem überholenden Lastwagen folgte. Elefantenrennen, dachte er ärgerlich, wenn das so weitergeht! Er hatte eine große Strecke vor sich. Freiburg! Wie um alles in der Welt war sie dorthin gekommen? Dort also endete die Geschichte, die vor genau einem Monat aus heiterem Himmel begonnen und sich für ihn mehr und mehr zu einem Alptraum entwickelt hatte. Jener Montag vor vier Wochen, an dem alles angefangen hatte, stand ihm noch deutlich in jeder Einzelheit vor Augen. Morgens früh um acht, er war gerade unter der Dusche, klingelte das Telefon, und ein freundlicher Herr erklärte ihm, er sei Stationsarzt in der Inneren Abteilung der Klinik Düsseldorf-Heerdt. Seine Mutter sei heute früh eingeliefert worden, er möge bitte vorbeikommen. Er fragte, ob sie einen Unfall gehabt habe, konnte sich nicht erklären, warum sie ausgerechnet in diese Klinik gebracht worden war, zu der man von ihrer Wohnung aus durch die halbe Stadt fahren musste. „Nein, kein Unfall, nicht direkt - kommen Sie erst mal her, dann erklären wir Ihnen alles." Er war erschrocken, rätselte, was passiert sein konnte. Vor einem Jahr hatte sie den Führerschein abgegeben und machte ihre Einkäufe nur noch zu Fuß oder ganz selten mit der Straßenbahn. Vielleicht ein Herzanfall in der Bahn? Aber wo wollte sie um diese Zeit hin? Ein kurzer Anruf in der Agentur, er gab vor, mit Grippe im Bett zu liegen, dann zog er sich hastig an und machte sich auf den Weg. Die Innenstadt war voll, es gab fast kein Durchkommen. Auf der Brücke herrschte stadteinwärts der allmorgendliche Stau. Zum Glück lag sein Ziel in der entgegengesetzten Richtung. Wie immer fühlte er sich unbehaglich, wenn er eine der hohen, weit gespannten Rheinbrücken überqueren musste, und versuchte, nicht an die dunklen Wassermassen zu denken, die sich unter ihm hindurchwälzten. Den Weg zur Klinik kannte er genau, sein Vater hatte dort vor ein paar Jahren gelegen. Wenige Kilometer weiter, im nächsten Ort, stand sein Elternhaus, in dem jetzt eine andere Familie wohnte. Nach Vaters Tod hatte er seiner Mutter geraten, das Haus zu verkaufen und in die kleine, freundliche Stadtwohnung zu ziehen, die er ihr besorgt hatte. Seither war er nicht mehr in dieser Gegend gewesen. Von weitem sah er jetzt das hässliche graue Hochhaus aufragen, die Klinik, von deren Fenstern aus man die Rheinwiesen und den träge dahinströmenden Fluss überblicken konnte. Der Parkplatz neben dem Haupteingang war fast leer, noch keine Besuchszeit. Auch in der Eingangshalle begegnete ihm niemand. Er nannte dem Pförtner in seinem Glaskäfig den Namen seiner Mutter. Der gab ihn in den Computer ein: „Innere, siebter Stock". Also war sie schon registriert, gewissermaßen offizielle Patientin. Im Aufzug roch es nach Krankenhaus; er hasste diesen Geruch. Auf der Station fragte er nach dem Arzt, der ihn angerufen hatte, und wurde an einen sympathischen jungen Mann verwiesen, der ihn herzlich begrüßte. Seine Mutter lag in einem Zweibettzimmer am Fenster, mit Ausblick zum Rhein. Man hatte ihr ein Klinik-Nachthemd angezogen. Er trat neben das Bett und nahm ihre Hand, die regungslos auf dem Bettdecke lag. Sie lächelte ihn an, aber er war nicht sicher, ob sie ihn erkannte. Ihr Blick aus den hellen, meergrünen Augen schien durch ihn hindurchzugehen. Da sie auf keine seiner Fragen reagierte, ließ er sie schließlich in Ruhe und folgte er dem Arzt ins Sprechzimmer.

Für den Moment war es mit dem zügigen Vorankommen vorbei. Am Autobahnkreuz Köln Nord war er in Richtung Koblenz abgebogen, und auf dem Kölner Ring schob sich eine zähe Autoschlange dahin. Er versuchte, auf der Einfädelspur so weit wie möglich an der undurchdringlichen Mauer aus Lastwagen vorbeizufahren, drängte sich im Letzten Moment zwischen zwei Sattelschleppern hindurch und wechselte in die sich nur wenig schneller fortbewegende PKW-Kolonne auf der linken Spur. Nun bereute er es, sich aus alter Gewohnheit für die linksrheinische Autobahn entschieden zu haben. Mindestens einmal im Jahr waren seine Eltern mit ihm diese Strecke gefahren, zu Beginn der Sommerferien oder auch schon an Ostern. Meistens machten sie Halt in Freiburg, der Stadt ihrer Studentenjahre, wo sie sich kennengelernt hatten. Von dort aus fuhren sie weiter in den Schwarzwald und verbrachten jedes Jahr in derselben Pension die Ferien. Jetzt ging es auf der rechten Spur wieder schneller voran. Er setzte sich in eine Lücke zwischen zwei LKW und zog für einen Augenblick in Erwägung, auf der Standspur bis zur angekündigten Raststätte zu fahren, den Parkplatz als Überholspur zu nutzen und sich an der Ausfahrt unauffällig wieder in die Schlange einzufädeln. Aber er unterließ dieses gesetzwidrige Manöver. Er dachte an seine Mutter. Er sah sie vor sich, wie sie an jenem Montagmorgen die gewundene Fußgängerrampe zur Rheinbrücke hinauf und hoch über den schmutzigen Wasserwirbeln des Rheins am Brückengeländer entlangging. Er sah sie stehenbleiben und den Schiffen nachschauen, die sich unter der Brücke hervorschoben oder langsam unter

ihrem Rand verschwanden. Auf der anderen Seite angelangt, folgte sie nicht dem Fußweg, der entlang der
Brückenauffahrt ins Rheinvorland hinunterführt, sondern überquerte die einmündende Fahrbahn und ging
geradeaus weiter, entgegen der Fahrtrichtung an der
Autobahn entlang, die an dieser Stelle von keiner Standspur begleitet wird. Im Tunnel konnte sie den schmalen
Bordstein benutzen, der an den Wänden entlangführt,
dann weiter dicht an der Leitplanke bis in die Nähe der
Ausfahrt, die einmal ihr Heimweg gewesen war. Sie
hatte Glück, dass so früh am Morgen stadtauswärts
nicht viel Verkehr herrschte. Autofahrer alarmierten die
Polizei, zwei Streifenbeamte fanden sie in einer unzugänglichen, mit Brombeergestrüpp bewachsenen Insel
an der Autobahn zwischen Ein- und Ausfahrt, auf einem
Stapel Bretter sitzend, die Straßenarbeiter dort liegenge-
lassen hatten.

„Eine merkwürdige Geschichte", beendete der Stationsarzt seinen Bericht. „Sie war nicht ansprechbar, wie in
Trance. Wir vermuteten zuerst einen leichten Schlaganfall, aber es ist kein organischer Befund festzustellen.
Wir können hier nichts weiter für sie tun, sie muss in
psychiatrische Behandlung. Vielleicht handelt es sich
um eine Art psychischen Schockzustand. Hat sie in
letzter Zeit etwas Schlimmes erlebt?" Er schüttelte den
Kopf. „Nun ja, die Kollegen in der Psychiatrie können
besser beurteilen, was ihr fehlt. Ich habe Ihre Mutter
bereits überwiesen, ein Krankenwagen wird sie gleich
hinbringen. Sind Sie mit dem Auto gekommen?" Er
bejahte. „Dann fahren sie am Besten hinter dem Krankenwagen her." Eine Schwester begleitete ihn zurück
ins Krankenzimmer und holte die Sachen aus dem
Schrank, die sie angehabt hatte, ihren blauen Hosenanzug, Wäsche, die blauen Schuhe und ihre Handtasche.
Sie war noch immer wie abwesend, folgte wortlos den
Anweisungen der Schwester, setzte sich auf die Bett-

kante und ließ sich beim Anziehen helfen. Dann stand sie neben ihm, er führte sie mit leichtem Griff unter dem Arm, und sie setzten sich in Richtung Fahrstuhl in Bewegung. An der Ambulanzeinfahrt im Untergeschoß wartete der Krankenwagen. Man setzte sie in einen Rollstuhl und schnallte sie darin fest wie ein Kind im Kinderwagen. Sie ließ es geschehen. Die beiden Sanitäter hoben den Rollstuhl ins Heck des Wagens, einer von ihnen stieg hinten ein und zog die Türflügel zu. Er blieb stehen, bis die Tür ins Schloss fiel. Dann lief er zum Parkplatz, holte sein Auto, und sie machten sich hintereinander auf den Weg durch die Stadt.

Der Stau hatte sich aufgelöst. Halb zwölf, und er war erst kurz hinter Köln. Fast eine Stunde hatte er verloren. Wenn die Autobahn von jetzt an frei blieb, und wenn er die Geschwindigkeitsbegrenzungen nicht genau nahm, konnte er mit etwas Glück gegen vier in Freiburg sein. Er gab Gas, schloss das Seitenfenster, das er wegen des sommerlichen Wetters und der langsamen Fahrt heruntergelassen hatte, und schaltete die Klimaanlage ein. Vor ihm lagen Vierhundertachtzig Kilometer.

Irgendwann tauchte sie aus dem undurchdringlichen Nebel auf, der sie umgeben hatte, und lag in einem weiß bezogenen Bett, über sich eine weiß getünchte Decke. Durch die zugezogenen Gardinen vor dem Fenster fiel gedämpftes Licht. Eine Weile blieb sie starr auf dem Rücken liegen und versuchte, sich zu orientieren. Es gab keine Verbindung zwischen dem, was sie sah, und dem, woran sie sich erinnerte, ihre Wohnung, den gestrigen Tag, der anscheinend nicht der gestrige war, weil irgendetwas seither passiert sein musste, das sie hierher gebracht hatte. Sie war zu Bett gegangen wie jeden Tag, nach zwei belanglosen Filmen im Fernsehen, in dem Bewusstsein, einen weiteren aus der kürzer werdenden

13

Reihe der Tage, die vor ihr lagen, aufgebraucht zu haben. Und nun erwachte sie an einem fremden Ort. Sie befühlte die Decke, mit der sie zugedeckt war, hob den Arm und stellte fest, dass sie ihren alten Hausanzug anhatte, den sie seit Jahren nicht mehr trug. Sie schlug das Deckbett zurück und setzte sich auf. Das Bett war hoch wie alle Krankenhausbetten, ihre Füße hingen im Leeren. Unter ihnen stand ein Paar Badesandalen, die sie nicht kannte. Sie ließ sich von der Bettkante herunterrutschen, schlüpfte hinein und stellte fest, dass sie passten. Als sie den ersten Schritt tun wollte, wurde ihr schwindlig, sodass sie sich wieder ans Bett lehnen musste. Sie betrachtete das Zimmer. Es war klein und schmal. Unter dem Fenster an der Stirnseite stand ein zweites Bett, das frisch bezogene Deckbett mit dem Kopfkissen am Fußende zusammengelegt, ein Zeichen, dass es zur Zeit nicht benutzt wurde. Links von ihr war die Tür, eine breite Krankenhaustür, durch die bequem ein Bett herein- oder hinausgeschoben werden konnte. An der langen Seite des Zimmers befand sich ein Waschbecken mit Spiegel, daneben ein Vorhang, der an einer gebogenen Stange unter der Decke um das Becken herumgezogen werden konnte. Zwei hohe, schmale Schränke standen rechts davon; die Schlüssel steckten in den Schlössern. Sie ließ die Bettkante los, durchquerte das Zimmer und trat vor den Spiegel. Ihr Gesicht war blass, sie schien älter geworden. Die weißen Haare standen wirr um ihren Kopf. Auf der Ablage entdeckte sie ihren Kamm, im Zahnbecher stand ihre Zahnbürste samt Zahnpasta. Am Haken neben dem Spiegel hing eines ihrer Handtücher. Sie versuchte, Ordnung in ihre Frisur zu bringen. Dann öffnete sie die Schränke. Einer war leer, der andere enthielt einige ihrer Sachen, T-Shirts, Wäsche, frische Handtücher, eine Baumwolljacke und zwei Hosen. Auf einem Bügel hing ihr blauer Hosenanzug. Sie durchsuchte den Schrank, konnte aber ihre Handtasche nicht finden, also besaß sie weder Geld noch Ausweispapiere und auch nicht den Schlüssel zu ihrer Wohnung. Plötzlich fiel ihr etwas ein. Sie legte ihre Hand an den Halsausschnitt und fühlte durch den weichen Stoff eine kleine, ovale Erhebung direkt unter dem Schlüsselbein. Das Medaillon war noch da. Erleichtert schloss sie die Schranktür. Ihr war immer noch schwindlig, außerdem musste sie zur Toilette. Vorsichtig drückte sie die Klinke, öffnete die Tür einen Spalt breit und blickte in einen langen Flur mit Türen auf beiden Seiten. Schräg gegenüber befand sich hinter großen Glasscheiben ein Aufenthaltsraum mit Tischen und Sesseln und einem Fernsehgerät. Einige Leute saßen dort, blätterten in Zeitungen oder verfolgten das Fernsehprogramm. Durch zwei große Fenster fiel Sonnenlicht herein. Ein Park war durch die Fenster zu sehen, Bäume, gepflegter Rasen, Wege, auf denen Leute gingen, in der Ferne ein großes Gebäude mit roten Klinkermauern und vielen weiß gerahmten Fenstern. Ein schöner, freundlicher Anblick, wenn man von den Gitterstäben absah, die sich unmissverständlich vor die Welt draußen schoben. Sie ging hinaus auf den Flur. Alles kam ihr zugleich fremd und bekannt vor, wie ein Ort, den man seit der Kindheit nicht mehr betreten hat oder den man nur aus einem Traum kennt. Eine Schwester kam den Flur entlang und grüßte sie freundlich. Seltsamerweise wusste sie, wo die Toiletten lagen, und wandte sich nach rechts. Als sie wieder herauskam, trat ihr ein junger Mann mit schulterlangen Haaren und abgetragenen Jeans entgegen, ein Pfleger, dachte sie, oder ein Praktikant. Ihr war inzwischen klar geworden, wo sie sich befand, und sie wunderte sich, dass sie nicht in Panik geriet. Aber aus irgendeinem Grund schien sie hierher zu gehören. Die Station war hell und freundlich, man kannte sie, fast fühlte sie sich ein wenig zuhause. Der junge Mann hakte sich bei ihr unter und fing an, auf sie einzureden. Seinem Wortschwall war zu entnehmen, dass er ebenfalls Patient war, sozusagen Stammgast, weil er immer wieder mit gestohlenen Autos auf halsbrecherischen Fahrten gestoppt wurde und man ihn weniger für kriminell als für suizidgefährdet hielt. „Aus dir kriegt man ja nichts raus", beklagte er sich. „Nun bist du schon fast zwei Wochen hier, und keiner weiß genau warum. Manche meinen, Selbstmordversuch. Das Einzige, was ich von dir weiß, ist, dass du Maria heißt und einen Sohn hast, der dich ab und zu hier besucht. Maria ist ein schöner Name. Bedeutet er nicht so etwas wie 'die vom Meer kommt'? Na, ist auch egal. Von mir aus brauchst du jedenfalls nichts zu erzählen, es kommt garnicht darauf an, warum du hier bist. Worauf es ankommt ist, dass wir beide, du und ich, nicht hierher gehören, nicht wahr, das siehst du genauso." Sie schwieg, und er redete weiter. Es war ihr angenehm, jemandem zuzuhören, und sie erfuhr auf diese Weise einiges über die Zeit, die sie hier verbracht hatte. Inzwischen waren sie beim Essraum am anderen Ende des Korridors angekommen. Durch die Scheiben, die das Tageslicht in den von Neonröhren nüchtern erhellten Flur einließen, sah sie an den Tischen Leute sitzen, einzeln oder zu zweit, die meisten wie sie selbst in Hausanzug oder Morgenmantel, einige in Straßenkleidung. Besucher, dachte sie. Hinter einer Theke an der Wand stand ein Mann mit weißer Schürze, verteilte Kuchenstücke auf Teller und schenkte Kaffee ein. Ihr Begleiter schob sie durch die offene Tür hinein und setzte sie an einen freien Tisch. „Ich bringe dir Kaffee und Kuchen mit." Die Atmosphäre in dem Raum kam ihr vor wie eine Mischung aus Kantine, Kinderheim und Gefängnis. Der Junge stellte das Tablett mit Tassen und Kuchentellern auf den Tisch und setzte sich. „Dein Sohn war heute noch garnicht da. Ich mag ihn nicht besonders, so ein Typ in Designerklamotten, bestimmt ist er Art Director in einer Werbeagentur." Dann ließ er sich über den Unverstand der normalen Menschen aus, insbesondere derer, die sich mit Werbung beschäftigen. Sie hörte ihm dankbar zu, beobachtete durch die vergitterten Fenster die Leute draußen im Park, Ärzte in weißen Kitteln, die eilig zwischen den Klinikgebäuden unterwegs waren, Gärtner, die den Rasen mähten und die Wege säuberten, Patienten in Begleitung von Angehörigen. Den Gedanken an ihren Sohn schob sie beiseite. Die Tage vergingen in gleichförmigem Rhythmus. Sie verlor das Gefühl dafür, wie viele sie hier verbrachte. Mittags und abends wurden ihr Tabletten ausgehändigt, die sie gehorsam schluckte. Danach fiel sie für eine Weile wieder in einen Nebel von Gleichgültigkeit und Erinnerungslosigkeit zurück und empfand diesen Zustand nicht als unangenehm. Wenn sie daraus erwachte, ging sie wie die Anderen im Flur auf und ab, saß im Aufenthaltsraum vor dem Fernseher oder unterhielt sich mit dem Jungen, der nie Besuch bekam und sich an sie wie an eine Mutter anschloss. Sie lernte die anderen Patienten und deren Geschichten kennen, die er ihr erzählte. Manchmal wurde jemand auf eine der offenen Stationen verlegt, manchmal kam jemand neu dazu. Die Tür an der Stirnseite der Station mit dem Schnappschloss auf beiden Seiten öffnete sich für Ärzte, Schwestern und Pfleger und für die Besucher, die von ihnen herein- und wieder hinausgelassen wurden. Einige der Patienten durften in Begleitung ihrer Besucher bei schönem Wetter im Garten spazieren gehen. Niemand hatte ihr diese Vergünstigung angeboten, und sie fragte nicht danach. Die Gesichter der Besucher kannte sie auch mit der Zeit und ordnete sie den Patienten zu. Selten erschien ein Fremder auf der Station. Nur an den Wochenenden wurde der junge Arzt, der täglich gegen zehn Uhr mit einem Packen Akten unter dem Arm durch die Tür trat, von immer anderen jungen Männern oder Frauen in weißen Kitteln vertreten, vielleicht Studenten, die ein Praktikum in der Klinik ableisteten. Alle paar Tage kam ihr Sohn, um nach ihr zu sehen. Dann saßen sie am hinteren Ende des Flurs zusammen, wo ein Besuchertisch mit Zeitschriften, Aschenbecher und einem Blumentopf Behaglichkeit vermitteln sollte, und redeten über alltägliche Dinge, wann er wieder frische Wäsche mitbringen sollte, ob er die Balkonblumen in ihrer Wohnung gegossen hatte, dass sie einen Haarföhn brauchte. Kein Wort über das, was ihrem Aufenthalt hier vorausgegangen war, darüber, wie lange sie bleiben musste und was danach kam. Manchmal wurde er ins Sprechzimmer gebeten und unterhielt sich mit dem zuständigen Arzt. Worüber und mit welchem Ergebnis, danach fragte sie ihn nicht. Offenbar hielt man sie noch nicht für in der Lage, ihren Zustand selbst zu beurteilen. An einem Samstag machte sie eine Beobachtung. Sie hatte ihren Sohn zum Ausgang begleitet und stand noch eine Weile mit ihm zusammen in der Nähe der Tür, als eine Praktikantin mit Akten hereinkam. Er sprach die junge Frau an, die den Türknauf noch in der Hand hatte, ob sie ihn hinauslassen könnte. „Ich kann hier niemanden rauslassen", kam die brüske Antwort, und die Tür fiel ins Schloss. Wie immer musste er warten, bis sie eine der Schwestern holte, die ihn kannten und freundlich entließen. Der Vorgang war auf irgendeine Weise bedeutsam, er ging ihr nicht mehr aus dem Kopf, und allmählich entstand daraus eine Idee. Wenn es ihr gelang, jemanden, der Zugang zur Station hatte, aber keinen der Insassen kannte, davon zu überzeugen, dass sie eine Besucherin war und aus irgendeinem Grund ganz schnell nach draußen musste, wäre es vielleicht möglich, aus der Klinik zu entkommen. Was sie vorhatte war verrückt! Wahrscheinlich wurde sie jetzt wirklich verrückt. Und selbst wenn es klappte: was wollte sie denn draußen? Wohin sollte sie gehen? Aber es war zu spät. Der Plan hatte Wurzeln geschlagen und ließ sich nicht mehr ausreißen. Sie musste versuchen, jemandem so überzeugend die eilige Besucherin vorzuspielen, dass er nicht anders konnte, als sie gehen zu lassen. Aber woher sollte sie wissen, wann der oder die Richtige hereinkommen würde? Sie konnte nicht den ganzen Samstagvormittag in Straßenkleidung an der Tür stehen und darauf warten, dass sie sich öffnete. Der umgekehrte Weg war richtig, sie musste beobachten, wer hereinkam und ihr Opfer ansprechen, wenn es wieder hinausging. Dann musste sie das Spiel durchhalten, bis sie beide unten vor dem Gebäude angekommen waren und ihre Wege sich trennten.

Von nun an war sie ganz wach, sammelte ihre Tabletten in den Taschen ihres Hausanzugs und spülte sie später im Klo herunter. Ihr Leben hatte wieder eine Perspektive gewonnen, einen Fluchtpunkt, auf den sich alles ausrichtete. Ein paar Tage blieben ihr noch Zeit, um sich vorzubereiten, am Samstag wollte sie die Gelegenheit nutzen. An jedem Tag zählte sie die Schritte von ihrem Zimmer bis zum Schwesternzimmer schräg gegenüber, aus dessen Tür ihr Opfer heraustreten würde, und weiter bis zum Ausgang, dachte sich Geschichten aus, die ihr Ansinnen glaubwürdig erscheinen ließen, und verwarf sie wieder. In ihrem Schrank strich sie den blauen Hosenanzug glatt, wählte ein weißes T-Shirt dazu aus und legte es oben auf den Stapel. Mit einem Handtuch wischte sie ihre Schuhe blank. Sie war freundlich zu den Schwestern, unterhielt sich mit den anderen Patienten und aß mit gutem Appetit. Dann war es Samstag, sie hatte schlecht geschlafen und war aufgeregt. Wie ein Bankräuber am Morgen vor dem Überfall, dachte sie. Um acht Uhr wusch sie sich die Haare, dann ging sie zum Frühstücksraum und blieb bis kurz nach halb zehn an ihrem Tisch sitzen. Außer einer Tasse Kaffee brachte sie nichts herunter. Um viertel vor zehn

stand sie fertig angekleidet in ihrem Zimmer an der
einen Spalt breit geöffneten Tür und sah hinaus. Ungeduldig verfolgte sie das Hin und Her der Schwestern
und Patienten auf dem Flur, erschrak, als sich plötzlich
die Tür öffnete. Wie jeden Samstag schob der Bedien-
stete der Leihbibliothek den Bücherwagen herein. Schon
begann sie, den Mut zu verlieren, da wurde die Tür
erneut geöffnet und ein ihr unbekannter junger Mann
trat ein, das übliche Aktenpaket unter den Arm ge-
klemmt. Er blickte suchend auf sie Türschilder, klopfte
neben der Aufschrift „Schwester" zaghaft an und wartete, bis er hereingerufen wurde. Jetzt war es soweit. Sie
begann ein wenig zu zittern. Kurze Zeit später ging die
Tür zum Schwesternzimmer wieder auf und der junge
Mann machte sich, mit neuen Akten bestückt, auf den
Weg zum Ausgang. Sie trat auf den Flur hinaus. Niemand sonst war zu sehen, sie hatte Glück. Plötzlich fiel
ihr auf, dass etwas fehlte. Wie sollte man sie für eine
Besucherin halten, wenn sie keine Handtasche dabei
hatte? Verzweifelt schaute sie sich um; sollte ihr Vor-
haben an einer Kleinigkeit scheitern? Da fiel ihr der
leuchtend blaue Umschlag einer Zeitschrift ins Auge,
die auf dem Besuchertisch lag. Eine Sekunde später trug
sie eine modische blaue Handtasche unter dem Arm und
folgte im Laufschritt, so leise es mit lederbesohlten
Schuhen möglich war, dem Boten, der sich schon gefährlich nahe am Ausgang befand. Mit gedämpfter
Stimme, jedoch laut genug, dass er es hören konnte, rief
sie über ihre Schulter hinweg in den leeren Flur hinter
ihr: „Ich komme morgen wieder, ruh dich ein wenig
aus!" Er wurde aufmerksam, drehte sich um, sah sie an
und schaute dann an ihr vorbei den Korridor hinunter.
In diesem Moment erschien in der Tür neben ihrem
Zimmer ein Haarschopf, ebenso weiß wie ihr eigener.
Er gehörte ihrer Zimmernachbarin, einer kleinen ver-
gnügten Frau, die jeden anlachte, der ihr begegnete. In

einer blitzartigen Eingebung winkte sie ihrer Mitpatien-
tin zu, die arglos lächelnd zurückwinkte und wieder in
ihrem Zimmer verschwand. „Meine Schwester", erklärte sie dem jungen Mann, „sie kann nicht verstehen, dass
ich gehen muss. Bitte, würden Sie mich freundlicherweise hinauslassen, bevor sie es sich anders überlegt
und wieder aus ihrem Zimmer kommt!" „Ja, sicher." Er
zog sie mit sich durch die Tür, die mit leisem Schnappen hinter ihnen ins Schloss fiel. „Wir sind beide allein-
stehend und leben seit vielen Jahren zusammen", berichtete sie ihrem Begleiter, während sie neben ihm die
Treppe hinunterging. „Sie hat immer wieder diese An-
fälle, wissen Sie. Ich bin jeden Tag hier, nur heute habe
ich nicht viel Zeit, weil ich Besorgungen machen und
Wäsche waschen muss." Sie waren unten angekommen,
und er hielt ihr höflich die schwere Eingangstür auf.
„Danke, das war sehr freundlich von Ihnen!" Er nickte
ihr zu und bog ab in Richtung Aufnahmegebäude. Sie
musste sich beherrschen, um nicht loszulaufen. Vielleicht hielt in diesem Moment schon eine Schwester den
Telefonhörer in der Hand, um den Pförtner zu benach-
richtigen, dass eine Patientin aus der geschlossenen
Abteilung weggelaufen war. Mit festen Schritten folgte
sie dem Hauptweg zum Ausgang. Nur wenige Ärzte und
Besucher begegneten ihr. Die Sonne wärmte ihr den
Rücken und warf ihren Schattenriss auf den Weg vor
ihren Füßen. Weit oben über ihrem Kopf segelten kleine
weiße Wolken unter dem blauen Himmel. Es roch nach
frisch gemähtem Rasen. Das Eingangstor, ein automati-
sches Rollgitter aus massiven Eisenstangen, war in
Fußgängerbreite geöffnet. Sie lächelte dem Pförtner
hinter seiner Glasscheibe zu, der nickte zurück, sie ging
hinaus. Schräg gegenüber, auf einer Verkehrsinsel in
der Mitte der Straße, war eine Straßenbahnhaltestelle.
Vorschriftsmäßig überquerte sie die Fahrbahn an der

Fußgängerampel und stieg in die erste Bahn, die anhielt, ohne auf die angezeigte Zielstation zu achten.

Samstag, 12 Uhr 25

Die Ampel schaltete auf Grün. Sie klemmte die vorgebliche Handtasche unter den Arm und ließ sich von den Anderen mitziehen, die um sie herum wieder in Bewegung kamen. Es gab ihr Sicherheit, sich an dieser Attrappe festzuhalten, die ihr bei der Flucht geholfen hatte. Auf der anderen Straßenseite scherte sie aus dem Pulk der Fußgänger aus und machte Halt hinter einer Litfaßsäule. Nach fast einer Stunde ziellosen Umhergehens konnte sie nicht mehr mithalten. Ihre Füße in den engen Schuhen schmerzten. In einem der gut besuchten Cafès, die bei dem schönen Wetter Tische im Freien aufgestellt hatten, wäre sicher ein Platz zu finden gewesen, aber ohne Geld blieb ihr nur eine öffentliche Bank als Zuflucht. Sie schlug die Beine übereinander und blätterte zur Rechtfertigung ihres Sitzens in ihrer Zeitschrift, konnte sich aber nicht auf die bunt bedruckten Seiten konzentrieren. Ihre Augen und Gedanken schweiften ab und hefteten sich an die Vorübergehenden. Plötzlich hatte sie den fast körperlichen Eindruck, sie könnte durch die Außenseite der Menschen, ihre Gesichter, ihre Bewegungen und Gesten wie durch klares Wasser auf den Grund sehen und die Ablagerungen ihrer Leben entziffern, den angeschwemmten Schutt der Zeit, über dem sich das fließende Wasser seinen Weg sucht. Was sie zu verbergen glaubten, verriet sich in einem unsicheren Schritt, einer nervösen Drehung des Kopfes oder einem ängstlich über die Schulter geworfenen Blick. Auf einmal schämte sie sich, die Leute so anzusehen. Es war, als beobachtete sie durch eine halb geschlossene Tür etwas, das sie nichts anging. Sie stand wieder auf,

22

überquerte den Bürgersteig, wo die Entgegenkommenden ihr auswichen, ohne sie zu sehen, und bog in eine Seitenstraße ein, an deren Mündung der Strom vorbeifloss. Hier gab es keine Geschäfte, nur Wohnungen, Büros und kleine Firmen. Es war ruhig und fast menschenleer. Sie wechselte auf die Schattenseite der Straße und ging langsam mit ihren schmerzenden Beinen und angeschwollenen Füßen an den Häusern entlang. Vor dem Schaufenster einer Fahrschule ließ sie sich erschöpft auf dem niedrigen Fenstersims nieder und lehnte den Kopf gegen die Scheibe. Hinter ihr leuchtete zwischen Halteverbot- und Einbahnstraßenschildern ein lachendes, blaues Auto aus gebogenen Neonröhren, die rote Schirmmütze schräg über die Windschutzscheibe gezogen, darunter in gelben, regelmäßig blinkenden Buchstaben der Namenszug des Inhabers.

Sie musste kurz eingenickt sein. Das Geräusch eines vorbeifahrenden Autos ließ sie aufschrecken, und einen Moment lang wusste sie nicht, wo sie war. Dann fühlte sie den harten Stein unter sich und die kühle Scheibe in ihrem Rücken und fand sich wieder zurecht. Unwillkürlich wanderte ihr Blick an den grell von der Sonne beschienenen Fassaden der gegenüberliegenden Häuser empor. Die dunklen oder verhängten Rechtecke der Fenster übten einen unwiderstehlichen Sog auf sie aus. Innen auf den Fensterbänken waren Gegenstände aufgereiht, die als Schwellenzauber die Intimität der Wohnungen beschützten und zugleich die Vorlieben ihrer Bewohner zur Schau stellten. Alle Fenster glichen einander, alle zeigten eine begrenzte Auswahl von Dingen in unterschiedlicher Zusammenstellung, wie Wörter und Sätze einer Zeichensprache. Die Vorstellung ließ sie nicht los, sie könnte plötzlich in das Innere eines dieser Zimmer versetzt werden und anfangen, ein fremdes Leben zu führen. Die scheinbar fest gefügten Grenzen zwischen den einzelnen Menschen, ihren getrennten

Innenwelten und ihren einander nicht berührenden Schicksalen, schienen sich auflösen zu können. Vielleicht erwachte man irgendwann in der Person irgend eines Anderen und übernahm ganz selbstverständlich dessen Existenz. Vielleicht glichen sich die Leben der Menschen, ihre Wünsche und Gedanken so sehr, dass man es gar nicht merkte, wenn man von einem Ich in ein anderes hinüberwechselte. Ein Schwindelgefühl erfasste sie bei dieser Vorstellung. Sie schloss wieder die Augen. Der Lärm der Hauptstraße drang gedämpft in die Stille zwischen den Häusern. Ein Auto näherte sich, die Reifen schmatzten auf dem klebrigen Asphalt. Gegenüber ging eine Frau mit hochhackigen Schuhen, kurze, harte, fordernde Schritte. Kinder lachten, vielleicht über sie, und rannten mit schnellen, leichten Tritten davon. Ein Fahrrad überrollte eine lose Bodenplatte, zweimal erklang ein trockenes Klack-Klack.

Jemand zupfte sie am Ärmel. Sie stellte sich schlafend und rührte sich nicht. Da zupfte es noch einmal, dieses Mal kräftiger, sodass ihre Hand vom Schoß rutschte. Neben ihr stand ein Mädchen, etwa neun Jahre alt. Sie trug ein rosafarbenes T-Shirt mit aufgenähten Teddybären, knielange Jeans, in deren Taschen sie die Hände vergraben hatte, und blaue Sandalen. Ihr glattes braunes Haar wurde im Nacken von einem rosa Haargummi zusammengehalten. Ein paar zarte Strähnen hatten sich daraus gelöst und fielen ihr ins Gesicht. Sie lächelte freundlich und zeigte ein Paar kräftiger weißer Schneidezähne, die so weit auseinanderstanden, dass ihre Zungenspitze dazwischenpasste. „Hallo", sagte sie, „warum sitzt Du da?" „Ich bin müde und ruhe mich ein bisschen aus." Das reichte noch nicht, um dem Mädchen verständlich zu machen, warum eine fremde Frau hier in ihrer Straße auf einer Fensterbank saß. „Warum bist Du müde?" „Weil ich eine weite Strecke zu Fuß gegangen bin." „Und gehst Du jetzt nach Hause?" Sie zögerte einen Moment. „Ja, ich werde wohl nach Hause gehen. Lass mich nur noch eine kleine Weile hier sitzen." „O.k." Die Kleine setzte sich ebenfalls, lehnte den Kopf an die Fensterscheibe, wie sie es gesehen hatte, um auszuprobieren, ob das eine bequeme Haltung war. Aber gleich rutschte sie wieder nach vorn, stützte die Arme auf und schaute der weißhaarigen Frau ins Gesicht. „Wie alt bist Du?" „Ziemlich alt. Ich könnte Deine Oma sein." „Ich habe keine Oma. Wir fahren in Urlaub!" Sie zeigte auf ein Auto, das einige Meter entfernt am Straßenrand geparkt war, eines dieser Großraumfahrzeuge, in denen man mehrköpfige Familien mit Hund vermutet und die den Eindruck vermitteln, dass ihre Besitzer imstande sind, viel Leben hervorzubringen und um sich zu versammeln. Ein junger Mann beugte sich unter die geöffnete Heckklappe und verstaute Koffer und Taschen im Innern des Wagens. Ein groß gewachsenes Mädchen mit hellblonder Lockenmähne schleppte eine weitere Tasche herbei, misstrauisch beobachtet von einem schwarzweißen Hund, der aufgeregt hin und her lief und bellte, damit man ihn nicht vergaß. Jetzt kam auch die Mutter aus dem Haus, eine schlanke blonde Frau, und blickte suchend die Straße entlang. Sie entdeckte ihre Tochter, die neben einer unbekannten älteren Frau vor dem Fenster der Fahrschule saß, und kam näher. „Sie hat Sie doch nicht belästigt, hoffe ich", wandte sie sich freundlich an die Fremde. „Nein, wir unterhalten uns, sie ist ein höfliches Kind." Die Mutter warf ihrer Jüngsten einen zweifelnden Blick zu. „Sie ist müde, weil sie weit gegangen ist, Mama. Sie sagt, sie könnte meine Oma sein!" „Wenn sie Ihnen lästig wird, sagen Sie Bescheid. Es hilft uns natürlich, wenn sie noch ein bisschen bei Ihnen bleiben kann und uns nicht zwischen den Beinen herumrennt, sie bringt gern alles durcheinander." Die Kleine zog einen Schmollmund. „Ja, sicher, sie kann ruhig hier sitzenbleiben solange sie

mag." Die Mutter wandte sich wieder den Urlaubsvor-
bereitungen zu, und die beiden auf der Fensterbank
saßen schweigend nebeneinander. „Wann gehst Du nach
Hause?", fragte das Mädchen schließlich. Die Frage war
das Ergebnis einer Überlegung, die sie vorläufig für sich
behielt. „Wenn ich ehrlich bin, habe ich gar keine Lust,
nach Hause zu gehen." „Wieso?" „Weißt Du, ich bin
alleine, niemand wartet auf mich, und es ist mir
manchmal sehr langweilig." „Hast Du keine Kinder?" Sie schwieg eine Weile. „Doch, ich habe einen
Sohn, aber der ist schon erwachsen." „Und besucht er
Dich manchmal?" Es dauerte lange, bis die Antwort
kam, und das Kind wartete geduldig. „Ja, er besucht
mich manchmal, aber nicht sehr oft. Weißt Du, er wohnt
gar nicht hier in der Stadt, er wohnt ziemlich weit weg,
in Freiburg. Er studiert in Freiburg." „Wo ist Freiburg?" „Das liegt im Süden, in der Nähe von Frankreich." „Liegt Frankreich in der gleichen Richtung wie
Italien?" „Nun, nicht so ganz. Warum fragst Du?" „Ich
habe eine Idee!" Sie fasste ihre neue Freundin an der
Hand, zog sie von der Fensterbank hoch und hinter sich
her zum Wagen. „Papa?" „Was ist?" Der junge Mann
tauchte unter der Heckklappe hervor, richtete sich auf
und verzog das Gesicht, während er mit beiden Händen
seinen Rücken massierte. „Papa", wiederholte sie und
zog ihre Begleiterin zu sich heran, „das ist - das ist -
das könnte meine Oma sein!" „Das sehe ich", lachte
der Angesprochene, bemerkte sogleich den Fauxpas und
entschuldigte sich. Er musterte die ältere Dame, die
seine Tochter ihm vorgestellt hatte. „Na ja, es ist wirklich nicht zu übersehen, dass ich ihre Großmutter sein
könnte. Aber was willst Du denn eigentlich?", wandte
die sich an das Kind. „Papa, sie möchte gerne mit uns
fahren, um ihren Sohn zu besuchen. Der wohnt nämlich
in Freiburg, und das liegt auf unserem Weg. Und ich
möchte gerne eine Oma dabeihaben. Bei meiner Freun-

din fährt auch immer die Oma mit, und sie sagt, sie haben auf der Fahrt jede Menge Spaß zusammen. Mir ist im Auto immer so langweilig, und meine Schwester geht mir ja doch nur auf die Nerven." Es trat eine kurze Stille ein. Der junge Mann und die alte Frau sahen einander an. „Da hat Ihre Tochter etwas falsch verstanden. Ich habe ihr nur erzählt, dass mein Sohn in Freiburg studiert. Natürlich habe ich nicht gefragt, ob ich mitfahren kann." „Ja, sie hat manchmal etwas zu viel Phantasie und biegt sich die Sachen so zurecht, wie sie es braucht." Er runzelte die Stirn und musterte erneut sein Gegenüber. „Aber im Ernst, wollen Sie nicht einfach mit uns fahren? Natürlich nur, wenn Sie nichts anderes vor haben. Wir bringen Sie in Karlsruhe zum Bahnhof, dann haben Sie die größte Strecke hinter sich und können gemütlich mit dem Zug nach Freiburg fahren. Sie - nun ja, Sie könnten uns wirklich sehr helfen, wenn Sie sich unterwegs ein wenig mit den Kindern beschäftigen!" Er verdrehte die Augen, was seine Tochter, die an seinem Arm hing, nicht sehen konnte. „Natürlich bringen wir Sie erst einmal nach Hause, damit Sie etwas einpacken und mit ihrem Sohn telefonieren können." „Oh nein, das ist nicht nötig", entgegnete sie hastig und überlegte fieberhaft, wie es zu erklären war, dass sie ohne Gepäck fahren wollte. „Ich habe ja das Nötigste dabei." Sie verbarg die Zeitschrift hinter ihrem Rücken. „Bei meinem Sohn steht immer eine Tasche mit Sachen von mir, damit ich nicht jedes Mal etwas mitschleppen muss, wenn ich ihn besuche. Und anrufen kann ich von unterwegs." „Dann fahren Sie mit? Das ist ja wunderbar. Ich sage nur schnell meiner Frau Bescheid." Er lief ins Haus. Die Kleine jubelte und tanzte um ihre nagelneue Oma herum. Die war blass geworden, ihre Knie zitterten. Zum zweiten Mal an diesem Tag funktionierte eine Lügengeschichte, die ihr, sie wusste nicht wie, im letzten Moment einfiel und die, sobald sie erzählt war, richtiger und glaubwürdiger erschien als die Wahrheit. Sie lehnte sich an den Wagen und schaute lächelnd dem Mädchen zu, das sich noch nicht beruhigt hatte und von einem Bein auf das andere hüpfte. „Was soll denn das hier, wer ist die Frau?", fragte eine helle Stimme hinter ihr. Die ältere Schwester stand in der Haustür, eine prall gefüllte Plastiktüte in der Hand. „Das ist unsere neue Oma. Sie fährt mit!" „Das ist doch mal wieder auf deinem Mist gewachsen! Ich will nicht, dass jemand Fremdes mit uns fährt!" Sie ließ die Tüte fallen und rannte ins Haus. Man hörte sie laut im Treppenhaus mit ihrem Vater reden. Die Kleine hob die Tüte auf und legte sie auf den Beifahrersitz. „Das ist unser Essen für unterwegs. Du bekommst auch etwas davon, Mama macht immer viel zu viele Brote!" Nun war von drinnen ein heftiges „sie fährt mit, und damit basta!" zu hören. Zehn Minuten später saßen alle im Auto, die alte Dame mit den beiden Mädchen auf dem Rücksitz, den Arm um die Jüngere gelegt, die sich an sie kuschelte, während die Ältere stumm auf der anderen Seite aus dem Fenster sah.

Montag, 11 Uhr 30

Sie ist tot. Seit dem Anruf heute morgen und seiner überstürzten Abreise lag dieser Satz in seinem Innern auf Eis. „Es geht um Ihre Vermisstenanzeige vom Samstag. Es wurde hier eine Person gefunden, auf die Ihre Beschreibung passt. Mit hoher Wahrscheinlichkeit handelt es sich um Ihre Mutter. Leider müssen wir Ihnen mitteilen, dass sie tot ist. Da die Tote keinerlei Papiere bei sich hatte, möchten wir Sie bitten, ihre Mutter möglichst noch heute zu identifizieren, damit wir den Fall hier abschließen können." Die junge, sympathische Frauenstimme, die aus dem Polizeipräsidium in

Freiburg sein Ohr erreichte, versuchte, die lapidaren Sätze sanft und schonend klingen zu lassen. Schlechte Nachrichten werden anscheinend immer von jungen, freundlichen Stimmen übermittelt. Sie teilte ihm mit, dass seine Mutter heute gegen sieben Uhr morgens von einer Passantin am Münsterplatz aufgefunden worden war, und dass ein Gewaltverbrechen oder Selbstmord ausgeschlossen werden konnten. Sie sei vermutlich an einem Schlaganfall gestorben. Trotzdem kam es ihm so vor, als hätte sie sich aus ihrem und aus seinem Leben weggestohlen, als hätte sie gewollt und gewusst, dass ihre Flucht so enden würde. Das Geheimnis ihrer letzten Tage hatte sie mit sich genommen. Für immer war ihm vorenthalten zu wissen, auf welchem Weg sie nach Freiburg gelangt war, welche Menschen ihr begegnet waren und ihr vielleicht geholfen hatten, was sie auf dieser Reise erlebt hatte. Für den Rest seines Lebens würde er sich diese beiden Tage immer wieder anders ausmalen und alle Bilder, die er sich vor Augen stellte, immer wieder verwerfen.

Von Köln an verlief die Fahrt ohne Unterbrechung. Er wurde ruhiger und wandte den Blick hin und wieder von der Fahrbahn der sommerlichen Landschaft zu. Nachdem die Autobahn das Rheintal mit seinen flachen, baumbegrenzten Feldern und vereinzelten Ortschaften und Fabrikanlagen verlassen hatte, zog sie sich in langgestreckten Kurven zwischen bewaldeten Berghängen hin oder durchschnitt die Hügel in engen Schneisen, deren Böschungen zu beiden Seiten mit niedrigem Gestrüpp bewachsen waren. Dazwischen blühte ab und zu ein verwilderter Rosenbusch. Am Ausgang dieser künstlichen Senken öffneten sich weite Blicke über die Landschaft. Manche Gegend mutete ihn an wie eine Märchenwelt, die wahrscheinlich alles Märchenhafte einbüßte, wenn man in einem der engen Dörfer mit roten Dächern und spitzen Kirchtürmen am Fuß ruinengekrönter Bergkuppen sein Leben verbringen musste. Es war eine kleinformatige Landschaft mit ordentlich aus dunkelgrünen Waldflächen ausgeschnittenen hellgrün leuchtenden Feldern und Wiesen. Die grellgelben Rapsfelder, die scheinbar nur der Dekoration dienten, ergänzten das Farbenspiel. Er fuhr Koblenz vorbei. Einen Augenblick lang erschien auf der linken Seite zwischen Bäumen eine grüne, dunstbedeckte Ebene, durchsetzt vom weißgrauen Gries verstreuter Häuser und Ortschaften. Dann wurde das Bild wieder ausgeblendet. Die große Moseltalbrücke lag vor ihm. Ein paar Mal hatten seine Eltern an der Raststätte beim Aussichtspunkt Halt gemacht, und sie hatten auf der Terrasse am oberen Rand des steilen, malerischen Tales die Aussicht bewundert. Wegen Reparaturarbeiten zwängte sich der Verkehr auf zwei schmale Spuren über die Brücke. Es ging im Schritttempo voran. Das Geländer war teilweise abgenommen, sodass er die Schlangenlinien des Flusses tief unter sich sehen konnte. Trotz Klimaanlage brach ihm der Schweiß aus. Er konnte die Leere unter sich geradezu körperlich fühlen. Erst als die Reifen mit kurzem Holpern die Dehnungsfuge am Brückenende überfuhren und er wieder festen Boden unter sich hatte, entspannte er sich. Von nun an ging es bergauf. Felder und Obstwiesen wichen allmählich den bewaldeten Berghängen des Hunsrück, die auch im prallen Sonnenlicht düster wirkten. Jeder Kilometer, der ihn aufwärts führte, ließ das Thermometer um ein halbes Grad fallen, und streckenweise war die Fahrbahn nass von Regengüssen. Der nächste stand offensichtlich bevor, denn über dem Horizont erschien eine Wolkenwand. Sie kam rasch näher, und die Sonne verschwand blendend unter ihrem dunklen Rand. Nicht lange danach prallten die ersten schweren Tropfen gegen die Windschutzscheibe, heftig wie Hagelkörner. Dann war es plötzlich, als führe er in eine zusammenhängende Wasserfront hinein, die kurz aufspritzte und ihn verschlang. Er zog erschrocken den Fuß vom Gaspedal. Die Scheibenwischer richteten nichts mehr aus, dröhnend fiel das Wasser über seinem Kopf auf das dünne Stahlblech herab, das ihn von der Außenwelt trennte, so laut, dass er die Donner zwischen den schnell aufeinanderfolgenden Blitzen nicht hören konnte. Undeutlich erkannte er vor sich die Rücklichter eines Wagens und versuchte, in gleichbleibendem Abstand hinterherzufahren. Unter den Brücken hob sich für Sekundenbruchteile der Wasserschleier, ein kurzes Luftholen, und der Regen schlug wieder über ihm zusammen. Dann ließ der Druck der herabfallenden Tropfen allmählich nach, die Scheibenwischer gaben wieder etwas von der Umgebung frei, zerschnitten in einzelne Bilder. Nun kam das Wasser nicht mehr von oben, es wurde in Fontänen unter den Autoreifen emporgeschleudert und über der Fahrbahn versprüht. In diesen dichten Dunst hinein prallte nun auf einmal wie ein überdimensionaler Scheinwerfer das Sonnenlicht, das hinter der abziehenden Wolkenwand hervorkam, und schickte die Autofahrer für Sekunden in ein blendend weißes Nichts.

Samstag, 13 Uhr

Die Autobahn war fest in der Hand der Wohnmobile, Karavans und bis unters Dach bepackten Personenwagen mit urlaubsreifen Vätern am Steuer und quengelnden Kindern auf dem Rücksitz, die von den Müttern mit Saft und Keksen ruhiggestellt wurden. Auch bei der vierköpfigen, um eine fremde Großmutter erweiterten Familie, die jetzt in ihrem Van vom Zubringer Düsseldorf Süd in die Autobahn einbog, hatte der Vater die erste Etappe der Fahrt übernommen. Er hielt sich auf der rechten Spur, überholte ab und zu einen Pulk langsamer LKW oder zog an einem sanft schlingernden Wohnwagen vorbei, dessen Fahrer mit der ungewohnten Last am Heck seines bejahrten Mercedes nicht zurechtkam. „Zum Glück haben wir heute nicht die ganze Strecke vor uns", kommentierte er sein langsames Vorankommen, „wir machen in München Station bei der Schwester meiner Frau. Sitzen Sie gut da hinten?" „Ja, wunderbar". Sie genoss die gemächliche Fahrt und sah aus dem Fenster. Das Mädchen an ihrer Seite war eingenickt, den Kopf an ihren Arm gelehnt. Die ältere Schwester verhielt sich stumm und abweisend wie zuvor. Es war unendlich lange her, dass sie zum letzten Mal diese Strecke gefahren war, fast schien es in einem anderen Leben gewesen zu sein. Ihr Blick wanderte über die Landschaft, in der sie viele Jahre lang zuhause gewesen war und die ihr doch fast noch so fremd erschien wie damals, als sie vor beinahe einem Menschenleben mit ihrem Mann hierher gezogen war. Es gab keine bewaldeten Hügel, keine weinbewachsenen Hänge, von denen man weit ins Tal blickte, keine sanft abfallenden Wiesen mit Obstbäumen und kleinen, eingezäunten, sorgfältig bepflanzten Gemüsegärten. Das nüchterne Flachland machte sie damals krank vor Heimweh. Erst viel später entdeckte sie den Reiz dieser unaufdringlichen, gelassen dem Strom in seiner Mitte folgenden Landschaft, die dem Betrachter wenig Widerstand entgegensetzt und die Gedanken ihrem Rhythmus überlässt. Die Ebene nahm alles in sich auf, die Kraftwerke, die am Horizont dicke Wolken ausspuckten, die Hochhäuser der Vorstädte, die Gewerbegebiete mit ihren modernen Firmengebäuden, deren Glasfassaden wie überdimensionale Eiswürfel in der Sonne glänzten, alles verlor sich in der Weite zu beiden Seiten des Flusses, wurde klein wie Spielzeug am Rand ausgedehnter Wiesenflächen und hektargroßer Felder. Die dunklen Perlschnüre der Baumreihen folgten Straßen und Feldwegen. Wo sich die Wege kreuzten, lagen einzelne Höfe, bestehend aus Wohnhaus, Wirtschaftsgebäuden und einem glänzendem Silo als Wahrzeichen. Traktoren krochen auf den Feldern ihnen hin und her. Ab und zu erschien ein Dorf, kleine Dächer um einen Kirchturm versammelt und eingebettet in die grünen Kissen der Bäume. Den Horizont begrenzte ein dunkler Streifen flacher, künstlich angelegter Hügel, die Abraumhalden des Braunkohlebergbaus, aufgeschüttet von riesigen Schaufelradbaggern, die das Gesicht der Landschaft unwiderruflich veränderten.

Das Mädchen wachte auf und riss sie aus ihrer Betrachtung. „Schau was ich habe!" Zwischen den Knien zog sie einen kleinen Rucksack aus hellblauem Jeansstoff mit weiß paspelierten Nähten hervor. „Den hab ich zum Geburtstag bekommen." Sie öffnete den Reißverschluss und holte ihre Schätze heraus. Eine Rolle Kekse - „für später" -, eine metallene Trinkflasche - „wie die Radrennfahrer. Mama hat zuhause Zitronentee reingetan" -, einen kleinen Schreibblock mit den gleichen himmelblauen Bären auf dem Umschlag wie auf ihrem T-Shirt und einen dazu passenden Kugelschreiber. „Blau ist meine Lieblingsfarbe. Und deine?" „Ich glaube, auch blau." Sie stopfte alles wieder hinein. „Ich hätte so gerne ein Taschenmesser, eines mit Schere und Feile und Dosenöffner." „Da must du noch ein paar Jahre warten, Taschenmesser sind noch nichts für Kinder in deinem Alter", widersprach die Mutter. „Ein paar Jungs in meiner Klasse haben auch schon eines", protestierte die Kleine und ließ den Rucksack wieder zu ihren Füßen hinunter. „Spielen wir was?" „Was denn?" „Och, ich dachte, du weißt was, Omas kennen doch immer Spiele." Die Angesprochene sah sich hilfesuchend im Auto um. Eigentlich war ihre Rolle als Oma ja selbst ein Spiel, offensichtlich eines, dessen Regeln sie nicht beherrschte. „Wie wäre es mit - ich seh' etwas was du nicht siehst." Eine Weile unterhielten sie sich damit, Gegenstände auszuwählen und die Andere anhand der Farbe raten zu lassen, was gemeint war. Bald war das Innere des Wagens durchgespielt. „Ich seh' etwas, und das ist rot und es steht was Komisches drauf". Die rote Plane eines Lastwagens, an dem sie vorbeifuhren, war mit kyrillischen Buchstaben bedruckt, man konnte nur das Wort „Transport" entziffern. Nun zogen die LKW ihre Aufmerksamkeit an sich. Sie lachten über merkwürdige Namen und Firmenbezeichnungen, wünschten der Spedition Engel guten Flug und der Glück-Logistik genug von demselben, um sicher anzukommen, wunderten sich über seltsame Logos, Buchstaben, die sich zu allem Möglichen auswuchsen, Zahlen, die auf kurzen Beinchen durch die Welt stolperten und mit ebensolchen Ärmchen winkten. Sie bekamen Appetit auf Kirschen, während ein riesiger roter Kirschjoghurtbecher vor ihnen herfuhr, und überlegten, wo Lastwagen mit geheimnisvollen Aufschriften wie „Trans.Nagar Sagunto" oder „Karpati KFT" vor vielen Tagen losgefahren sein mochten. Dann kamen die Autonummern dran. Unaufhörlich musste die Erwachse ihr Wissen unter Beweis stellen und die zu den Buchstaben gehörigen Städte nennen. Plötzlich fiel ihr eine Möglichkeit ein, das Verhör zu beenden. „Ich weiß etwas Besseres. Ein Spiel, das auch mit Autonummern zu tun hat." „Wie geht das?" „In manchen Autonummern ist ein Wort versteckt, das muss man herausfinden. Ich meine nicht Wörter mit drei oder vier Buchstaben, die man einfach ablesen kann, sondern solche, die nicht auf den ersten Blick zu erkennen sind, weil einige Buchstaben fehlen und ergänzt werden müssen. Trotzdem steckt das Wort darin, man kann es sehen, wenn man genau hinschaut. Warte, ich zeige es dir." Sie hielt inne und musterte die vorbeifahrenden Wagen. „Da hab ich eines! BM-HS, was ist das für ein Wort?" „Hm, ich weiß nicht." „'Baumhaus' ist darin versteckt. Schau hin, siehst du es?" „Ja, jetzt sehe ich es." „Die Reihenfolge der Buchstaben muss stimmen. Wie viele zu einem Wort fehlen, ist egal. Jetzt du!" „Warte, das ist schwer! Hier ist eines: LU-BL! Weißt du, was das heißt?" Sie musste überlegen. „Garnicht so einfach. LU-BL - vielleicht 'Luftballon'?" „Ja, genau das ist es. Aber können auch mehrere Wörter darinstecken? Es könnte ja auch 'Luftblase' heißen." „Ja, das ist auch möglich, obwohl man meistens nur eines entdeckt. Los, mach weiter!" „Am besten, ich schreibe mir die Buchstaben auf, die Autos fahren so schnell." Sie kramte Stift und Schreibblock aus ihrem Rucksack. „GL-SP, das sind 'Glasperlen'!" „Ja, gut, jetzt weißt du, wie es geht." „Ich habe auch eines!", meldete sich plötzlich die ältere Schwester zu Wort, die den beiden mit wachsendem Interesse zugehört hatte. „WO-KX, Wolkenkratzer!" „Aber nein, das ist falsch, da ist doch ein X drin!" „Stimmt, schade. Aber vielleicht gibt es 'Wolkenkraxler'?" Sie lachten und stellten sich eine Reihe winzig kleiner Männer vor, die mit Felspickeln und Seilen an der großen weißen Wolke emporkletterten, auf die sie gerade zufuhren. „Das muss toll sein, so hoch oben!" „Aber Wolken sind doch nur Luft und Wassertropfen, da kann man sich nicht festhalten. Suchen wir ein anderes Wort!" „Manchmal stecken auch Geschichten in den Buchstaben." „LDK-PN - 'Landeklappen'." Jetzt saßen sie zusammen in einer Maschine, die zum Landeanflug ansetzte. „Die Tragflächen wackeln immer so, wenn die Landeklappen herauskommen. Beim ersten Mal habe ich gedacht, sie brechen ab." „Wir sind mal bei einem Gewitter gelandet, da wurde es allen schlecht." Bevor das imaginäre Flugzeug Gefahr lief, bei der Landung abzustürzen, verließen sie es und machten sich erneut auf Wörterjagd. Das HundeHalsBAnd war nicht ergiebig, ebensowenig der

HauSMeisteR. „Schau mal, gibt es ein Tier, das Vielfraß heißt?", fragte die Kleine. „Das bist doch du! 'Vielfraß' wird aber mit scharfem ß geschrieben, und die Autonummer heißt VIE-FS", wandte die Schwester ein. „Das lasse ich gelten", entschied sie. „Aber was ist das für ein Tier?", wollte die Jüngere nun wissen. „Ich muss zugeben, dass ich nicht viel über den Vielfraß weiß. Er ist, glaube, so etwas ähnliches wie ein Marder, nur größer." „Und wo lebt er?" „Frisst er wirklich so viel?" „Nein, sein Name hat gar nichts mit Fressen zu tun, das hat irgend jemand irgendwann einmal falsch verstanden. Also, weil ich euch nichts über den wirklichen Vielfraß erzählen kann, denke ich mir einfach ein Tier aus, zu dem der Name passt. Ich denke mir, der Vielfraß lebt im Wald. Er ist etwa so groß wie euer Hund, nur sind seine Beine kürzer und haben scharfe Krallen, mit denen er an den Bäumen hochklettern kann. Sein Fell ist braun und struppig, er hat spitze Zähne, schmale gelbe Augen, große Ohren, denen kein Geräusch entgeht, und einen langen buschigen Schwanz. Am liebsten bleibt er alleine, weil er sich nicht besonders gut mit seinen Artgenossen verträgt. Schließlich hat er genug mit sich selbst zu tun, sein großer Hunger hält ihn Tag und Nacht in Bewegung. Unaufhörlich durchstreift er den Wald, um Beute zu finden, und wenn er ganz rund und satt gefressen ist, klettert er auf einen Baum und schläft in einer gemütlichen Astgabel, bis er wieder Hunger kriegt. Das dauert im allgemeinen nicht sehr lange." „Hat er denn keine Familie?" „Doch, aber nur für kurze Zeit, denn wenn die Jungen groß geworden sind, fängt der Streit ums Futter an, und deshalb gehen bald alle wieder ihre eigenen Wege." „Wie traurig." „Warum? Es ist ihre Natur, sie fühlen sich glücklich dabei, alleine zu sein auf die Jagd zu gehen. Aber jetzt spielt mal eine Weile zu zweit weiter, ich bin müde und möchte ein bisschen schlafen." Sie schloss die

Augen und drehte sich zum Fenster. Mit halbem Ohr hörte sie, wie die beiden sich um den Schreibblock zankten und einander Autonummern diktierten.

Unvermutet war sie an diesem seltsamen Tag zu zwei Enkeltöchtern gekommen, wenn auch nur für ein paar Stunden. Dabei hatte sie mit Kindern nie viel anfangen können. Wenn es um dieses Thema ging, waren alle anderen Frauen in Geheimnisse eingeweiht, von denen sie nichts verstand. Als sie nach Düsseldorf gezogen waren und in einer Straße mit jungen Familien und vielen Kindern wohnten, hatte sie oft durchs Fenster den Nachbarskinder beim Spielen zugesehen, verborgen hinter einem Vorhang. Manchmal klingelten sie an der Tür und versteckten sich dann. Anfangs dachte sie, das richtete sich gegen sie und ihren Mann, weil sie Neuankömmlinge in der Straße waren und das einzige kinderlose Paar weit und breit. Aber das Klingeln war nicht persönlich gemeint, es war nur Ausdruck einer Freiheit, der die Erwachsenen nichts anhaben können, der Freiheit der Straße, die den Kindern vorbehalten ist. Sie erinnerte sich an den Sog der Straße, die überallhin führt, nicht bloß um die nächste Ecke, an das atemlose Schreien und Laufen, einander Jagen und voreinander Fliehen, das Streiten und sich Versöhnen, einander beherrschen und verraten. Auf der Straße vergaß sie, dass sie jemand anders war als die Figur, die sie gerade verkörperte und deren Abenteuer sie nachspielte. Die Abenteuer waren Wirklichkeit, Angst und Triumph, Schmerz und Freude erfüllten sie mit der Wucht realer Gefühle. Sie hätten in solchen Momenten ihre eigenen Eltern nicht erkannt, wenn sie ihnen unvermutet begegnet wäre.

Dass sie nicht Mutter sein wollte, wurde ihr klar, als sie nach dem Kaiserschnitt, der ihr und ihrem Baby das Leben gerettet hatte, auf der chirurgischen Abteilung der Frauenklinik lag. Sie verbrachte die Tage nach der Operation abgeschlossen von der Welt in einem kleinen hellen Einzelzimmer mit Blick auf den Park, der die Klinik umgab. Von den Zweigen der großen Kastanie vor ihrem Fenster lösten sich die Blätter, eines nach dem anderen fiel zu Boden und gab ein weiteres Stück des blauen Herbsthimmels frei, der über der Stadt stand. Jeden Morgen und jeden Nachmittag kam die Schwester herein und brachte ihr das Kind, das in einem gläsernen Kasten mit fahrbarem Untergestell lag, ein kleines faltiges Etwas mit geschlossenen Augen und braunem Flaum auf dem winzigen Kopf. Nichts konnte fremder sein als dieses Geschöpf, das jetzt zu ihr gehörte. Wenn sie wieder allein war, hörte sie vom entfernten Ende des Flurs her manchmal das Schreien der neugeborenen Babys, und sie versuchte, sich klarzumachen, dass eine dieser Stimmen ihrem Sohn gehörte. Ein ganz bestimmter, für sie noch nicht unterscheidbarer Laut in der Folge dieser fordernden, verzweifelten, unzufriedenen, schmerzerfüllten Schreie galt ihr, verlangte etwas von ihr, Nahrung, Schutz, Zuneigung. Sie fühlte sich, als wäre sie in eine Falle geraten. Viele Jahre lang hatten sie und ihr Mann sich vergeblich ein Kind gewünscht. Ein Kind, das bedeutete die Vermischung und Verwandlung ihrer beider Eigenschaften zu etwas ganz Neuem, Unerwartetem, in dem dennoch ein Bodensatz des Vorhergegangenen überdauern würde, die Form der Augen oder eine bestimmte Art zu lachen, die einem von ihnen gehörte, und ein Rest Erinnerung an die flüchtige und unwiederholbare Atmosphäre ihres gemeinsamen Lebens. Kinderlos bleiben, das hieß, keine Zukunft haben, spurlos vergehen. Als dann die Zeit dafür vorbei zu sein schien, fanden sie sich damit ab und genossen ihre Unabhängigkeit. In gewisser Weise war sie erleichtert, dass die Natur sie übergangen und ihr die Freiheit gelassen hatte. Dann wurde sie schwanger. Etwas Fremdes nistete sich in ihrem Körper ein und veränderte ihn, er gehörte nicht mehr ihr allein. Irgendwann, nachts, fühlte sie zum ersten Mal, dass dieses Etwas sich in ihr bewegte. Aber es gab keine Verbindung zwischen ihnen, sie waren getrennte Wesen, die in einer rein körperlichen Zweckgemeinschaft zusammenlebten. Darüber hinaus waren sie so weit voneinander entfernt wie jedes Wesen auf der Welt von jedem anderen. Bald war ihr Zustand nicht mehr zu übersehen. Sie bemerkte die Blicke, wenn sie auf die Straße ging, das wissende Lächeln der Frauen, die Genugtuung der Nachbarn, dass sie sich nun endlich den Familien anschließen wollten. Eigentlich hätte sie stolz sein können, aber sie wusste nicht, worauf. Was mit ihr geschah, war nicht ihr Verdienst, es hatte gewissermaßen nichts mit ihr zu tun. Dabei war sie für ihr Alter eine vorbildliche Schwangere. Alles verlief nach Vorschrift. Bis zu dem Zeitpunkt, an dem das Kind sich dem Plan der Natur entsprechend in die Geburtsposition drehen sollte, dies aber nicht tat. Es verweigerte den Gehorsam, hatte seinen eigenen Kopf. Zum ersten Mal empfand sie Sympathie mit der kleinen Person, die in ihr heranwuchs und ebensowenig bereit zu sein schien wie sie selbst, das zu tun, was man von ihr verlangte. Bis zuletzt beharrte das Kind auf seiner falschen Position. Vielleicht wollte es sie dazu zwingen, endlich seine Existenz anzuerkennen, indem es ihrer beider Leben in Gefahr brachte. Bei der letzten Untersuchung zeigte ihr der Arzt auf dem Ultraschallbild, dass sie einen Jungen erwartete und bereitete sie auf eine schwierige Geburt vor. Plötzlich wusste sie, dass ihr Sohn Gabriel heißen würde.

Als sie nach Hause kamen und nun eine Familie waren, konnte sie lange Zeit das Gefühl der Fremdheit ihrem Sohn gegenüber nicht überwinden. Zwar lernte sie, ihn zu versorgen und richtig mit ihm umzugehen, aber diese mütterlichen Pflichten erfüllte sie mit einer inneren Unbeteiligtheit, derer sie sich schämte. Seine ersten unkontrollierten Bewegungen betrachtete sie mit einer

Mischung aus Mitleid und Erstaunen darüber, dass man alles, auch die geringste Fähigkeit, mühsam erlernen muss. Erst als das Kind zu sprechen begann, entstand eine innigere Verbindung zwischen ihnen. Fasziniert beobachtete sie das Aufkeimen, sich Verzweigen und Erblühen der Welt in einem neuen, für alles offenen Bewusstsein. Unermüdlich erzählte sie ihm Geschichten und las ihm aus ihren Lieblingsbüchern vor, um etwas aus ihrer Welt in seine noch im Entstehen begriffene Welt einzupflanzen.

Der Wagen bog in die Ausfahrt zur Raststätte ein, und sie schreckte aus ihrem Halbtraum auf. Für einen Augenblick wusste sie nichts mit dem anzufangen, was sie sah, das fremde Auto, zwei unbekannte Erwachsene auf den vorderen Sitzen, und neben ihr die beiden Mädchen. Ach ja, die Kinder. Ein tiefer Schrecken erfasste sie. Mit einer Lüge hatte sie sich in das Leben dieser Familie eingeschlichen, Vertrauen wurde ihr entgegengebracht, das ihr nicht zustand, und fast war sie selbst auf das Spiel hereingefallen und hatte sich als Großmutter der beiden gefühlt. „Bist du wach?", fragte die Kleine vorsichtig. Sie nickte. „Wir machen mal Pause. Der Rasthof heißt 'Wonnegau', ist das nicht ein lustiger Name? Vielleicht steckt auch eine Geschichte darin. Du musst dir eine ausdenken und sie uns nachher erzählen." Sie antwortete nicht. „Wir machen nur kurz Halt", bemerkte der Vater, während er den Wagen neben einer Tanksäule abstellte. „Die Kinder müssen aufs Klo, ich brauch einen Kaffee, aber dann geht's gleich weiter, wir sind spät dran." „Soll ich mit den beiden zur Toilette gehen?", schlug sie vor. „Ach ja, das wäre nett von Ihnen", freute sich die Mutter, „dann lasse ich eben den Hund auf die Wiese." Als sie mit den Mädchen aus dem Toilettengebäude wieder ins Freie trat - es war ihr unangenehm gewesen, dass sie dem erwartungsvoll von seiner

Zeitung aufschauenden Mann, der an einem Tischchen auf dem Flur saß, nichts auf seinen Teller legen konnte -, stand das Auto auf einem Parkplatz nahebei. „Wir gehen zur Raststätte hinüber. Kommen Sie mit?" „Ach nein, danke, aber ich warte lieber im Auto." „Dann bis gleich." Sie sah den Vieren nach, die sich in Richtung des modernen, zeltförmigen Raststättengebäudes entfernten. Die Kleine nahm ihrer Mutter die Hundeleine aus der Hand und rannte mit dem ausgelassen herumspringenden Tier die Treppe hinauf. Oben hielt sie inne, drehte sich um und winkte ihr zu. Dann verschwanden sie alle in der Eingangstür.

Als sie nach einer Viertelstunde wieder zum Parkplatz kamen, war der Wagen leer. Sie warteten eine Weile, und als ihre Mitfahrerin nicht erschien, suchte die Mutter in der Damentoilette nach ihr. Sie öffnete jede unabgeschlossene Tür, vielleicht war ihr ja schlecht geworden. Jetzt erst fiel ihr auf, dass sie noch nicht einmal den Namen der Frau kannte. Sie wartete, bis alle besetzten Kabinen frei wurden, dann ging sie zurück zum Wagen. Der Vater fragte den Kassierer im Tankstellenshop nach einer weißhaarigen Dame in einem blauen Hosenanzug, aber sie war nicht dort gewesen. Ratlos stiegen sie ins Auto. „Schaut mal!", rief plötzlich die Kleine. In der einen Hand hielt sie ein goldenes Medaillon mit einer zarten goldenen Kette daran, in der anderen ihren aufgeschlagenen Schreibblock. Darauf stand: „Danke für alles. Ich muss jetzt alleine weiter. Bitte verzeiht mir." Das Mädchen fing an zu weinen. „Dein Rucksack ist weg!", stellte die Ältere fest, „den hat sie mitgenommen. So eine Frechheit." Aber ihre Schwester interessierte sich nicht dafür. Sie öffnete das Medaillon, darin waren hinter dünnen Glasscheiben zwei verblasste ovale Ausschnitte aus Farbfotos zu sehen. Eines zeigte einen kleinen Jungen mit braunen Haaren, das andere einen Mann mittleren Alters mit freundlichen Gesicht und beginnender Glatze. Sie klappte es vorsichtig wieder zusammen und hängte es sich um den Hals. „Wir können nichts tun", sagte der Vater schließlich. „Lasst uns weiterfahren."

Bei strömendem Regen fuhr sie in die Stadt hinein, die sie nicht kannte und von der sie zwischen den Sturzbächen, die an ihren Scheiben herunterliefen, und hinter dem von den Autos ringsum aufgewirbelten Wasser nicht viel zu sehen bekam. Am Ende des Autobahnzubringers war sie zunächst den Wegweisern in Richtung Stadtzentrum gefolgt. Jetzt suchte sie eine Gelegenheit, die vierspurige Hauptstraße zu verlassen, um irgendwo einen Parkplatz zu finden, den Motor abzustellen und eine Weile die Augen zu schließen. An der nächsten Kreuzung bog sie in eine Seitenstraße ein und fand eine Lücke zwischen den am Straßenrand parkenden Autos. Sowie die Scheibenwischer ihre Arbeit einstellten, war sie geborgen in einer hellen, sichtgeschützten Kammer. Über die schlierige Scheiben glitt ab und zu der Schatten eines Fußgängers oder eines vorüberfahrenden Autos. Sie öffnete einen Spalt breit das Fenster, verriegelte die Schließanlage und zog den Zündschlüssel ab. Dann lehnte sie ihren Kopf an die Nackenstütze und schloss erschöpft die Augen. Früh am Morgen dieses Tages war sie überstürzt und ziellos von zuhause weggefahren. Es war ein ganz gewöhnlicher Morgen gewesen, ihr Mann brachte Gabriel zur Schule und fuhr dann ins Büro. Um halb acht Uhr gingen die beiden zusammen aus dem Haus, die Haustür schloss sich hinter ihnen, und sie war allein. Sie ging ins Esszimmer und stand eine Weile vor dem Frühstückstisch mit den übriggebliebenen Brötchen im Korb, den halb ausgetrunkenen Tassen, Brotkrümeln und Marmeladespuren auf der Tischdecke, auf einem Teller ein paar Scheiben Wurst. Die Stühle waren zurückgeschoben, am Boden lag eine Serviette. Wie jeden Morgen würde sie das Tablett von der Anrichte nehmen, die Sachen daraufstellen und in die Küche tragen, die Spülmaschine ausräumen, das saubere Geschirr und Besteck in die Schränke und Schubladen verteilen und das schmutzige in die leere Maschine stellen. Aber sie starrte nur den Tisch an, als hätte sie ihn noch nie vorher gesehen, drehte sich abrupt um, öffnete die Glasschiebetür zum Garten und ging hinaus. Ein klarer, milder Spätsommertag kündigte sich an. Es war Ende August. Die Luft war morgendlich kühl und feucht und erfüllt von dem unverwechselbaren Geruch, mit dem an irgend einem Tag mitten im Sommer das Blatt sich wendet und der Herbst beginnt. Es werden noch sommerliche Tage folgen, die Kraft der Sonne scheint ungebrochen, aber das Jahr ist auf eine abschüssige Bahn geraten, sein Höhepunkt ist überschritten. Sie streifte ihre Hausschuhe ab, betrat barfuß den Rasen und erschrak einen Moment über die kühle Nässe, in der ihre Füße versanken. Unten im Gemüsebeet waren die Kürbisse zu beträchtlicher Größe angeschwollen. Ihre Schale fühlte sich glatt und hart an. Wenn man daraufklopfte, klang es dumpf und hohl. Im Frühjahr hatte sie die Pflanzen gesetzt, weil ihr die regelmäßigen Ornamente der Blätter und Ranken gefielen, die wie Krakenarme über den Boden kriechen. Nun wusste sie nicht, was sie mit den reifen Früchten anfangen sollte. Am Teich, den sie im letzten Sommer angelegt hatten, war eine Bank so aufgestellt, dass von ihr aus gesehen Bäume und Sträucher alle Häuser ringsum verdeckten und man sich vorkam wie in einer Wildnis fernab der Zivilisation. Es war ihr Lieblingsplatz. Sie setzte sich und ließ den Blick über den frisch gemähten Rasen und die Blumenbeete hinweg zu den von Rosen und Holunderbüschen umgebenen Bäumen wandern, die das Grundstück begrenzten. Auf einmal erschien ihr das alles fremd und seltsam, es hatte nichts mit ihr zu tun. Sie hob einen Kieselstein auf und schleuderte ihn wütend mitten in die Seerosen, die erschrocken schaukelten. Dann sprang sie von der Bank auf und rannte ins Haus, die Treppe hinauf ins Schlafzimmer, packte hastig ein paar Sachen zusammen, Wäsche, Kleider, Schlafanzug, Waschzeug, und stopfte alles in eine Reisetasche. Dann lief sie die Treppe wieder hinunter, als verfolgte sie jemand. Im Küchenschrank lag ihr Portemonnaie, an der Garderobe hing ihre Handtasche, sie raffte alles zusammen, riss eine Regenjacke vom Bügel, nahm den Schlüsselbund vom Bord und stand an der Haustüre. Hier zögerte sie einen Moment, legte alles noch einmal aus der Hand und kehrte ins Wohnzimmer zurück, um die Tür zum Garten zu schließen.

Sie wollte nicht nach Süden fahren, nicht die gewohnte Strecke. Es zog sie nach Norden. Ans Meer, dachte sie. Auf der Rheinbrücke hielt der Berufsverkehr sie einige Zeit auf, dann trat sie wie befreit aufs Gaspedal und fuhr, was der Wagen hergab. Noch hatte sie kein genaues Ziel, das Fahren selbst, die Geschwindigkeit und die Konzentration entwickelten eine innere Notwendigkeit, eine selbstgenügsame Dynamik, der sie sich überließ. Vorwärtskommen, an allem vorbeifahren, alles hinter sich lassen. An den Autobahnkreuzen entschied sie sich jeweils für die nördliche Richtung oder das, was sie dafür hielt. Nachdem sie den Radius der ihr von gemeinsamen Ausflügen einigermaßen bekannten Landstriche hinter sich gelassen hatte, hielt sie sich an die Namen der Städte. Hannover war zu nah und zu sehr Festland. Hamburg klang verheißungsvoll nach Seewind, Mövenschreien und Schiffssirenen. Als sie nach vielen Stunden Fahrt, unterbrochen nur von kurzen Stopps an Tankstellen, in die Nähe dieser Stadt kam, stürzten die vielen Abzweigmöglichkeiten sie in Panik. Noch ehe man ein Hinweisschild richtig gelesen hatte, musste man sich entscheiden. Sie fuhr weiter, an den Ausfahrten vorbei. Irgendwann kam der Elbtunnel, und danach ging es immer weiter nach Norden. Inzwischen war das Wetter umgeschlagen. Mehrmals fuhr sie durch Gewittergüsse, nach denen die Sonne wieder hinter einer wie abgeschnittenen Wolkenwand hervorkam und die Landschaft mit grellem Licht überflutete. Doch dann riss die Wolkendecke nicht mehr auf, der Regen fiel gleichmäßig und unaufhörlich. Deshalb entschloss sie sich endlich, nicht weiterzufahren sondern die nächste größere Stadt anzusteuern. So landete sie in Kiel.

Eine Weile hatte sie geschlafen, fühlte sich jetzt ein wenig erholt und spürte das Bedürfnis, die steifen Glieder auszustrecken. Es regnete noch immer. Sie zog ihre Jacke an, angelte den Regenschirm vom Rücksitz, wo er immer lag, und stieg aus dem Wagen. Der Regen lag unerbittlich auf den sich eilig fortbewegenden Schirmen, drückte auf das dichte Blätterdach der Bäume, wurde hastig und vergeblich von rhythmisch schlagenden Scheibenwischern beiseite geschoben und sprang lautlos an den Rändern der Straßen entlang. Sie machte sich auf den Weg. Vielleicht gab es irgendwo ein Cafè. Aber die Gegend lag zu weit abseits der Innenstadt, in den alt-ehrwürdigen Patrizierhäusern gab es außer Wohnungen nur Büros und Arztpraxen. Dann fiel ihr ein großes Gebäude mit heller, klassizistischer Fassade ins Auge. Eine breite Treppe führte hinauf zur holzgeschnitzten Eingangstür. Am Geländer rechts und links prangte jeweils ein vom Regen beglänztes Plakat: „Die Geschichte des Lebens. Ausstellung in Wort und Bild, Museum des zoologischen Instituts." Sie trat ein. Hier gab es Schutz vor der Nässe. An der Garderobe standen nur zwei Schirme, zwei Mäntel waren im Abstand voneinander aufgehängt, um zu trocknen. Die Frau an der Kasse lächelte verständnisvoll, „besser als Regen, wie?", und deutete auf die Treppe zu ihrer Linken. Sie stieg auf

den massiven, dunkelbraunen, frisch gebohnerten Holz-
stufen ins erste Stockwerk hinauf und fühlte sich in eine
andere Welt versetzt. Trotz des trüben Wetters und der
sparsamen Neonbeleuchtung schien das Haus aus sich
selbst heraus ein warmes Licht zu verströmen, das sich
vom Parkett über die hohen weißen Wände bis zu den
stuckverzierten Decken ausbreitete. Der sanfte Geruch
von Bohnerwachs erinnerte sie an alte Schulgebäude.
Im kleinen Saal der Obergeschosses befand sich die
Ausstellung, organisiert und ausgestattet von Studenten
des zoologischen Instituts. Neben einigen Tierpräpara-
ten bestand sie aus Texttafeln, erläuternden Diagram-
men und Abbildungen. Vor der ersten Tafel blieb sie
stehen und las: „Das Leben hat im Meer begonnen.
Ganz einfache Formen standen am Anfang, von denen
noch keine Versteinerung kündet." Der Text war klein
gedruckt, sie musste sich konzentrieren. Gut, dass niemand sonst im Raum war. Nach zwei Texttafeln folgte
jeweils ein Bild zur Illustration der beschriebenen Vor-
gänge. Die verschiedenen Themenbereiche waren mit
Farben gekennzeichnet. „Mendel kreuzte eine Erbsen-
rasse, die gelbe Samen hat, mit einer anderen, deren
Samen grün sind." Dazu Diagramme: Y bezeichnet den
Erbfaktor für grüne Samen, g den für gelbe. YY, gg,
dominant und rezessiv. Ein paar Schritte weiter der
Habsburger Kiefer, Fotos der Familienmitglieder und
Zeichnungen der nebeneinanderliegenden Zahnreihen.
Die Stille vertiefte sich bei jedem Schritt, begleitet vom
Knacken der Holzdielen. „Zunächst findet im Kern der
unreifen Keimzelle die sogenannte Chromosomenpaa-
rung statt. Hierbei legen sich je zwei Chromosomen
zusammen. Aus den sechsundvierzig Kernschleifen sind
dreiundzwanzig geworden. Nun ordnen sich die Chro-
mosomenpaare in der Mitte der Zelle an." Das hatte sie
schon in der Schule nicht verstanden. „Die folgende
Teilung bedeutet lediglich eine Trennung der Paare, es

entstehen also zwei Sätze von einzelnen Chromosomen, die in die entgegengesetzten Hälften der Zelle gelangen."

In ihrem Innern war plötzlich eine leise, entfernte Stimme zu vernehmen. Sie blieb stehen und lauschte in sich hinein. Nun hörte sie es klarer, eine helle Mädchenstimme. Sie gehörte der rotblonden Schülerin, die mit dem Rücken zur Klasse an der Tafel stand und etwas aufzeichnete. Nun sah sie das dazugehörige Bild, wie aus großer Höhe, aber deutlich in allen Einzelheiten. Die Schülerin drehte sie sich um, trat einen Schritt zur Seite und erklärte das Diagramm, das sie an die Tafel gezeichnet hatte, indem sie mit dem Kreidestück in ihrer Hand auf die betreffenden Linien und Felder deutete: YY, gg, dominant und rezessiv. Während sie redete, stand draußen vor den geöffneten Fenstern ein unbekümmerter Sommertag und schickte einen warmen, nach Sonne und Abenteuer duftenden Lufthauch ins Zimmer als Aufforderung, das Leben im Original zu genießen, anstatt sich theoretisch damit zu beschäftigen. Zwischen der ersten und der dritten Reihe schien etwas im Verborgenen vorzugehen, das die Beteiligten brennender interessierte als der Biologieunterricht. Drei Jungen beugten sich in gedämpfter Diskussion über ein Stück Papier. Der in der Mitte mit dem roten Pulli schrieb eilig ein paar Worte darauf, faltete es zusammen und legte es, während er aufmerksam zur Tafel schaute, auf den Tisch hinter sich, von wo es gehorsam weitergereicht wurde. An seinem Bestimmungsort angelangt, löste der Zettel für einen Moment Ratlosigkeit aus. Die Adressatin, ein schlankes, knabenhaftes Mädchen mit kurz geschnittenen blonden Haaren, schob ihn der dunkelhaarigen Nachbarin zu ihrer Rechten hin und schickte einen fragenden Blick aus grünen, von Lidschatten umrahmten Augen hinterher. Die Augen der Nachbarin blieb für einen Moment am offenen, im Nacken hochgestellten Kragen der blau und hellgrau gestreifte Bluse ihrer Freundin hängen. Wieder einmal kam ihr zu Bewusstsein, dass es ihr nie gelingen würde, ihre Bluse so unverwechselbar und auf ganz persönliche Weise nachlässig zu tragen. Die beiden beschlossen, den Zettel zu ignorieren. Bald darauf waren aus der vorderen Reihe einige gut gezielte Bemerkungen zu hören, welche die Jungen scheinbar untereinander austauschten. Um ihre Wirkung zu überprüfen, wandte sich der Mittlere von den dreien angelegentlich zu seinem Hintermann um, während sein Blick wie aus Versehen die graublaue Bluse streifte. Zugleich flüchteten sich die Augen des dunkelhaarigen Mädchens schnell an einen unverfänglichen Ort, um bald darauf wieder auf dem Rücken im roten Pullover zu verweilen. Über dem verwaschenen, ausgeweiteten Halsausschnitt lagen eine Menge warmer blonder Locken unordentlich herum. Inzwischen war die rotblonde Mitschülerin von der Tafel an ihren Platz zurückgekehrt. Noch einmal mussten sie ihre Hefte aufschlagen und die Hausaufgaben für nächste Woche eintragen, dann war die Schulstunde vorüber. Beim ersten Laut der Pausenglocke sprangen alle von ihren Stühlen auf und drängten zur Tür. Wie von selbst geriet in dem Durcheinander der rote Pullover in die Nähe der graublau gestreiften Bluse und zog sie mit sich fort. Der rote Ärmel leuchtete diagonal zu den Streifen von der rechten Schulter zur linken Hüfte, wo sich die Hand befand. Das ergab einen hübschen Kontrast, den aber niemand bemerkte außer dem dunkelhaarigen Mädchen, das gerade noch neben ihrer Freundin gegangen war und sich freundschaftlich mit ihr unterhalten hatte. Jetzt blieb sie zurück und ließ die anderen an sich vorbeigehen. Alles war ihr plötzlich gleichgültig geworden.

„Wenn der Mensch zur Welt kommt, fehlen ihm noch alle Möglichkeiten, auf die Außenwelt irgendwie zu reagieren. Während des ersten Lebensjahres verdoppelt sich das Gewicht des kindlichen Gehirns, es lernt ununterbrochen. Nur auf diese Weise kann es alles Wissen aufbewahren und reproduzieren, das ein Mensch braucht. Dazu ist viel Zeit nötig, und nicht zuletzt deshalb hat der Mensch von allen Lebewesen die weitaus längste Kindheit." Hier endete die „Geschichte des Lebens". Inzwischen waren mehrere Leute in die Ausstellungsräume gekommen. Eine Schulklasse lief die Treppe herauf und verteilte sich lärmend im Saal. Vor den Darstellungen der Geschlechtsorgane und den Bildern vom Habsburger Kiefer gab es Gelächter, die Jungen johlten, die Mädchen kicherten. Dann kam der Lehrer herein und rief die Kinder zur Ordnung. Sie verließ den Raum und durchquerte die angrenzenden Säle. Dort befand sich die Sammlung des zoologischen Instituts. Lange betrachtete sie die ausgestopften Tiere, deren Felle und Federn keinen Glanz mehr hatten, die Skelette, die in typischen Körperhaltungen der lebenden Tiere fixiert waren, die aufgespießten Käfer und Schmetterlinge in ihren Glaskästen und die missgebildeten Föten in Behältern mit Formalin. Ein riesiges Walgerippe war an der Stahlkonstruktion der verglasten Dachkuppel aufgehängt und schien schwerelos im Raum zu schweben. Auf die Milchglasfenster darüber trommelte der Regen. Als es draußen dunkel wurde, verließ sie die Ausstellung, ging die Treppe hinunter, nahm ihren Schirm aus dem Ständer und öffnete die schwere hölzerne Tür. Durch die dicht fallenden Tropfen und die Feuchtigkeit hindurch war der Duft des Meeres zu spüren. Sie würde nach einem Hotelzimmer suchen müssen. Aber zuerst wollte sie zuhause anrufen.

Montag, 13 Uhr

Am Freitag Abend auf der Station hatte er seine Mutter zum letzten Mal gesehen. Obwohl es nicht lange her war, gelang es ihm nicht mehr, alle Einzelheiten dieser letzten Begegnung zu rekonstruieren. Vergeblich versuchte er, sich vor Augen zu rufen, was sie angehabt hatte, und sich an den Inhalt ihrer Gespräche zu erinnern. Die vielen gleichförmigen Besuche waren in seiner Erinnerung zu einem einzigen, typischen Ablauf zusammengeschmolzen. Bevor er ging, wechselten sie wie immer ein paar Worte an der Tür, dann drehte sie sich um und ging zum Schwesternzimmer, damit eine der Stationsschwestern ihn hinausließ. Sie kam nicht mehr mit zum Eingang, sondern winkte ihm vom Flur aus zu und wartete, bis sich die Tür hinter ihm geschlossen hatte. Einmal hatte er versucht, dieses Türöffnungs-Ritual abzukürzen, indem er eine Schwester oder Ärztin, die gerade die Station betrat, darum bat, ihn hinauszulassen. Noch jetzt klang ihm die schroffe Antwort im Ohr: „Ich kann hier niemanden rauslassen!" Und doch hatte seine Mutter jemanden dazu gebracht, sie gehen zu lassen. Einem Praktikanten gegenüber, der die Patienten nicht kannte, hatte sie sich als Besucherin ausgegeben, so hatte man ihm berichtet. Ihre Flucht war sorgfältig geplant gewesen, Zeitpunkt und Opfer klug gewählt, und den einmal gefasste Vorsatz hatte sie mit einiger Kaltblütigkeit durchgeführt. Wie oft in ihrem Leben verließ sie sich dabei auf ihr Äußeres. In dem blauen Hosenanzug, ein wenig zurechtgemacht, entsprach sie gewiss nicht der Vorstellung, die man sich von einer Patientin der geschlossenen Station einer psychiatrischen Klinik macht. Ihre Geistesgegenwart widersprach der Diagnose des behandelnden Arztes, der sie untersucht hatte, als sie am späten Montagvormittag zusammen in der Klinik Grafenberg angekommen waren.

Plötzlich fuhr sein Vordermann, ein alter Ford Transit, der ihn schon seit einigen Kilometern auf der linken Spur blockierte, Schlangenlinien. Zu spät sah er den länglichen, brettartigen Gegenstand, der rechts von der Mittellinie auf der Fahrbahn lag. Er riss das Steuer nach links und erwischte das Ding noch mit dem Hinterreifen. Aber der erwartete Schlag gegen die Karosserie blieb aus. Im Rückspiegel sah er ein Stück Pappe durch die Luft fliegen. Er ließ den Transit fahren, setzte sich nach rechts und konzentrierte sich auf den Verkehr. Die Autobahn führte in engen Kurven durch den Hunsrück, die Spuren waren schmal, fraßen sich in die Hänge und überwanden die Täler und Senken auf langgezogene Brücken. Es gab keinen Seitenstreifen, statt dessen erschien ab und zu ein Schild mit dem Hinweis „Nothaltebucht". Es war voll, Lastwagen quälten sich die steilen Stücke hinauf, und auf der linken Spur stauten sich die PKW zu dichten Pulks. Es war anstrengend und zugleich eintönig zu fahren. Automatisch kehrten seine Gedanken zu den Ereignissen jenes Montags zurück. Er war dem Krankenwagen, dessen Fahrer sich nicht um seinen rückwärtigen Begleiter kümmerte, weshalb er mehrere rote Ampeln überfahren musste, um hinter ihm zu bleiben, quer durch die Stadt gefolgt. Der Pförtner am Haupteingang der Klinik schien informiert zu sein, das schwere Rolltor schob sich bereits langsam auf die Seite, als die Ambulanz in der Einfahrt erschien. Er war nicht sicher, ob es erlaubt war, aber bevor das Tor sich wieder schließen konnte, gab er kurz entschlossen Gas und fuhr hinter dem Krankenwagen her. Niemand hielt ihn zurück. Das Klinikgelände zeigte sich als ausgedehnter Park mit alten Bäumen und gepflegten Rasenflächen, darin verstreut die rot verklinkerten Gebäude, die um die Jahrhundertwende den neuesten medizinischen Ansprüchen genügt hatten. Jetzt versuchte man, die Denkmalpflege mit den notwendige Erneuerungen

in Einklang zu bringen. Sie hielten vor dem Empfangs-
gebäude, einem niedrigen, in freundlichen Gelbtönen
gehaltenen Bau mit hohen Fenstern. Der Rollstuhl wurde wieder aus dem Wagen gehoben und seine Mutter
vom Sicherheitsgurt befreit. Er half ihr beim Aufstehen,
sie hakte sich bei ihm unter. Die Sanitäter verabschiedeten sich, nicht ohne ihnen grinsend den Kommentar mit
auf den Weg zu geben, dass man hier zwar schnell hinein, aber nicht so schnell wieder herauskomme. Er versuchte, die Taktlosigkeit zu ignorieren und zog seine
Schutzbefohlene die Stufen zum Eingang hinauf. Drinnen mussten sie endlos warten. Schließlich saßen sie in
einem düsteren Raum einer jungen Ärztin gegenüber,
die hinter einem riesigen Schreibtisch Fragen stellte, an
ihn, ob er seine Mutter verändert finde, verlangsamt in
ihren Reaktionen, was er wahrheitsgemäß bejahte, an
sie, wie alt sie sei, welchen Monat und Tag man schreibe. Sie antwortete unpräzise, ausweichend, schien sich
belästigt zu fühlen von der zudringlichen Fragerei. Ergebnis des Gesprächs war, dass die Patientin zu ihrer
eigenen Sicherheit vorübergehend in die geschlossene
Station eingewiesen werden müsse, ob sie sich damit
einverstanden erkläre, anderenfalls müsse es zwangs-
weise geschehen. Die Aufnahmeärztin legte seiner Mutter, welche ihn fragend ansah, ein Formular vor, er
zuckte mit den Achseln und nickte, sie unterschrieb und
war im selben Moment kein freier Mensch mehr. Nun
wurde wieder ein Rollstuhl gebracht, und eine Schwester begleitete Mutter und Sohn zum benachbarten Gebäude. Mit dem Aufzug fuhren sie in der ersten Stock.
Die Schwester klingelte an der Stationstür, es wurde
geöffnet, sie schob die beiden hindurch, vertraute ihrer
Kollegin die Neuankömmlinge an und verschwand
wieder im Aufzug. Mit einem leisen, aber nicht zu
überhörenden Schnappen fiel die Tür hinter ihnen ins
Schloss. Jetzt erst erfasste er die Situation. Für einen

Augenblick stockte ihm der Atem. Sie wurden ins Sprechzimmer geführt. Im Vorbeigehen empfand er plötzliche Sympathie mit einem Kanarienvogel, der im Empfangsraum gelb und einsam in seinem Käfig saß. Dann fanden sie sich wieder einem beeindruckenden Schreibtisch und einer ärztlichen Autorität gegenüber, dieses Mal einem braungebrannten Mann mittleren Alters in blütenweißem Arztkittel, der nochmals Fragen stellte. Die Antworten, die er erhielt und vermutlich insbesondere diejenigen, welche ausblieben, schienen die ihm vorliegende Diagnose zu bestätigen. Er klingelte einer Schwester, seine Mutter wurde hinausgeführt. Der Arzt bat ihn, noch einen Moment zu bleiben. „Keine Sorge, man kümmert sich um sie. Ich will Sie nicht im Unklaren lassen über den Zustand Ihrer Mutter. Wir werden sie einige Zeit zur Beobachtung hier behalten, und sobald wir es für vertretbar halten, wird sie in eine offene Abteilung verlegt. Aber sie wird wahrscheinlich nie wieder so sein wie vorher. Alles spricht dafür, dass es sich um den Beginn einer schweren Altersdemenz handelt, vielleicht um Alzheimer, man wird das genauer untersuchen müssen. Eine solche Krankheit kann unter Umständen schubweise verlaufen, das heißt, ihrer Mutter kann es in einigen Tagen wieder besser gehen, vielleicht werden Sie sie für ganz gesund halten. Aber die Entwicklung, die jetzt eingesetzt hat, ist nicht mehr umkehrbar. Mit etwas Glück wird sie sich wieder erholen, und ihr Zustand kann dann für einige Zeit stabil bleiben, aber man muss jederzeit mit neuen Schüben rechnen, nach denen sich ihre Verfassung weiter verschlechtern wird. Solche Krisen können übrigens durch starken Stress hervorgerufen werden. War Ihre Mutter in der letzten Zeit einer ungewöhnlichen psychischen Belastung ausgesetzt?" Wie schon vor ein paar Stunden im Krankenhaus verneinte er diese Frage. „Nun ja, es kann auch spontan auftreten. Was ich Ihnen sagen will,

ist Folgendes: Ihre Mutter wird auf lange Sicht der stän-
digen Beobachtung, vielleicht schon bald der Pflege
bedürfen. Wenn wir sie hier entlassen, kann sie ihr vor-
heriges Leben nicht wieder aufnehmen. Sie müssen sich
so bald wie möglich um einen Platz in einer entspre-
chenden Institution bemühen, ich meine ein gutes Altersheim mit Pflegeplätzen." Damit hatte er nicht gerechnet. Er fühlte, wie das Blut aus seinem Gesicht wich.
Seine Mutter im Altersheim, das erschien ihm undenk-
bar. Er konnte und wollte sich nicht vorstellen, dass sie
hilflos und pflegebedürftig werden könnte und in einem
Heim unter ständiger Aufsicht und Bevormundung
leben musste. Er schwieg. „Mehr kann ich im Moment
nicht für Sie tun. Kommen Sie so oft wie möglich, Ihre
Gegenwart wird Ihrer Mutter bei der Genesung helfen." Wie in Trance verließ er die Station, nachdem er
seiner Mutter zum Abschied die Hand gegeben hatte.
Sie saß im Aufenthaltsraum zwischen anderen Patienten
und blickte abwesend aus dem Fenster. Er versprach der
Schwester, heute Abend Waschzeug und krankenhaus-
taugliche Kleidung vorbeizubringen. Beim Versuch,
sein Auto zu öffnen, fiel ihm zweimal der Schlüssel aus
der Hand. Der Pförtner öffnete bereitwillig das Tor und
rief ihm im Vorbeifahren freundlich zu, die Besucher-
parkplätze lägen an der gegenüberliegenden Straßenseite, fürs nächste Mal. Erst als er in die Fahrbahn einbog
und beinahe den Bordstein der Verkehrsinsel überfuhr,
an der die Straßenbahnen hielten, fiel ihm ein, was der
heutige Tag bedeutete, etwas, das nur er und   seine
Mutter teilten und über das sie in all der Zeit niemals
gesprochen hatten. Heute war der Todestag seines Vaters. Heute vor drei Jahren war er frühmorgens in derselben Klinik gestorben, in der heute morgen seine
Mutter von zwei freundlichen Streifenpolizisten eingeliefert worden war.

Zu dritt standen sie vor dem Haus, Vater, Mutter und er. Das Auto hatten sie auf der Straße geparkt und waren durch das offene Tor und dann die halbkreisförmige, kiesbestreute Auffahrt entlang gegangen. Auf Anweisung seines Vaters ging er die drei Stufen zu der von Säulen flankierten Tür hinauf, drückte einmal kräftig auf den Klingelknopf und sprang dann in einem Satz wieder herunter, als wäre ihm jemand auf den Fersen. Ein Geschäftsfreund des Vaters hatte sie eingeladen, und er merkte, dass die Eltern nervös waren. Es dauerte eine Weile, bis die Türe aufging. Ängstlich erwartete er den Moment, in dem die Vertrautheit zu dritt von der Anwesenheit Fremder aufgehoben wurde, denen er die Hand geben musste, höflich Guten Abend sagen und womöglich irgendwelche gleichgültigen Fragen beantworten: „was macht die Schule? Was möchtest Du denn später mal werden?" Dann würden sich die Erwachsenen über seinen Kopf hinweg in Gespräche vertiefen, die ihn langweilten und von denen er ausgeschlossen war. Um nicht gleich gesehen zu werden, schob er sich hinter den Rücken seiner Mutter. Sie trug ein ausgeschnittenes Sommerkleid mit schmalen Trägern und einem Muster aus großen hell- und dunkelblauen Blüten. Über ihrem Arm hing eine hellblaue Stola gegen die zu erwartende abendliche Kühle. Noch immer konnte er ihr nicht verzeihen, dass sie ihren Zopf hatte abschneiden lassen. Eines Tages war sie mit kurzen Haaren aus der Stadt zurückgekommen und konnte nicht begreifen, dass er deswegen in Tränen ausbrach. Der glänzende dunkelbraune Zopf war für ihn fast wie eine eigenständige Person gewesen, die sich ihm zuwandte, wenn seine Mutter ihm den Rücken kehrte. Stand sie in der Küche, um das Essen vorzubereiten, oder war sie an ihrem Schreibtisch in ein Buch vertieft, stets lag der Zopf auf ihrem Rücken und erwachte bei jeder Bewegung ihres Kopfes zum Leben. „Ein Zopf ist etwas für junge Frauen", konstatierte sie, und es seien schon viel zu viele graue Haare darin gewesen. „Die habe ich aber garnicht gesehen", wandte er schluchzend ein. „Du vielleicht nicht, aber ich," gab sie zurück, und damit war das Thema für sie erledigt.

Neben seinen Eltern kam er sich noch immer klein vor, dabei hatte er die Mutter schon beinahe eingeholt. Er lehnte den Kopf an ihre Schulter und wünschte sich, sie könnten schweigend hier vor dem Haus stehenbleiben, bis es dunkel wurde und sie feststellten, dass sie sich im Datum geirrt hatten. Die Einladung fand erste nächste Woche statt, und sie konnten wieder nach Hause gehen. Aber nun hörte man Stimmen hinter der Tür. Der Vater klemmte die mitgebrachte Flasche Rotwein unter den linken Arm, um die rechte Hand zur Begrüßung frei zu haben. In der linken Hand hielt er einen Blumenstrauß. Er bedachte seine Frau von der Seite mit einem liebevollen und bewundernden Lächeln. Sie erwiderte es mit einem kleinen Anflug von Ironie, und wie so oft spürte der Sohn die für jeden Außenstehenden undurchdringliche Hülle des Einverständnisses, welche die beiden umgab. Dann sprang die Tür auf, sie wurden mit lautem Hallo hereingebeten. Entgegen seinen Befürchtungen musste er niemandem die Hand geben und wurde auch nichts gefragt, sondern einfach übersehen. Es war eine Einladung ohne Kinder, aber da er zu ängstlich war, allein zuhause zu bleiben, und sich niemand gefunden hatte, der ihm den Abend über Gesellschaft leistete, hatten die Eltern gebeten, ihn mitbringen zu dürfen. Er war also strenggenommen nur geduldet, und die Gastgeber, die selbst drei erwachsene Kinder hatten, mochten insgeheim den Kopf schütteln über diese späten Eltern und ihren unselbständigen Sprössling.

Nachdem die neuerdings üblichen Begrüßungsküsse ausgetauscht worden waren, ein Ritual, das ihn peinlich berührte, folgten sie der Hausfrau die gewundene Treppe hinauf, denn das Abendessen fand wegen des schönen Wetters auf der Terrasse im ersten Stock statt. Er war das Schlusslicht der Prozession. Seine Finger glitten über die dicke, seidige Kordel, die als Handlauf diente. Ein gemusterter Läufer bedeckte die Stufen und verschluckte das Geräusch der Schritte. Durch eine schmale Tür betraten sie die Terrasse. Die meisten Gäste waren schon da und unterhielten sich an den beiden weiß gedeckten Tischen, auf denen silberne, dreiarmigen Leuchter mit weißen Kerzen standen und silberne Vasen mit Sträußen von weißen Rosen. Er schaute sich bewundernd um. Alles kam ihm sehr prächtig vor im Vergleich zu seinem modern und nüchtern eingerichteten Elternhaus. Antike Gestalten bevölkerten ringsum die Szene, sodass man sich in eine vergangene Welt versetzt fühlte, Göttinnen mit reich gefältelten Gewändern und hochgesteckten Haaren, Satyrn mit krummen Bocksfüßen, die Doppelflöte an den fleischige Lippen, und ein Jüngling mit gespanntem Bogen, das schelmische Gesicht den Gästen zugewandt, als suche er nach einem geeigneten Opfer. „Ein bekannter Maler hat die Wände gestaltet", flüsterte sein Vater ihm zu, während sie sich setzten. Er sah nach der Tür, durch die sie gekommen waren, und fand sie von gemalten Säulen und Giebeln in einen Tempeleingang verwandelt. Daneben befand sich eine rechteckige, von stilisierten Ranken umgebene Öffnung in der Wand, deren Zweck ihm klar wurde, als der Gastgeber eine Flasche Wein und einige Gläser daraus hervorholte. Alles, was auf den Tischen stand, war von diesem kleinen, handbetriebenen Aufzug aus der Küche nach oben transportiert worden.

Seine Mutter strahlte und flirtete mit dem Hausherrn. Soweit er das beurteilen konnte, war sie die Schönste unter den weiblichen Gästen. Sein Vater unterhielt sich angelegentlich über den Tisch hinweg mit zwei älteren Damen, Verwandten der Gastgeberin, und warf seiner

Frau ab und zu einen anerkennenden Seitenblick zu. Er saß stumm zwischen ihnen, die Gespräche der Erwachsenen gingen über ihn hinweg, manchmal blieb er an einem einzelnen Wort hängen und grübelte ihm hinterher, ohne den Sinn des Satzes zu erfassen. Sein Blick wanderte von den Gesichtern gegenüber zu den gemalten Figuren, die ihm ebenso lebendig erschienen, und über die Terrassenbrüstung hinweg in den Garten mit seinen Rasenflächen und alten Bäumen. Ein riesiger Blauregen rankte sich an der Brüstung entlang, in seinem hellen Laub hingen wie Weintrauben einige verspätete Blüten. Als der Hauptgang beendet war - er schob dem Vater seinen fast unberührten Teller zu, und der reichte ihm dafür mit einem Augenzwinkern seinen eigenen leergegessenen hinüber -, wurde er unruhig und bat, aufstehen zu dürfen. „Geh doch ein bisschen in den Garten hinunter, solange es noch hell ist", schlug die Hausfrau vor, wahrscheinlich froh, ihn loszuwerden. Er schob den schweren Metallstuhl mit den weißen Leinenkissen zurück, zwängte sich hinter dem Rücken der Sitzenden an der Wand entlang und verschwand durch den Tempeleingang. Das Treppenhaus war dunkel. Er tastete nach dem Schalter, knipste das Licht an und ging die Treppe hinunter. Unten zögerte er einen Moment, öffnete dann aufs Geratewohl eine Tür und stand im Wohnzimmer. Die großen Schiebetüren zum Garten waren offen. Es fiel noch genügend Licht herein, dass er den offenen Kamin und das golden glänzende Kaminbesteck bewundern konnte, die Teppiche, die üppig den Boden bedeckten, und die goldgerahmten Bilder an den Wänden. Er durchquerte den Raum, indem er versuchte, nur auf die hellen Ornamente der Teppiche zu treten und das Dunkel dazwischen zu meiden. Mit einem Sprung über den letzten schwarzroten Abgrund hinweg erreichte er die sicheren Steinplatten draußen vor der Tür. Über ihm wurde laut durcheinandergeredet und gelacht. Vergeblich versuchte er, die Stimmen seiner Eltern zu unterscheiden. Ein schmaler gepflasterter Weg führte von der Terrasse in den Garten. Schon nach ein paar Schritten verdeckten hohe alte Bäume und Gruppen von sorgfältig beschnittenen Büschen die Sicht auf das Haus. Manche von ihnen blühten und erfüllten den Garten mit wechselnden Düften. Er hätte gerne gewusst, was das für Büsche waren. Die Geräusche vom Haus her klangen gedämpft und wie von fern. Über dem Rasen stand die Wärme des Tages, kein Wind zerstreute sie. Er kam sich vor wie auf einer Insel, abgeschlossen von der Welt. Der Weg führte hinunter zum Swimmingpool, vorbei an großen, dunklen, kugelig geschnittenen Eiben. Der neuen ökologischen Mode gemäß war das Becken in ein Biotop verwandelt worden. Kolbenschilf und Wasserlilien verdeckten den Handlauf einer stählernen Trittleiter, die noch an den ursprünglichen Zweck erinnerte. Auf dem Wasserspiegel schwammen regungslos die Blüten und dunkelgrünen Blätter der Seerosen. Bäuchlings legte er sich an den von großen, unregelmäßigen Steinplatten umgebenen Rand, die Hände unter dem Kinn, und ließ den Blick ins Wasser sinken. Der Grund war mit hellem Kies bedeckt, darüber kreuzte eine Horde Goldfische und verschwand ab und zu zwischen den Stängeln der Pflanzen, deren Wurzeln in schwarzen, von Steinen beschwerten Plastiktöpfen steckten. Der Teich schien erste kürzlich angelegt worden zu sein. Plötzlich änderten die Fische ihre Richtung und schwammen auf ihn zu, wahrscheinlich erwarteten sie, um diese Zeit gefüttert zu werden. Aber heute hatte man sie vergessen. Er stützte sich auf die Ellenbogen und schwenkte die Hand über der Wasserfläche. Erschrocken schossen sie in alle Richtungen davon. Als sie sich allmählich wieder hervorwagten, hatte die Dämmerung ihr Rot aufgesogen.

Irgendwann schlief er ein, und als er wieder aufwachte, war es Nacht. Um ihn herum war der Garten von Scheinwerfern beleuchtet und sah aus wie eine Theaterkulisse. Er fror ein bisschen. Auf dem Weg zurück zum Haus bleib er kurz hinter einem Busch stehen, anstatt erst drinnen nach einer Toilette zu suchen, und wich ängstlich jedem Lichtkegel aus wie ein Einbrecher, der sich im Schutz der Dunkelheit anschleicht. Von oben war immernoch Lärm zu vernehmen, anscheinend vermisste ihn niemand, sicher hatten sie ihn einfach vergessen. Er trat ins Wohnzimmer, in das durch die halboffene Tür zum Flur ein Streifen Licht fiel. Plötzlich hatte er keine Lust mehr, nach oben zu gehen und sich wie ein braver Junge wieder auf seinen Platz zu setzen. Vorsichtig näherte er sich der Tür und warf einen Blick in den erleuchteten Hausflur. Er würde systematisch vorgehen und wie ein Dieb, der das Haus durchsucht, jeden Raum inspizieren. Zum Wohnzimmer führten zwei Türen, das hatte er vorhin nicht bemerkt. Daneben war die Gästetoilette, und hinter einem Samtvorhang versteckt die Garderobe, wo einige zur Zeit nicht gebrauchte Mäntel hingen. In der Küche nahm er sich ein übriggebliebenes Stück von dem Kuchen, der wohl vor Kurzem serviert worden war, und stieg kauend die Treppe hoch. An der Terrassentür hielt er kurz inne, aber die Geräusche waren unverändert, nichts deutete auf einen baldigen Aufbruch hin. Nach einem kurzen Blick ins Badezimmer und in ein Büro mit großem Schreibtisch und Regalen voller Ordner stand er plötzlich im Schlafzimmer. Nun erschrak er doch darüber, dass er so unverfroren in die Privatsphäre fremder Leute eindrang, und wollte die Tür schnell wieder zuziehen, aber da sah er plötzlich in dem Lichtkeil, der ins Zimmer fiel, etwas glänzen. Er ließ die Klinke los und trat näher. In einer Schale auf dem Nachttisch der Gastgeberin wanden sich eine Menge dünner goldener Ketten wie kleine Schlangen umeinander. Wie unter Hypnose zog er mit den Fingerspitzen eine davon heraus, sie löste sich ganz leicht aus dem Knäuel und glitt in seine Hand. Er stand starr, wollte nicht glauben, was er tat. In diesem Moment veränderten sich die Geräusche draußen, Stühle wurden gerückt, Stimmen näherten sich der Tür. Mit einem Satz stand er auf dem Flur, die Kette in der Hand, zog hastig die Schlafzimmertür zu und rette sich gerade noch ins Bad, bevor die Gäste den Flur betraten. Er schloss sich ein und schaltete das Licht an. Seine Knie zitterten, er setzte sich auf den Toilettenrand. Die Kette brannte in seiner Hand. Einen Moment dachte er daran, sie in die Toilette zu werfen, aber dann steckte er sie in die Hosentasche. Wie betäubt stand er auf und sah in den Spiegel. Ein fremdes Gesicht blickte ihn daraus an. Dann hörte er seine Mutter draußen im Flur fragen: „Wo ist denn der Junge?" Er betätigte die Spülung, drehte den Wasserhahn auf und kühlte sein glühendes Gesicht. Er atmete tief ein, schloss die Tür auf und ging hinaus, überzeugt, dass alle ihm sein Verbrechen ansehen konnten. „Ach, da bist du ja, komm, verabschiede dich, wir gehen nach Hause. Wo hast du nur so lange gesteckt?" „Ich bin am Teich eingeschlafen." „Das sieht dir ähnlich! Du bist schon ein seltsamer Junge." Sie nahm ihn bei der Hand und zog ihn zu den Gastgebern, vor denen er sich wohlerzogen verbeugte. Dann fuhren sie nach Hause.

Samstag, 15 Uhr 30

Als die Wagentür zugefallen war, zögerte sie einen Moment, das Auto mit all dem Gepäck darin unverschlossen zurückzulassen. Aber die Andern würden sicher nicht lange wegbleiben. Sie ging zwischen den geparkten Autos hindurch und suchte zunächst Schutz hinter dem Toilettengebäude. Hier konnte man sie weder von der Raststätte noch vom Parkplatz aus sehen. Sie schaute sich um. Erst jetzt fiel ihr auf, dass ein Zaun das ganze Gelände umgab. Anscheinend war es nicht vorgesehen, dass jemand von hier aus zu Fuß weiterging. Der Zaun kam ihr vor wie eine Grenzlinie zwischen den Sesshaften draußen und denen, die unterwegs waren und nur kurz an der Raststätte Halt machten. Sie erwog, am Zaun entlang in Richtung Einfahrt zu gehen, bis er irgendwo endete, aber dann entdeckte sie, dass das Gitter an einer Stelle niedergetreten war. Den Kinderrucksack fest an sich gedrückt, überquerte die Straße, trat vorsichtig auf das im Gras liegende Drahtgeflecht und kletterte die kurze Böschung zu dem asphaltierten Wirtschaftsweg hinunter, der durch die Weinberge führte. Nun war sie außer Sicht. Die Nachmittagssonne stand hoch über der Landschaft, die Luft roch nach der Feuchtigkeit, die von den Wiesen aufstieg, und nach Heu, das irgendwo auf den abgemähten Feldern trocknete. In sanften Bögen schwang sich der Weg durch die Rebhänge hinab und verschwand zwischen den Feldern, die sich weiter unten anschlossen. In der Ferne glänzte der Strom hier und da aus dem Dunst hervor. Dort, wo die Hügel sich zur Ebene hinabsenkten, schien er die Landschaft mitzureißen, die Felder gerieten in seinen Sog, wurden schmaler und krümmten sich zu ihm hin. Einzelne Bäume verließen den Verband kleiner Waldstücke, die wie dunkle Inseln im Grünen lagen, und folgten ihm. Ortschaften zerflatterten an ihren Rändern, weil immer wieder Häuser sich von ihnen losrissen und in seine Nähe rückten. Die Wege, die in Windungen von den Hügeln hinabführten, schwenkten in seine Richtung ein und mündeten in eine breite Straße, die parallel zum Strom verlief. Alles schien einem gemeinsamen Ziel entgegen zu streben, das unsichtbar in der Ferne lag. Sie wurde von dieser Bewegung ergriffen und mitgezogen. Noch nie hatte sie sich so leicht gefühlt. Die Welt war vor sie hingebreitet in sommerlicher Pracht wie ein Geschenk, das sie nur entgegenzunehmen brauchte. Der Weg schmiegte sich unter ihre Fußsohlen und trug sie davon im Rhythmus der Schritte, der von ihrem Körper und ihren Gedanken Besitz ergriff, sie die Frage nach Ziel und Sinn ihrer Reise vergessen ließ und in das bewusstlos pulsierenden Leben der Natur einbezog.

Nach einer Weile wurde ihr zu warm in der prallen Sonne, sie zog die Jacke aus und hängte sie an die Riemen des Rucksacks, um die Hände beim Gehen frei zu haben. Der Sommer hatte gerade erst angefangen. Im Laub der Weinstöcke zu beiden Seiten des Weges hingen winzige Trauben mit erbsengroßen grünen Beeren. Die gleichmäßigen Reihen der Reben blätterten im Vorbeigehen auf wie Buchseiten. Zwischen den einzelnen Weinhängen liefen grasbewachsene Wege am Hang entlang, vorbei an gemauerten Unterständen, die wie kleine Wohnhäuser mit roten Ziegeldächern und farbig lackierten Fensterläden zurechtgemacht waren. Manche wurden von Bäumen beschattet und besaßen ummauerte Aussichtsterrassen. Sie bog vom Weg ab und näherte sich der Miniaturausgabe eines Wehrturmes, zweistöckig in den Hang gebaut, mit glaslosen Fenstern, hölzernen Schlagläden und spitzem Dach. Drinnen umringten schmale Holzbänke einen kleinen eisernen Ofen, dessen Rohr durch die Decke nach oben führte, um auch die darüber liegende Kammer zu erwärmen, welche nur vom Hang aus über eine Brücke zu betreten war. Sie ging hinaus, stieg ein paar grasbewachsene Stufen empor, überquerte die Brücke zum Dachzimmer und trat ans Fenster. Einen Augenblick lang malte sie sich aus, auf kleinstem Raum mit dem Notwendigsten versorgt ein Einsiedlerleben zu führen, ganz ausgefüllt vom Betrachten der Landschaft im Wechsel der Jahreszeiten. Aber die Zeiten, in denen Einsiedler als Heilige betrachtet wurden und sich von den Geschenken der Leute ernähren konnten, waren unwiderruflich vorbei. Sie verließ den Unterstand und kehrte zum Hauptweg zurück. Allmählich lief das Rebland in Felder und Wiesen aus. Darin verstreut lagen kleine eingezäunte Gärten, gepflegt und sorgsam angelegt mit Blumenbeeten und gemähtem Rasen. Sonnenschirme standen vor selbstgebauten Gartenhäusern, darunter saßen Familien am Kaffeetisch. Kinder wippten auf bunten Schaukelgestellen oder bespritzten einander mit dem Gartenschlauch. Spaziergänger begegneten ihr, sie grüßte freundlich und wurde ebenso freundlich wiedergegrüßt. Der Weg verlor in der Ebene seinen Schwung und wurde breit und behäbig. Auf manchen Wiesen stand das Gras hoch, auf anderen waren Traktoren mit Mähen und Heuwenden beschäftigt. Hellgrüne Getreidefelder wechselten ab mit dunkelgrünem Mais und weiß blühenden Kartoffeläckern. Sie pflückte ein paar Ähren und stellte fest, dass sie nicht mehr wusste, was Roggen und was Gerste war. Dann steckte sie das Büschel als Zeichen ihres Wanderdaseins in die Seitentasche des Rucksacks, wo die Ähren zu jedem ihrer Schritte zustimmend nickten. Das feuchte, von Blumen gesprenkelte Grün der Wiesen lockte sie, die asphaltierte Straße zu verlassen. Sie zog die Schuhe aus, in denen ihre Füße wieder zu schmerzen begannen, und verstaute sie im Rucksack. Weil sie zu lang waren, ragten ihre Spitzen wie zwei Ohren an beiden Seiten der Klappe heraus. Mit langsamen Schritten bahnte sie sich einen Weg durch das kniehohe Gras. Die Halme legten sich vor ihr nieder und breiteten einen kühlen, seidigen Teppich unter ihre Füße. Immer wieder blieb sie stehen, bückte sich nach rechts oder links und pflückte Margariten, blaue Skabiosen, duftende Schafgarben und Blumen, deren Namen sie nicht kannte. Als es ein ansehnlicher Strauß geworden war, steckte sie ihn zu den Ähren an ihren Rucksack. Sie war nun fast bis zur Mitte der ausgedehnten Wiese gegangen. Wo ihre Schritte das Gras niedergetreten hatten, verlief eine schmale dunkle Linie wie die Spur eines Tieres, ein Weg, der dort vorher nicht gewesen war und der an ihren Füßen endete. Sie wünschte, die Halme würden wieder aufstehen und die Wiese sich hinter ihr schließen wie Wasser, das keine Spur bewahrt. Langsam watete sie weiter durch das Gras, eine kleine, einsame Gestalt mit schmalen Schultern, und das Weiß ihrer Haare und ihres T-Shirts leuchtete wie verirrter Schnee aus dem Grün.

Von weitem sah sie die Kirschbäume und hielt darauf zu. Sie überquerte eine gemähte Wiese, auf der in regelmäßigen Abständen große Heuhaufen lagen. Die Grasstoppeln waren weicher, als sie angenommen hatte. Im Vorbeigehen konnte sie nicht widerstehen, sich mit ausgebreiteten Armen bäuchlings in einen der duftenden hellgrünen Hügel sinken zu lassen. Dann rappelte sie sich wieder hoch, schüttelte die Halme aus den Kleidern und ging weiter. An einem der Bäume legte sie Rucksack und Jacke ab und machte sich an die Ernte. Die von Früchten schweren Zweige hingen tief herunter. Wenn ihre Hände voll waren, legte sie die Kirschen in eine Mulde am Fuß des Stammes und pflückte weiter, bis ihr klar wurde, dass sie so viele Kirschen nicht würde essen können. Also hörte sie auf mit Pflücken, ging noch einmal zu dem Heuhaufen, holte einen Arm voll Heu und bereitete sich am Baumstamm einen Lagerplatz. Dann öffnete sie den Rucksack, holte Teeflasche und Kekse heraus und begann zu essen. Als sie satt war und ein wenig getrunken hatte - sie erinnerte sich daran, dass man Kindern verbietet, zu Kernobst Wasser zu trinken -, packte sie wieder alles in den Rucksack, legte sich auf ihr Heubett, rollte ihre Jacke zu einem kleinen festen Kissen zusammen und schob es unter den Nacken. Wie durch ein Fenster blickte sie unter dem Blätterdach hervor in den sonnigen Garten, der sich zu ihren Füßen ausbreitete. Sonnenstrahlen fielen durch die Zweige und wärmten sie. Ein Schmetterling ließ sich auf ihrem T-Shirt nieder und klappte mit einem zarten, schabenden Geräusch die Flügel auf und zu. Sie war zuhause.

Wenn sie im Garten unter der großen Fichte stand und den niedrigsten der fast waagerecht aus dem Stamm herauswachsenden Äste zu erreichen versuchte, fehlte noch etwa eine Armlänge. Sie war klein für ihr Alter. Mit ihren knielangen Hosen und den kurzen, braunen Haaren sah sie aus wie ein magerer Junge. Am liebsten war sie den ganzen Tag über draußen, und statt mit Puppen zu spielen und hübsche Kleider zu tragen wie andere Mädchen, kletterte sie auf Bäume. Alle nannten sie Marie, weil das sanfte „Maria" zu einem so eigensinnigen und wilden Mädchen, wie sie es war, nicht recht passen wollte. Nach zwei vergeblichen Anläufen bekam sie den Ast mit einem Sprung zu fassen. Die rotbraune Rinde war rauh und schuppig und schürfte ihr die Handflächen auf. Ihre nackten, vom vielen Barfußlaufen den ganzen Sommer über unempfindlichen Fußsohlen suchten Halt an kleinen Unebenheiten des Stammes und arbeiteten sich Schritt für Schritt nach oben. Dann schlug sie beide Beine über den Ast, der nur leise zitterte unter dem kaum merklichen Gewicht, hing für einen Moment hilflos an Händen und Knien, holte Schwung, ohne auf den Schmerz in ihren Kniekehlen zu achten, bekam mit der rechten Hand den nächsthöheren Ast zu fassen und richtete sich auf. Nun ging es wie auf einer Leiter nach oben. Die Äste wurden dünner und die Abstände zwischen ihnen kleiner. Sie zwängte sich durch ein Gestrüpp von trockenen Zweigen, das ihre Arme und Beine zerkratzte. Später würde sie erzählen, sie sei durch die Hecke gekrochen, um mit den Nach-

66

barjungen zu spielen, das war weniger verboten als auf den Baum zu klettern. Die alte Fichte war ihr Liebling, und der Aussichtspunkt dicht unter dem Wipfel ein gut gehütetes Geheimnis. Hier oben war es kühler, auch an warmen Sommertagen hörte man den Wind mit einem scharfen, winterlichen Geräusch durch die Zweige gehen. Die Welt tief unten am Fuß des Baumstammes war plötzlich klein und überschaubar. Der Garten, der ihr so grenzenlos erschien, wenn sie darin umherging, weil er sich von verschiedenen Blickwinkeln aus immer wieder in eine andere Landschaft verwandelte, war in Wahrheit ein grünes, von den gepunkteten Linien der Fußwege in drei ungleiche Teile aufgeteiltes Rechteck, umgeben von Büschen und Bäumen. Eine Linie, begleitet vom Rot des aufgeblühten Rosenbeetes, führte vom Haus zu einer Terrasse im Schatten der Bäume, die andere zweigte vorher ab und führte in einem Bogen wieder zum Haus zurück. Auf dem Rasen lag wie ein Boot auf dem Wasser ein Liegestuhl. Er begann zu schaukeln, als leichter Wind den Wipfel der Fichte in sanfte Schwingung versetzte. An dem runden Tisch mit der mosaikgeschmückten Steinplatte, der mit seinem gemauertem Fuß fest auf der Terrasse verankert war, wurde nur an besonders heißen Sommertagen gegessen. Vor Jahren hatte sie dem Maurer dabei zugesehen, wie er Stein für Stein zu dem quadratischen Sockel aufschichtete. Zuletzt blieb in der Mitte ein enges Loch, das mit Zement ausgefüllt wurde. Da musste ihrer Meinung nach irgend etwas eingemauert werden, ein Geheimnis, von dem nur sie allein wusste, eine Botschaft an spätere Jahrhunderte. Sie lief ins Haus und fand in der Eile nichts als eine tote Fliege auf dem Küchenboden. Vielleicht würden sich spätere Jahrhunderte, wenn es längst keine Fliegen mehr gab, für die gegenwärtige Fauna interessieren. Sie schrieb auf einen kleinen Zettel ihren Vor- und Familiennamen sowie eine kurze Erklärung zum beigefügten

Insekt. Dann steckte sie ihn zusammen mit der Fliege in eine leere Streichholzschachtel und drückte diese in einem unbeobachteten Augenblick in den weichen Zement, eine Flaschenpost an die Zukunft.

Am Ende des Gartens, hinter den Büschen, fiel das Gelände steil ab. Sie konnte fast bis hinunter ins Tal sehen, aus dessen Tiefe Dunst emporstieg. Ab und zu schwappte von dort eine kleine Welle von Kühle und Feuchtigkeit über den Garten. An der gegenüberliegenden Seite des Tales stieg ein bewaldeter Berghang empor, dessen von Büschen und Baumkronen eingerahmte, mit dem Wetter und den Jahreszeiten wechselnde Ansicht zum Garten dazugehörte und ihn mit der umgebenden Landschaft verband. Plötzlich hatte sie den Wunsch, in die milchige Luft einzutauchen, die das Tal ausfüllte, darin zu schwimmen wie die beiden Vögel, die hoch oben einander umkreisten, durch ein unsichtbares Band verbunden, und triumphierende, sehnsuchtsvolle Schreie ausstießen. Vielleicht sollte sie es darauf ankommen lassen, sich einfach nicht mehr festklammern, sondern auf dem Ast, auf dem sie stand, ein paar Schritte nach außen gehen, so weit, bis er sie nicht mehr trug und unter ihren Füßen nachgab, und darauf vertrauen, dass die Natur sich ihrem Wunsch beugte, die Luft sich verdichtete und sanft unter ihre Arme griff, dann würde sie das Gewicht ihres Körpers nicht mehr spüren und frei sein. Unwillkürlich lockerte sie ihren Griff und verlor für einen Augenblick das Gleichgewicht. Ein kalter Schreck durchfuhr sie, Hände und Füße suchten in Sekundenschnelle wieder Halt und fingen sie auf. Unter ihr rannte ein Eichhörnchen mit hektischem Gekratze seiner scharfen Krallen kopfüber den Baumstamm hinunter. Unten angekommen durchquerte es in hastigen Sprüngen den Garten, hielt ab und zu wie versteinert inne, sodass kein Haar an seinem buschigen

Schwanz sich regte, und es schien, als könnte es ebensogut mitten im Sprung regungslos in der Luft verharren. Vorsichtig und noch immer ein wenig wacklig in den Knien wechselte sie ihren Standort im Baumwipfel und wandte sich zur anderen Seite. Hier grenzte Garten an Garten, jeder eingerahmt von Büschen und dichten Hecken. Sie versuchte, einen Blick in die benachbarten grünen Rechtecke mit ihren Liegestühlen und Sonnenterrassen zu werfen. Familienleben spielte sich dort ab, sorgfältig verborgen vor den Augen der Anderen. Die Hecken zwischen den Gärten waren eine Welt für sich, ein Zwischenreich, in dem das beschützte und überwachte Gebiet in eine verborgene Wildnis überging. Sie waren durchzogen von einem Höhlensystem, das die Kinder angelegt hatten. Die unter dem Dickicht verrottenden Zäune hatten sie an manchen Stellen hochgebogen, um darunter durchschlüpfen zu können, an anderen hatte einer der größeren Jungen mit der Drahtschere aus Vaters Werkzeugkasten Durchgänge geschnitten, sodass die sorgsam getrennten Familienwelten unsichtbar verbunden waren. Es gab Räume, groß genug, um sich darin zu mehreren zu treffen, Verbindungsschläuche, durch die man bäuchlings kriechen musste, und kleine Verstecke, die das gehütete Geheimnis jedes Einzelnen waren. Hier stöberten sie aus dem Nest gefallene Vögel auf, zum Leidwesen des Försters, dem die aus ihrer Umgebung und von den Eltern entfernten Tiere meist übergeben wurden, oder bestaunten fette Kröten, die niemand anzufassen wagte, weil es hieß, sie seien giftig. Einmal fand jemand einen Feuersalamander, der von Hand zu Hand ging, bis die Erwachsenen einschritten. In einer kleinen Prozession wurde er in den Wald getragen und der Freiheit übergeben. Von den im Schutz der Hecken lebenden Tieren waren ihr die Blindschleichen am liebsten. Sie fühlten sich geheimnisvoll glatt, kühl und trocken an. Wenn sie eine von ihnen gefangen hatte, setzte sie sich an den Zaun zur Straße und verwandelte sich in ein Schaustellerkind, indem sie zum Erstaunen und Entsetzen der Vorbeigehenden das schlangenähnliche Tier um ihr Handgelenk legte oder über ihr Gesicht und durch ihre Haare kriechen ließ.

Von der Perspektive aus dem Baumwipfel bekam sie nie genug. Sie enthüllte ihr alle Geheimnisse dort unten und erhob sie hoch über den Blickwinkel der Anderen. Unersättlich harrte sie aus, bis Arme und Beine schmerzten und sie die Stimme ihrer Mutter hörte, die nach ihr rief. Hinunterklettern war schwieriger als hinauf, zumal sie sich beeilen musste. Manchmal verfehlte ihr Fuß den nächsten Ast, und sie hing einen Augenblick lang im Leeren. Auf dem untersten Ast angelangt, nahm sie ihren ganzen Mut zusammen und sprang, anstatt sich langsam zum Boden herunterzulassen. Sie wischte ihre harzigen Hände an der Hose ab und lief zum Haus. Die Welt war wieder die alte. Auf der Terrasse vor dem Haus wartete der gedeckte Kaffeetisch, Duft von frisch gebackenem Kuchen lag in der Luft. Drinnen schlug es vier Uhr. Kaum konnte sie glauben, gerade eben noch dort oben gewesen zu sein.

Das Haus stand am Stadtrand, gerade nahe genug am Wald, dass manchmal früh morgens Rehe in den Garten kamen und die Knospen an den Rosenbüschen abfraßen. Das hörte auf, als ringsherum weitere Häuser gebaut wurden. Auch die verwilderten Grundstücke, in denen die Kinder aus den Nachbarhäusern spielten, verschwanden nach und nach. Von der schmalen, holprigen Straße aus gesehen war das Haus ganz unscheinbar, nur die Eingangstür leuchtete blau aus der holzverkleideten Front. Sie liebte diese Tür in der Farbe des Himmels. Ungeduldig sah sie zu, wie der Vater oder die Mutter den Schlüssel im Schloss herumdrehte, viel zu lange dauerte das. Wenn sie allein nach Hause kam, klingelte sie Sturm und lehnte sich gegen die Tür, bis sie endlich nachgab. Dann sprang sie mit einem einzigen weiten Satz die drei Stufen zum Flur hinunter, bewundert von sechs hölzernen Soldaten mit blauen Hosen und hohen, schwarzen Mützen, die vor dem Fenster des Windfangs aufgereiht den Eingang bewachten. Nun war sie zuhause. Ganz unvorstellbar, woanders zuhause zu sein. Vor kurzem war ein Junge neu in ihre Schulklasse eingetreten, der vorher mit seinen Eltern in einer anderen Stadt gewohnt hatte. Sie rätselte, wie das ging, verschiedene Häuser im Kopf unterzubringen. Die Lage der Zimmer und ihr Geruch, der Klang der Türen, der Rhythmus der Treppenstufen, die Fenster, durch die man hinaussah waren doch ein Teil von ihr selbst. Sie hielt sich in den vertrauten Räumen auf, ging darin herum, lief die Treppen rauf und runter, und zugleich waren die Räume und Treppen in ihrem Innern.

Ihr Zimmer war klein. Wenn sie an ihrem Schreibtisch vor dem Fenster saß, die Ellenbogen aufgestützt, im Winter die Füße zwischen den heißen Rippen des Heizkörpers, und über einen noch unberührten Zeichenblock oder ihre Schulhefte hinweg in den Garten hinausträumte, hatte sie alles, was sie brauchte. In der obersten Lade des Schubladenschrankes rechts unter dem Tisch lagen Stifte und Papier, Schere, Kleber und die Pappkartons, die sie aufbewahrte, wenn ein Zeichenblock geplündert war. Die Fächer darunter waren angefüllt mit Sachen, die sie sammelte: kleine Tiere aus farbigem Plastik, von denen es immer wieder neue zu kaufen gab; die Scherben einer Porzellantasse, die ihrer Mutter heruntergefallen war, eingewickelt in ein Taschentuch; verschiedene Steine, die sie gefunden oder geschenkt bekommen hatte; Postkarten mit Fotos von Pferden; kleine Fellstücke von verschiedenen Tieren, irgendwann beim Ändern einer Pelzjacke oder eines fellgefütterten Mantels abgefallen, in der Ecke eines Schrankes entdeckt und als Kostbarkeit behalten. Die unterste Schublade enthielt den größten Schatz, auf Watte gebettet, sorgsam gehütet und täglich betrachtet, Muscheln und getrocknete Meerestiere, manche selbst am Strand entdeckt, die schöneren Stücke von den Eltern gekauft. Zwei braune Seepferdchen, zu Arabesken erstarrt, ruhten neben getrockneten Seesternen, ausgebrochenen Schneckenhäusern, die man als Ring auf den Finger schieben konnte, einer grauen Austernschale, deren Innenseite mit Perlmutt ausgekleidet war, und einigen schmetterlingsförmig aufgeklappte Muschelschalen. In der Mitte prangte eine große schneeweiße Meeresschnecke mit langen, braunen Stacheln, deren Inneres rosig schimmerte und in der, wenn man sie ans Ohr hielt, wie aus weiter Ferne das Meer rauschte. Ein schwacher Geruch nach Meerwasser entströmte der Schublade, wenn sie geöffnet wurde.

An manchen Nachmittagen fühlte sie sich in ihrem Zimmer weit entfernt von der übrigen Welt, wie in einer Kapsel, die sich von der Wirklichkeit abgelöst hatte und nun als Raumschiff im Nichts schwebte. Stille umgab sie, alle schienen vergessen zu haben, dass sie existierte. Hier war sie frei, die Vorschriften, die draußen galten, waren außer Kraft gesetzt, solange sie das Zimmer nicht verließ. Sie brauchte die Welt draußen nicht, denn alles, was sie sich wünschte, konnte sie im Kleinen zu sich hereinholen, und so war sie Herrscherin in einem Reich, in dem nichts fehlte. Die vier Jahreszeiten zum Beispiel spielten sich in einem kleinen Karton wie auf einer Theaterbühne ab. Das Innere des Kartons hatte sie mit diagonalen Pappwänden in vier Kammern geteilt, die Wände mit Frühlingsblumen, einer Sommerwiese, bunten Herbstbäumen und Schneebergen beklebt. Davor standen kleine dazu passende   Kulissen, aus Papier ausgeschnitten und bunt bemalt. Das Licht fiel durch runde, sonnenartige Ausschnitte im Deckel herein, und wenn man das Auge an eines der Gucklöcher in den Seitenwänden hielt, konnte man sich mitten im Winter in eine Sommerlandschaft hineinversetzen oder bei sommerlicher Wärme im Schnee spazieren gehen. Sie besaß mehrere solcher Kartons mit geheimnisvollem Inhalt, einen Urwald mit fremdartigen Tieren, einen Meeresblick mit Schiffen am Horizont, eine Tropfsteinhöhle. Eine andere Art Guckkasten waren die Bücher. Auf den ausklappbaren Seiten ihres Lieblingsbuches waren Bilder von urweltlichen Landschaften mit Vulkanen und Riesenfarnen zu sehen. Saurier stapften durch längst vergangene Vegetation, ihre Namen kannte sie auswendig und hütete sie wie einen Schatz. Je komplizierter und unverständlicher, desto kostbarer waren sie. Im Klang ihrer Namen war das Wesen der urzeitlichen Tiere verborgen, und sie sprach sie nur leise und vorsichtig aus, weil sie fürchtete, etwas von dem Schrecken heraufzubeschwören, den ihr Erscheinen einst ausgelöst hatte. Ein anderes Buch enthielt den Weltraum mit allen Milchstraßen und der kleinen, unbedeutenden Sonne, die draußen so prächtig schien, samt ihren neun Planeten. In einem weiteren befand sich die Tierwelt von den Vögeln über die Säugetiere, Insekten, Schnecken, Würmer bis zu den finsteren Kreaturen der Tiefsee. Kein Ort und kein Gegenstand auf der Welt, der nicht in ihrem Zimmer Platz hatte, kein Lebewesen, das sie nicht herbeirufen konnte. Sie alle entfalteten sich aus den aufgeschlagenen Buchseiten und wuchsen farbenprächtig daraus hervor, wie die japanischen Papierblumen, die in einem Wasserglas aus Muschelschalen emporsteigen, wenn die mit geheimnisvollen Schriftzeichen bedruckten Banderolen, von denen sie zusammengehalten werden, sich auflösen.

Manchmal träumte sie, aus dem Haus zu fliehen. Einbrecher waren eingedrungen und näherten sich ihrem Zimmer. Sie kletterte aus dem Fenster auf den Balkon, stieg lautlos die Treppe zur Terrasse hinunter und schlich gebückt an der Hauswand entlang bis zu den schützenden Bäumen. Von dort aus gab es zwei Fluchtwege, einen den Garten hinunter bis zur Böschung, in deren Unterholz sie eintauchte und flink wie ein Tier den steilen Abhang hinunterlief. Hier konnte niemand sie finden. Der andere führte durchs Nachbargrundstück in Richtung Straße. Sie musste über zwei Zäune klettern, dazwischen ohne Deckung eine Wiese überqueren und landete mit einem kühnen Sprung auf dem rettenden Asphalt. Keiner der Männer war ihr gefolgt. Nun begann sie zu rennen, so schnell sie konnte, und war an der nächsten Straßenecke zwischen den Häusern endlich in Sicherheit. Aber sie rannte weiter, nicht wie oft im Traum mit schweren unbeweglichen Beinen, ohne von der Stelle zu kommen, sondern leichtfüßig und schnell, jeder Schritt ein Sprung, der den Abstand zwischen ihr und dem Haus vergrößerte, denn es waren nicht die Einbrecher, vor denen sie floh, sondern das Haus selbst, das so viel Macht über sie besaß, eine Macht, die mit jedem Schritt und Sprung, den sie tat, schwächer wurde und von ihr abfiel. Sie lief und lief, den Wind im Gesicht, die Arme triumphierend erhoben, die Straße flog ihren Füßen entgegen, links und rechts sausten Bäume, Büsche, Häuser und Gartenzäune vorbei und über ihrem Kopf wölbte sich ein endloser blauer Himmel.

Montag 13 Uhr 30

Nun ging es vom Hunsrück wieder hinunter in die Rheinebene. In den Kurven war wegen des starken Gefälles Tempo Hundert vorgeschrieben, aber seine Geduld war erschöpft, er hatte das Bedürfnis, schnell zu fahren, um wach zu werden und Kilometer hinter sich zu bringen. Der Fahrer des großen Audi vor ihm, dem er seit einiger Zeit folgte, ging vom Gas, er wechselte auf die Überholspur, zog an ihm vorbei und genoss es, den BMW bis an die Grenze auszufahren, an der er fühlte, wie die Fliehkraft ihn aus der Kurve hinauszutragen begann. Dann nahm er das Tempo ein wenig zurück, ließ den Wagen wieder stabil werden und fing das Spiel von vorne an. Der Vater war hier immer vorschriftsmäßig gefahren. Zu seinem Ärger setzte er sich mit dem schweren Mercedes hinter irgendeine lahme Ente und blieb dort, bis sie die Ebene erreicht hatten. Erst nach dem Schild, das die Geschwindigkeitsbegrenzung aufhob, beschleunigte er mit der selbstverständlichen Überlegenheit der großen Limousine und ließ die Anderen hinter sich. Wie lange war er diese Strecke nicht mehr gefahren? Die Landschaft hatte sich nicht verändert, rechts die sanft ansteigenden Wiesen mit Obstbäumen und grasenden Kühen, links die steilen Weinhänge, durchsetzt von rot aufragenden Felsen. Zwischen den Reben hatte man zu Werbezwecken aus riesigen, schwarz-roten Buchstaben das Wort „Höllenbrand" aufgebaut, die Striche auf dem ö zu kleinen Teufelshörnern gebogen. Jedes Mal hatten sie gemeinsam gerätselt, wie das Getränk wohl schmecken mochte, das so hieß. Mitten in den Weinbergen lag eine Raststätte, an der sie regelmäßig Halt machten. Ihr Name war ebenfalls Gegenstand belustigter Spekulationen über seine Herkunft und Bedeutung: „Wonnegau". Sie waren sich einig, dass er in eine Weingegend passt, und amüsierten sich bei der Vorstellung, dass die Leute hier ihre Tage in weinseliger Wonne verbrachten. Er nahm den Fuß vom Gaspedal, drängte sich zwischen zwei Lastwagen auf die rechte Spur und erwischte gerade noch die Ausfahrt. Nach der Anspannung der Fahrt fühlte er sich müde, wollte einen Kaffee trinken und eine Kleinigkeit essen.

An den Zapfsäulen standen die Autos in Warteschlangen. Er beschloss, das Tanken noch aufzuschieben, bog nach rechts ab und fuhr an den Diesel-Tanksäulen für LKW vorbei, die hinter dem Toilettengebäude lagen, in Richtung Gaststätte. Auch die Parkplätze schienen besetzt zu sein. Einen Moment überlegte er, den Wagen auf dem Grünstreifen neben dem Zaun abzustellen, der das Gelände umgab, aber zwei Arbeiter, die das an einer Stelle beschädigte Gitter reparierten, sahen misstrauisch zu ihm herüber, als durchschauten sie seine Absicht. Zum Glück fuhr gerade ein Auto aus einer Parklücke in der Nähe des Raststättengebäudes heraus. Entgegen der vorgeschriebenen Fahrtrichtung lenkte er den Wagen zwischen den parkenden Autos hindurch und schnappte den Platz einer jungen Frau weg, die mit ihrem Golf geduldig im Schritttempo die Reihen absuchte. Im Restaurant reihte er sich in die Warteschlange am Buffet ein. Er hasste es, anzustehen, aber es gab keine Möglichkeit, sich zwischen dem disziplinierenden Stahlgeländer und denen, die vor ihm standen, durchzudrängen, ohne einen Aufruhr zu verursachen. Während er Schritt für Schritt vorrückte, betrachtete er die Leute an den voll besetzten Tischen. Die meisten hatten üppige Portionen vor sich auf den Tellern, Papa und Mama Schweineschnitzel mit Bratkartoffeln und Gemüse, die Kinder einen Berg Pommes mit Ketchup und Majo. Für einen Augenblick überwältigte ihn der Appetit auf so ein Kinderessen, er hätte Lust gehabt, sich bis zum Platzen mit Pommes Frites vollzustopfen, aber dann griff er nach einer trockenen Nussecke, ließ einen dünnen Kaffee aus dem Automaten laufen und war froh, den verlockenden Gerüchen auf die Terrasse zu entkommen. Er suchte sich einen Tisch abseits von den Leuten, stellte sein Tablett ab und wischte mit der Hand ein paar Krümel von dem Plastikstuhl. Von hier aus hatte man einen ungehinderten Blick auf die Rheinebene. Er lehnte sich zurück, streckte die Beine unterm Tisch aus und genoss die sommerlichen Gerüche, die mit der feuchtwarmen Luft in seine Nase zogen. Der Zweck seiner Reise war für kurze Zeit vergessen, er war wieder ein kleiner Junge, der mit seinen Eltern in den großen Ferien in Richtung Süden unterwegs ist und darauf wartet, dass sie endlich mit dem Essen vom Raststättenbuffet zurückkommen. Der Vater begnügte sich mit einer Tasse Kaffee und einem süßen Stückchen, um am Steuer nicht müde zu werden. Meistens fuhr er die ganze Strecke. Die Mutter biss in ein Sandwich und versuchte, mit der Papierserviette die Tomatenscheiben zurückzuhalten, die an den Seiten herausrutschten. Er war mit einem Riesenteller Pommes beschäftigt, der Entschädigung dafür, dass es mal wieder nicht an die See ging, denn seine geheime Liebe galt damals dem Meer. Nicht dem Mittelmeer, von dem seine Schulfreunde erzählten, wenn sie nach den großen Ferien braungebrannt in ihren Bänken saßen, sondern der wilden Nordsee mit ihrem kalten, grünen Wasser und den hohen Wellen, von deren Spitzen der Wind salzige Schaumflocken über den Strand wehte. So jedenfalls konnte man auf einem Poster sehen, das in seinem Zimmer an der Wand hing. Nach dem Essen kuschelte er sich in seine Ecke auf dem Rücksitz hinter der Mutter und döste über dem vollen Bauch ein. Kurz vor der Rheinbrücke bei Worms weckte ihn der übliche Ausruf des Vaters: "So, jetzt sind wir gleich im Süden!" Er legte den Kopf nach hinten und sah fasziniert zu, wie die Stahlseile, an denen die Brücke hing, sich im Vorbeifahren scheinbar wie Windmühlenflügel in den Himmel schwangen. Nun kam seine Lieblingsstrecke, weil der Vater auf der kerzengeraden Autobahn den Wagen aufdrehte und sich mit den BMW und Porsche Rennen lieferte. Hinter Karlsruhe fingen auf der linken Seite die Schwarzwaldberge an, zuerst eine Reihe lächerlich gleichförmiger Hügel am Rand der Ebene, wie eine für Touristen hingestellte, dunkelgrün bemalte Kulisse. Doch dann wurden sie lebendig, glatte, leuchtend blaue Gipfelkuppen erhoben sich über schwarzgrün bewaldeten Abhängen, sonnenbeschienene Bergwiesen schienen zum Greifen nah und winzige Häuser kletterten weiß an den Hängen empor. Rechts lagen dunkel und fern die Vogesen, nur manchmal bei klarem Wetter deutlich zu sehen. Dazwischen das flache Land, fast wie zuhause am Niederrhein, aber nicht so ausufernd und sich im Grenzenlosen verlaufend, weil die Berge es von beiden Seiten wie in einer großen Schale auffingen. Da lag es in der Sonne, und seine Wiesen schienen grüner und fetter, seine Kornfelder gelber und seine Kirschen röter zu sein als weiter oben im Norden.

Bevor es in den Schwarzwald hinaufging, machten sie einen Stadtbummel durch Freiburg. Während der Vater den Wagen in einer Tiefgarage parkte, wartete er mit seiner Mutter draußen in der Sonne. Niemand hätte sie dazu gebracht, in diese Katakomben, wie sie es nannte, hinunterzufahren. Wenn der Vater wieder aus der Unterwelt auftauchte, hakten sie einander unter und gingen in Richtung Altstadt. Er hielt es nicht lange zwischen den beiden aus und machte sich los. Am liebsten hätte er Schuhe und Strümpfe ausgezogen, um barfuß in einem der schmalen Bäche zu waten, die in steinerne Rinnen gefasst an den Straßen entlangflossen. Er hockte sich an den Rand und tauchte die Hand in das klare, kalte Wasser. Die Linien auf der Oberfläche teilten sich und in seiner Handfläche bildete sich ein gläserner Wulst. Hinter seinem Handrücken floss das Wasser in einem kleinen Strudel wieder zusammen. Wenn er die Hand herauszog, war alles wie vorher. Als er nach einer Weile aufschaute, waren die Eltern verschwunden. Sie waren so mit sich selbst beschäftigt, dass sie nicht merkten, wenn er zurückblieb. Er rannte bis zur nächsten Querstraße, fühlte, wie die Angst ihm den Hals hinaufkroch, schaute nach rechts und links zwischen den Passanten hindurch und sah sie an einem Schaufenster stehen, eine Doppelgestalt, sein Arm um ihre Taille, ihr Kopf an seine Schulter gelehnt. Er war eifersüchtig auf diese Stadt, mit der sie so viel verband, wovon er nichts wusste. Nirgendwo sonst fühlte er sich so wie hier als Eindringling in ihrem gemeinsamen Leben, ausgeschlossen aus ihren Erinnerungen. Sie dagegen nahmen an, dass er ihre Empfindungen teilte und die Stadt ebenso liebte wie sie, so als wäre er damals, als sie sich hier kennenlernten, schon irgendwie dabei gewesen. „Dieser Stadt verdankst du deine Existenz", sagte der Vater oft lachend und zwinkerte der Mutter zu. Unermüdlich zeigten sie ihm die Sehenswürdigkeiten, mit einer Begeisterung, als gehörten sie ihnen ganz persönlich, das alte Kaufhaus mit seiner roten, goldgeschmückten Fassade und den beiden spitzen Türmchen an den Ecken, den Brunnen, auf dessen Rand die Studenten in der Sonne saßen, und natürlich das Münster. Sie gingen darum herum, die Mutter strich zärtlich mit der Hand über den rauhen, warmen Sandstein der seitlichen Stützmauern und zeigte ihm die Wasserspeier, hässliche Fabelwesen und Dämonen, die über ihren Köpfen die Mäuler aufsperrten. An der Südseite des Münsters entdeckte er eine Sonnenuhr, die den Eltern zu seiner heimlichen Genugtuung noch nie aufgefallen war. Sie blieben darunter stehen und verglichen die Uhrzeit mit ihren Armbanduhren. „Sie geht eine Stunde nach", stellte er fest. „Das liegt an der Sommerzeit", entgegnete sein Vater. „Unsere Uhren gehen eine Stunde vor. Eine Sonnenuhr zeigt immer die richtige Zeit an, denn die Erde dreht sich ja auch immer gleichmäßig und kommt nie aus dem Takt." „Dann ist die Erde eigentlich eine riesige Sonnenuhr, auf der wir leben," stellte er fest. „So könnte man das sehen", bestätigte der Vater mit nachdenklichem Kopfnicken.

„Ja," lachte die Mutter, „und wir alle sind unser Leben lang auf der Flucht vor dem Schatten des Uhrzeigers."

Ein einziges Mal stieg er mit seinen Eltern die enge, zugige Wendeltreppe zur Turmspitze hinauf. Die Mutter voraus, er in der Mitte, zuletzt der Vater, schraubten sie sich Schritt für Schritt in die Höhe. Hinter der kunstvoll durchbrochenen Außenmauer glitten die Dächer der Häuser allmählich weg, und der leere, blaue Himmel erschien. Plötzlich fühlte er, wie der Boden unter seinen Füßen sich auflöste, seine Knie begannen zu zittern und er klammerte sich in Panik am Mittelholm der Wendeltreppe fest, deren Stufen immer schneller mit ihm Karussell fuhren. Der Vater hielt ihn fest und versuchte, ihn zu beruhigen. Während die Mutter ihren Gipfelsturm fortsetzte, kehrten sie zusammen auf den sicheren Erdboden zurück. Lieber hielt er sich im Inneren der Kathedrale auf, in dem sich das durch die farbigen Fenster einfallende Sonnenlicht in ein überirdisches, vom bläulichen Weihrauchdunst reflektiertes Strahlen verwandelte. Stundenlang hätte er auf einer Bank sitzenbleiben und sich mit zurückgelegtem Kopf in den unfassbar hohen Raum versenken können, der über ihm emporwuchs. Die Mutter ließ sich nicht dazu bewegen, die Kirche zu betreten. „Zu kalt, zu dunkel", meinte sie, „ich bleibe lieber hier draußen an der frischen Luft."

Er nahm einen Schluck von dem Kaffee, der lauwarm geworden war, und kehrte in die Gegenwart zurück. Ein Reisebus schwenkte in den Parkplatz ein, öffnete die Türen und entließ einen Pulk reiselustiger Rentner ins Freie. Laut redend und lachend hielten sie auf die Gaststätte zu, um zunächst die Toiletten und dann das Buffet zu belagern. Noch immer warteten die Autos reihenweise an den Tanksäulen. Aus dem Schatten der Überdachung lösten sich zwei Motorräder und fuhren auf die Raststätte zu. Als sie näherkamen, bemerkte er, dass die Fahrer in ihren schwarzen Lederanzügen zwei junge

Frauen waren. Sie stellten ihre Maschinen auf den Motorradparkplätzen unterhalb der Terrasse ab, sprangen mit ein paar Sätzen die Treppe hoch und hielten wie Eroberer im Feindesland Ausschau nach einem Sitzplatz. Ihre Wahl fiel auf den Tisch an der Ecke, direkt neben seinem. Im Vorbeigehen streiften sie ihn mit einem kurzen Blick, legten Helme und Handschuhe auf die Tischplatte und wechselten ein paar Worte auf Holländisch. Die eine, untersetzt und kräftig mit dunklen kurzen Haaren, machte sich auf den Weg zum Buffet, während die andere einen Stuhl zurechtrückte und sich mit dem Rücken zu ihm hinsetzte. Ein schwerer blonder Zopf lag auf ihrer Lederjacke, ein wenig zerzaust vom Fahrtwind. Nach einer Weile wurde ihr zu warm, sie zog die Jacke aus und hängte sie über die Stuhllehne. Ihre Schultern waren schmal, fast knochig unter dem weißen T-Shirt, ihre Unterarme bedeckte zarter blonder Flaum. Als sie sich umdrehte, um nach Ihrer Freundin Ausschau zu halten, beeindruckte ihn das scharf geschnittene Profil mit der gebogenen Nase. Sie warf ihm einen abweisenden Blick aus wasserblauen Augen zu. Dann kam ihre Begleiterin zurück, stellte ein Tablett mit Kaffee, Mineralwasser und Sandwiches auf den Tisch, warf ihre Lederjacke auf den Stuhl neben sich und ließ sich keuchend auf ihren Platz fallen. Während sie aßen und sich unterhielten, blieb sein Blick an dem blonden Zopf hängen, der bei jeder Kopfbewegung zum Leben erwachte. Er musste an seine Mutter denken, an die heimliche Freude, die ihn erfasst hatte, als die Stationsschwester der psychiatrischen Klinik ihn angerufen und mit einiger Verlegenheit von ihrer Flucht berichtet hatte. Das sah ihr ähnlich, einfach zu verschwinden. Einmal, als er neun oder zehn Jahre alt war, stand er eines Mittags nach der Schule an der Haustüre und klingelte, aber niemand machte auf. Natürlich hatte er keinen Schlüssel, die Mutter war ja jeden Tag zuhause. Er klingelte wieder und wieder, lehnte sich schließlich mit seinem ganzen Gewicht auf die Hand, die den Klingelknopf drückte, aber nichts geschah. Schließlich setzte er sich, den Tränen nahe, auf die Stufen vor der Tür und wartete, bis der Vater nach Hause kam. Der wurde ganz blass, als er den Jungen dort sitzen sah, schloss mit zittrigen Händen die Tür auf und lief durch alle Zimmer, aber sie war nicht da. Im Esszimmer war der Frühstückstisch nicht abgedeckt, er sah noch genauso aus, wie sie ihn heute morgen verlassen hatten. Man hätte glauben können, die Zeit wäre stehengeblieben, aber die Marmelade war eingetrocknet und die Butter weich geworden und auf den angelaufenen Wurstscheiben hatten sich ein paar Fliegen versammelt. Sein Vater ging zum Telefon, rief bei Freunden und Bekannten an und erkundigte sich vorsichtig, ob seine Frau da sei, aber keiner hatte etwas von ihr gehört. Als ihm niemand mehr einfiel, den er anrufen konnte, ließ er sich auf einen Stuhl fallen und starrte den Esstisch an. Leise setzte er sich neben ihn. Lange Zeit saßen sie so da und redeten kein Wort. Dann stand der Vater auf und fing an, den Tisch abzuräumen. Er half ihm dabei, wobei er es vermied, ihn anzusehen. Als sie fertig waren, rief der Vater in der Firma an und teilte seiner Sekretärin mit, er werde heute nicht mehr kommen, sie solle alle Termine absagen. Im Kühlschrank fand sich nicht viel Brauchbares, sie brieten ein paar Spiegeleier und aßen die hart gewordenen Brötchen dazu. Noch immer hatten sie nicht darüber gesprochen. Allmählich fand er die Situation abenteuerlich. Vater schien sich keine Sorgen zu machen, also machte er sich auch keine. Es war so, als wären sie in ein anderes Leben hinübergewechselt, in dem es keine Mutter gab, und müssten sich mit allem erst zurechtfinden. Er hatte noch nie gesehen, dass sein Vater am Herd stand und Essen zubereitete. Wie zwei Erwachsene saßen sie sich nun am Tisch gegenüber und kauten ihre Brötchen.

Er fragte: „Was hast du heute vor?" „Och, nichts besonderes, Hausaufgaben machen." „Vielleicht kann ich dir
dabei helfen. Und danach können wir etwas spielen." Das hatte es an einem normalen Tag noch nie
gegeben, dass er Zeit hatte, mit ihm zu spielen. Das
neue Leben gefiel ihm immer besser, er bemerkte nicht
die Unruhe, die der Vater sorgfältig vor ihm verbarg. So
verbrachten sie den Nachmittag zusammen, lasen gemeinsam die Geschichte, die im Deutschunterricht auf-
gegeben war, lernten ein paar lateinische Vokabeln und
beschäftigten sich dann mit dem Lego-Bauwerk, das
ewig unvollendet in seinem Kinderzimmer stand. Am
frühen Abend klingelte das Telefon. Der Vater sprach
sehr lange, mit ruhiger Stimme. Danach sagte er zu ihm:
„Das war deine Mutter. Ich werde zu ihr fahren." „Wo
ist sie?" „Du kennst die Stadt nicht. Sie liegt ziemlich
weit im Norde, am Meer." „Ach so." Das genügte ihm.
Dann rief der Vater die Eltern eines Schulkameraden an,
erzählte etwas von einer alleinstehenden Cousine, die
verunglückt sei - er hatte noch nie gehört, dass sein
Vater Lügen erzählte - und ob sein Sohn ein oder zwei
Nächte bei ihnen bleiben könne. Gemeinsam packten sie
Kleider, Waschzeug und Schulbücher zusammen, er
brachte ihn zum Haus des Freundes, bei dessen Eltern er
sich nochmals bedankte - „Ach, das ist doch kein Problem, die beiden Jungs verstehen sich doch gut" - und
fuhr zum Bahnhof, um den Nachtzug nach Hamburg zu
nehmen. Vor dort aus würde er schon irgendwie nach
Kiel kommen.
Zwei Tage später standen die Eltern vor der Tür, um ihn
abzuholen, Hand in Hand wie ein junges Paar. Sie hatten Blumen und eine Flasche Wein mitgebracht und
wurden von den Gasteltern hereingebeten. Ja, der Cousine gehe es wieder besser, die Krise sei überstanden.
Auf der Heimfahrt erzählten ihm die beiden, sie seien
am Meer gewesen, am Strand entlang gewandert, hätten

Muscheln und vom Meerwasser glattgeschliffene bunte Glasscherben gefunden, und sie versprachen, im nächsten Sommer endlich mit ihm an die See zu fahren. Zuletzt fragte der Vater, ob er seinem Schulfreund irgendetwas erzählt habe. Er schüttelte den Kopf. Natürlich hatte er kein Sterbenswörtchen davon verraten, dass seine Mutter einfach weggefahren war, ohne ihnen etwas zu sagen, denn er schämte sich dafür, dass sie anders war als andere Mütter und manchmal Dinge tat, die kein Mensch verstehen konnte.

Plötzlich kam ihm zu Bewusstsein, dass er die ganze Zeit den Rücken der blonden Holländerin angestarrt hatte. Jetzt vollführte der Zopf kleine, ruckartige Bewegungen, weil seine Besitzerin über irgend etwas heftig lachte, während ihre Freundin zu ihm herübersah. Er war sicher, dass die beiden über ihn lachten. Wahrscheinlich gab er eine komische Figur ab, wie er da allein bei seinem kaltgewordenen Kaffee saß und sie anstarrte. Er stand auf, nahm Portemonnaie und Autoschlüssel vom Tisch und ging so aufrecht und selbstbewusst wie möglich zwischen den Tischen hindurch und die Treppe hinunter. Er hoffte, dass sie ihm nachschauten und beobachteten, wie er in seinen BMW einstieg. Beim Anfahren drehte er den Motor hoch und fuhr und viel zu schnell über den Parkplatz in Richtung Autobahnauffahrt davon.

Von Freiburg aus führte die Straße zuerst durch flaches Land, durchquerte kleine Dörfer und lief zwischen sommerlichen Wiesen dahin. Auf manchen war das Gras schon gemäht, Traktoren zogen die großen, gezackten Räder der Heuwender hin und her. Dann begannen die Kurven. Bei jeder wurde ihm ein bisschen schlechter. Der Magen befand sich nicht mehr am richtigen Ort, sondern rollte als prall gefüllte Kugel von einer Seite zur anderen. Er bemühte sich, nicht aus dem Seitenfenster des Wagens zu sehen, denn hinter der niedrigen Begrenzungsmauer entlang der Straße ging es steil hinunter. Ob zwischen den Tannen ein Auto hindurchpasste? Würden sie ganz unten im Abgrund landen, in der engen Schlucht neben den Felsen, die vor langer Zeit dort hinuntergerollt waren, oder würden sie von den Baumstämmen aufgehalten werden? Dann kam die nächste Kurve und sein Blick fand vorübergehend Halt an dem dicht neben der Straße aufsteigenden Hang mit seinen feuchten, bemoosten Felsen und hellgrünen Farnbüscheln. Dünne Tannenschößlinge mit stacheligen Stämmchen zwängten sich zwischen ihnen ans Licht, ohne Chance, jemals das Format ihrer Eltern zu erreichen, deren silbergraue Stämme oberhalb der Böschung in den Himmel wuchsen.

Beim ersten Aussichtspunkt machten sie halt. Während er ausstieg, rutschte sein Magen wieder an den alten Platz. „Das Wetter wird umschlagen", sagte der Vater und trat an das rostige Eisengeländer. Er stellte sich neben ihn und hielt sich mit beiden Händen an der wackeligen Stange fest. Weit unten lag die Ebene, eine verkleinerte Welt, deutlich in allen Einzelheiten. Sein Blick übersprang den Abgrund vor seinen Füßen und saugte sich an dem scheinbar zum Greifen nahen Bild fest. Von hier oben konnte er an allen Orten zugleich sein und vorhersehen, was geschah. Er sah zwei Autos auf eine Kreuzung zufahren, zwei farbige Punkte, die sich in Zeitlupe unaufhaltsam aufeinander zu bewegten. Er sah sie, bevor die Fahrer unten in der Ebene den anderen Wagen ausmachen konnten, weil ein paar Bäume die Sicht zwischen ihnen versperrten. Sie werden zusammenstoßen, dachte er, und fühlte plötzlich die Macht seines Blickes. Es schien ihm, als würde er den Unfall unweigerlich herbeiführen, wenn er weiter hinschaute. Bevor das geschehen konnte, wandte er sich ab.

Als er wieder hinsah, hatten die beiden Wagen die Kreuzung passiert und entfernten sich langsam voneinander. Er hatte gerade ein paar Menschenleben gerettet, und niemand würde jemals etwas davon erfahren! Bei diesem Gedanken stieg plötzlich ein ganz ungerechtfertigtes Glücksgefühl wie eine warme, sprudelnde Quelle in ihm hoch, sodass er unwillkürlich lächeln musste. „Ist dir wieder besser?", fragte die Mutter. Er nickte. „Du musst tief atmen, das hilft." Gehorsam füllte er seine Lungen mit Luft, bis es wehtat, und fühlte, wie der Kloß in seinem Magen kleiner wurde. Dann fuhren sie weiter.

Nach ein paar Serpentinen, die ihm nun nichts mehr anhaben konnten, erreichten sie den höchsten Punkt. Der Vater fuhr im Schritttempo über die Passhöhe und machte die Mitfahrenden förmlich wie ein Reiseführer darauf aufmerksam, dass sie nunmehr das Flachland endgültig hinter sich gelassen und die Schwelle zum Hochschwarzwald überschritten hatten. „Hier ist alles anders als da drunten!", rief er aus, ohne zu erklären, was das im einzelnen zu bedeuten habe, und sie ließen es wie immer auf sich beruhen. Die Luft, die mit ihrem intensiven Geruch von Harz und feuchter Erde zum halb geöffneten Fenster an der Beifahrerseite hereinkam, war jedenfalls merklich kühler geworden. Die Ortsnamen auf den Schildern, an denen sie nun vorbeifuhren, ohne jemals von der Straße abzubiegen und eine der dazugehörigen Ortschaften anzuschauen, wussten sie auswendig und sagten sie jedes Mal wie einen Abzählreim auf, bis nach der letzten Kurve das Dorf unter ihnen erschien, eine Ansammlung grauer Dächer, die wie große Felsbrocken auf ihrem Weg ins Tal von grünen Wiesenhängen aufgefangen worden waren. In einer sanften Biegung lief die Straße um das Dorf herum und dann weiter ins Tal, wo der Haupt- und Kurort der Gegend lag. Sie bogen in einen engen, steilen Weg ein, der mitten durch den Ort führte, vorbei am Dorfladen und an der Schreinerei. Wo die Wiesen begannen, machte der Weg eine scharfe Biegung nach links und endete vor dem Hotel. Die Sonne war hinter den Bergen verschwunden, und das Haus mit seinem ausladenden grauen Dach wirkte düster bis auf die kleinen, hellen Fenster der Gaststube. Der asphaltierte Platz davor war auf der rechten Seite begrenzt von einer niedrigen, langgezogenen Baracke mit Garagen, die von den Hausgästen gemietet werden konnten. Gegenüber stand eine Reihe Autos mit unterschiedlichen Kennzeichen. Einige davon kannte er von zuhause. Sowie der Wagen hielt, löste er den Sicherheitsgurt, riss die Tür auf und lief die spärlich beleuchteten Stufen hinauf, die an der Stirnseite des Hauses entlang zur Terrasse führten. Die Sonnenschirme waren zusammengeklappt, auf den Tischen lagen noch die himmelblauen Plastikdecken. Er ging ein paar Schritte auf dem schmalen Trampelpfad entlang, der durch das hohe, feuchte Gras der angrenzenden Wiese zum benachbarten Bauernhaus führte. Dort war jedoch niemand zu sehen. Die Wohnzimmerfenster waren nur schwach erleuchtet, also saßen sie wahrscheinlich in der Küche beim Vesper, und er konnte jetzt nicht stören, um seinen Freund, den gleichaltrigen Nachbarjungen, zu begrüßen. Er würde sich bis morgen gedulden müssen. Die Eltern hatten ihre Koffer schon ins Haus gebracht und das Auto am unteren Ende der Reihe geparkt. Nur seine Reisetasche stand verlassen mitten auf dem Platz. Er nahm sie und rannte die Treppe zum Eingang hinauf. Sie standen an der Rezeption und unterhielten sich mit der Inhaberin, einer üppigen Dame mit kurzen, rot gefärbten Haaren, die breites Frankfurterisch sprach. Nach einem Jahr gab es genügend Neuigkeiten auszutauschen. Dann wurden ihnen die Zimmerschlüssel in die Hand gedrückt, und die Hausherrin wünschte einen angenehmen Abend. Sie bewohnten stets dieselben Zimmer, die

Eltern ein kleines Appartement mit Sonnenterrasse, das parterre an der Rückseite des Hauses lag, er eine Kammer unter dem Dach. „Bis nachher", rief ihm der Vater über die Schulter zu und verschwand mit den beiden schweren Koffern um die Ecke. Die Mutter war schon vorausgegangen. Er nahm seine Tasche und stieg die Treppen zum Dachgeschoß hinauf. Sein Zimmer lag am Ende des Ganges. Als er die Tür öffnete, kam ihm ein vertrauter Geruch entgegen. „Hotelzimmergeruch" dachte er und überlegte, woraus er sich zusammensetzte: frische Bettwäsche, staubgesaugter Teppichboden, das kleine eingepackte Seifenstück, das auf dem Rand des Waschbeckens lag, und der unbestimmte Geruch von Menschen, die hier einige Tage oder Wochen verbracht hatten und den kein Lüften ganz vertreiben konnte. In der Stille des Zimmers dröhnte ihm von der langen Fahrt das Motorgeräusch in den Ohren. Er stellte die Tasche auf den Fußboden und machte das Fenster auf. Die Landschaft hatte alle Farben verloren, der wiesengrüne Hang auf der anderen Seite des Tales stand wie eine dunkelgraue Wand vor dem blassen Himmel. Er schloss das Fenster wieder, machte Licht, räumte seine Kleider in den Schrank und stellte die Waschutensilien auf das gläserne Bord über dem Waschbecken. Dann packte er die Seife aus, roch daran, wusch Hände und Gesicht, fuhr mit den Fingern durch sein dünnes braunes Haar, das sich nie so legen wollte, wie es ihm gefiel, und verließ das Zimmer.
Am nächsten Tag kletterten er zusammen mit seinem Freund aus dem Nachbarhof den Hang hinauf. Sie hatten ihre Schuhe an den Schnürsenkeln zusammengebunden und über die Schulter gehängt, er spürte das Gras unter seinen nackten Fußsohlen und sog andächtig das Aroma von Wiesenkräutern, Erde und getrockneten Kuhfladen durch die Nase. Sein Freund war schon fast oben, drehte sich nach ihm um und pfiff durch die Fin-

ger. Er tat so, als interessiere er sich für den Blick auf das Dorf und versuchte dabei, seinen Atem und seinen hämmernden Herzschlag zu beruhigen. Dann wandte er sich wieder dem Hang zu, der an manchen Stellen so steil war, dass er mit Händen und Füßen kletterte. Sein Freund saß inzwischen gemütlich in einer trockenen Kuhle, die breit und bequem wie ein Sofa war. Keuchend ließ er sich neben ihn fallen. „Mit der Olympiateilnahme dieses Jahr wird's wohl nichts werden", meinte der Überlegene trocken und grinste ihn dann freundschaftlich von der Seite an. Da sich eine Antwort erübrigte, grinste er zurück und angelte dabei mit den Zehen nach einem verkohlten Stück Holz, das auf der Wiese lag. Als er es in der Hand hatte, sah er, dass es so etwas wie eine quadratische Schindel mit einem Loch in der Mitte war. „Was ist das?" „Ach, das stammt noch vom Scheibenschießen." Er sah ihn fragend an. „An Fastnacht machen wir oben auf dem Berg ein Feuer, und dann werden diese Holzscheiben auf lange Stangen gesteckt, ins Feuer gehalten und brennend ins Tal geschleudert. Jeder versucht, seine Schindel am weitesten zu werfen. Dabei denkt man an jemanden, den man mag." Er grinste wieder. „An wen hast du gedacht? An deine Mutter?" „Ach Blödsinn, was bist du nur für ein Baby!" Wütend sprang er auf und lief den Berg hinauf so schnell er konnte, um jeden Zweifel auszuschließen, wer von ihnen beiden der Stärkere war .

An manchen Tagen hockten sie stundenlang an einem der kleinen Bäche, die versteckt im hohen Gras durch die Wiesen liefen, sodass nur das feine, leise Glucksen des Wassers zu hören war. Sie verbreiterten das Bachbett mit einem Spaten, den der Freund von zuhause mitgebracht hatte, und stauten den Wasserlauf mit Steinen, Sand und Schlamm. Dann warteten sie, bis das Becken sich allmählich füllte. Immer wieder wateten sie mit hochgekrempelten Hosenbeinen durch das tiefer werdende Wasser, um noch einen Stein zur Stabilisation hinzuzufügen oder eine Fuge abzudichten. Zuletzt waren ihre Hosen nass und schlammig. Er ging aber nicht ins Hotel zurück, sondern mit dem Freund nach Hause, wo er eine Hose von ihm anziehen durfte, während seine über einer Stange am Küchenherd trocknete. Der alte, gusseiserne Herd wurde mit Holz geheizt, und das Feuer in seinem Innern brannte den ganzen Tag. Ein Rest von Glut hielt sich über Nacht, sodass man am Morgen nur neues Holz aufzulegen brauchte, und schon konnte man Kaffeewasser kochen, wie ihm erklärt wurde. Am Herd hantierte die Großmutter und angelte mit einem Haken nach den Eisenringen, mit denen je nach Topfgröße die Öffnungen in der Herdplatte vergrößert oder verkleinert werden konnten. Sie lachte dem Stadtbuben freundlich zu, wobei sie ihr Gebiss, vielleicht weil es drückte oder aus Gewohnheit, mit der Zunge unter der Oberlippe hervorschob. Er durfte sich mit der Familie zum Vespern an den Küchentisch setzen und bekam fein geschnittenen, mit viel weißem Fett durchzogenen Speck vorgesetzt, dazu ein Stück selbst gebackenes Brot mit schwarzer Kruste, die angenehm bitter schmeckte. Auch ein bisschen Wein aus der Flasche, die auf dem Tisch stand, durften die beiden Jungen trinken, „damit ihr früh genug Übung bekommt", meinte der Vater und zwinkerte ihnen zu. Die jüngere Schwester mit ihren dunklen, straff geflochtenen Zöpfen saß ihm gegenüber. Ab und zu warf sie verstohlen einen Blick zu ihm herüber und kaute dabei schweigend an ihrem Brot.

Unter dem riesigen Dach lebten die Menschen mit ihrem Vieh zusammen, und in allen Zimmern war ein Geruch nach Stall und Heu. Sein Freund zeigte ihm die Tiere. Die Familie besaß mehrere Kühe, die tagsüber auf der Weide standen und abends zum Melken wieder in den Stall gebracht wurden. Drei Kälber waren in diesem Frühjahr geboren worden, und in einer Box in der Ecke des Stalls rumorte ein Schwein. „Sie mögen es, wenn man sie am Kopf krault", erklärte er und fuhr einer Kuh mit der Hand zwischen die Hörner, während diese freundschaftlich an seinem Ärmel zupfte. „Es ist nicht gefährlich." Dann steckte er einem Kalb drei Finger ins Maul, und sofort fing es an, heftig daran zu saugen. „Sie haben noch keine Zähne, es fühlt sich lustig an!" Er traute sich nicht. Durch die Wärme, den scharfen, alles durchdringenden Geruch, das mahlende Wiederkäuen der Tiere und ihr gleichmäßiges Atmen wurde er allmählich in eine Art Trancezustand versetzt. „Meine Mutter hat mich gerufen," sagte der Freund nach einer Weile, „du kannst aber ruhig noch hierbleiben." Als er allein war, legte er vorsichtig seine Hand auf das lockige Fell zwischen den gebogenen Hörnern einer schönen, braun-weißen Kuh. Ihre Zunge streckte sich nach seinem Arm aus und fuhr rauh über seine Haut. Ihr Atem kam stoßweise und geräuschvoll aus den geweiteten Nasenlöchern. Eine Weile kraulte er sie, wie sie es gern hatte. Dann überwand er seine Scheu und ließ eines der Kälber an seinen Fingern saugen, bis es enttäuscht davon abließ. In den Schweinekoben warf er nur einen kurzen Blick. Das Schwein starrte ihn von unten böse aus kleinen, hellen Augen an. Kühe waren ihm lieber, und so hockte er sich vor eine der Boxen, legte die Arme auf die gemauerte Umfassung und stützte das Kinn auf die Hände. Direkt vor seiner Nase zupfte das feuchte, rosige Maul Heu aus der Raufe und blies ihm den nach Milch duftenden Atem ins Gesicht. Er schloss die Augen und lauschte auf die gleichförmigen Laute der Tiere. Beinahe wäre er eingeschlafen, aber inzwischen hatten seine Eltern vom Hotel aus angerufen, um zu fragen, wo er bleibe. Sein Freund hatte ganz vergessen, dass er noch im Stall war, und holte ihn zu den Menschen zurück.

Oft verbrachten sie auch die Osterferien im Dorf. Aus der Ebene, wo schon der Frühling begonnen hatte, fuhren sie hinauf in den Winter. Am Aussichtspunkt montierte der Vater Schneeketten auf die Hinterreifen. Die Straßen waren Hohlwege, auf beiden Seiten eingefasst von Schneemauern. Der Pfad zum Nachbarhaus, der im Sommer durch das kniehohe Gras führte, war nun durch ebenso tiefen Schnee gebahnt. Auf den Wiesen war die Schneedecke an der Oberfläche hart gefroren. An manchen Stellen konnte man darübergehen, ohne einzubrechen. Aber darunter tauten die Wiesen auf, und die kleinen Bäche schwollen an. Obwohl die beiden Jungen bei ihren Wanderungen auf das verräterische Glucksen unter dem Schnee achteten, landeten sie oft mit den Füßen im eiskalten Wasser, das blitzschnell in ihre Stiefel lief. Wo die Sonne kleine Tümpel aufwärmte, begannen die Frösche zu laichen. Sie wetteiferten darin, die glitschigen Klumpen anzufassen und zu zeigen, dass sie sich nicht ekelten. Er lieh sich vom Hotel ein Einmachglas aus und beobachtete, wie die schwarzen Punkte inmitten der glasigen Perlen sich in der Wärme des Zimmers veränderten und eine längliche Form annahmen. Die erwachsenen Frösche waren nicht zu sehen, sie kehrten nach vollbrachter Arbeit in den großen Teich an der Straße zurück und tauchten unter. Er mochte nicht daran denken, was im Sommer mit ihnen geschah. Die Geschwister zogen mit Eimern los und sammelten sie ein. Ihn hatten sie mitgenommen, und stolz ließ er seine Beute in den mit zappelnden Tieren gefüllten Eimer fallen. Zuhause nahm der Vater die Frösche einzeln heraus, schlug ihnen mit einem Holzscheit auf den Kopf, legte sie auf den Hackklotz und trennte ihnen mit einem scharfen Beil die Hinterbeine ab, die am Abend als Delikatesse zubereitet werden sollten. Den Rest warf er zurück in den Eimer. Fassungslos beobachtete er, wie die verstümmelten Tiere erwachten und sich hilflos

zwischen ihren noch unversehrten Artgenossen bewegten. Am Abend aß er trotzdem mit Appetit von den
Froschschenkeln, die wie Hühnerfleisch schmeckten.

In der Woche vor Palmsonntag wurden in allen Familien die traditionellen Palmbäume geschmückt. Er durfte
dabei helfen. Gemeinsam saßen sie an dem großen
Tisch in der Stube, die Frühlingssonne schien durch die
Fenster herein, und in dem grünen Kachelofen an der
Stirnseite des Zimmers knisterte ein Feuer. Auf dem
Tisch lag ein großer Haufen verschiedenfarbiger Bänder
aus Krepppapier. Die Mutter zeigte ihm, wie man aus
zwei Bändern in verschiedenen Farben Hexenleitern
faltet. Dann saßen alle schweigend da und ließen die
bunten Schlangen, gelb und rot, grün und blau, violett
und weiß, aus ihren Händen herauswachsen. Auch der
Vater beteiligte sich, wie es Brauch war, obwohl ihm
der Weiberkram, wie er meinte, nur mühsam von der
Hand ging. Am schnellsten war die Schwester. Sie
schaute keine Sekunde von ihrer Arbeit auf und produ-
zierte eine makellos geflochtene Kette nach der anderen.
Als die Bänder aufgebraucht waren, holte der Vater eine
lange Stange herein und beklebte sie spiralförmig von
oben bis unten mit roten und grünen Papierstreifen. Die
Hexenleitern wurden an einem Nagel befestigt, der im
oberen Ende der Stange steckte. Bald bildete ein dicker
bunter Büschel die Krone des Palmbaumes. Nun holte
man die ausgeblasenen und bemalten Eier aus den
Schachteln, in denen sie von einem Jahr zum anderen
aufbewahrt wurden. Um sie anzubringen, trug man den
Palmbaum in die große Diele, denn im Zimmer konnte
man ihn wegen seiner Länge nicht aufrecht stellen. Sein
Freund stieg auf einen Stuhl und hängte die Eier an
langen Fäden auf, sodass sie unter den Hexenleitern
hervorschauten. Sie klackten leise, wenn sie zusammen-
stießen oder die Stange berührten. Zum Schluss wurde

die Palme mit einem Strauß dunkelgrüner Buchszweige gekrönt.

Am Palmsonntag war die Kirche war voll wie an Ostern. Er saß neben seiner Mutter auf der Frauenseite zwischen dunkel gekleideten, streng frisierten oder zur Feier des Tages Hüte tragenden Bäuerinnen. Mit dem dicken schwarzen Knoten in ihrem Nacken und dem dunkelblauen Kostüm hätte sie eine von ihnen sein können. In einer der vorderen Reihen entdeckte er die braunen Zöpfe der Schwester seines Freundes. Der schwarze Hut daneben gehörte anscheinend ihrer Mutter. Ein zarter Stallgeruch lag in der Luft. Als die Orgel einsetzte, drehten alle die Köpfe nach hinten zur Eingangstür, um zu sehen, wie die Jungen aus dem Dorf die Palmbäume hereintrugen. Väter halfen ihren Söhnen, die sperrigen Stangen durch die Tür und unter der niedrigen Empore hindurch heil in den Kirchenraum zu bringen, und beobachteten dann voller Stolz, wie die Jungen in gemessenen Schritten den Mittelgang entlanggingen und sich zu beiden Seiten in einer Reihe aufstellten. Er hatte seinen Freund entdeckt und winkte ihm zu, aber der war zu beschäftigt, die schwankende Palme unter Kontrolle zu halten. Die Orgel beendete ihr Lied, und in der Stille, die nun entstand, hörte man das Klingeln der Glöckchen, die von den Ministranten in gleichmäßigem Rhythmus geschüttelt wurden, und das Klacken der Weihrauchfässer, welche die älteren Messdiener hin und her schwenkten. Der Pfarrer im violetten Messgewand der Fastenzeit schritt der Prozession voran und bespritzte die Palmen links und rechts mit Weihwasser aus einer Schale, die ein Ministrant neben ihm hertrug. Auch die Jungen bekamen ihren Teil des Segens ab, der das Jahr über, wenn die Palmen draußen an den Häusern standen, Unglück und Blitzschlag fernhalten sollte. Als der Segen beendet war, setzte die Orgel wieder ein. Der Küster ging nun von einem Jungen zum anderen, nahm ihnen die Stangen aus der Hand und band sie mit einem Stück Zaundraht an den barocken Schnitzereien fest, welche die Bankreihen begrenzten. Als alle auf ihren Plätzen saßen, konnte der Gottesdienst beginnen.

Gegen diese Kirche hatte die Mutter nichts einzuwenden. Sie war nicht so düster wie das Münster, dessen farbige Fenster das Tageslicht verdunkelten. Das Weiß und Gold ihrer Figuren und Ornamente vervielfältigten die durch hohe Milchglasscheiben ungehindert hereinströmende Helligkeit. Ranken aus Stuck wuchsen über das Deckengewölbe und schlangen sich um muschelförmige Felder von Rosa und Türkis. Um die Kanzel herum, die aus hölzernem, kunstvoll täuschend gemaltem Marmor bestand, flatterten kleine weiße Putten und spielten mit goldenen Kugeln. Über dem Baldachin, einem orientalischen Zeltdach mit geschnitztem Faltenwurf und hölzernen Troddeln, schwebte der auferstandene Christus. Sein weißer Körper mit dem goldenen Lendentuch strahlte ein warmes Licht aus. „Schau mal, da oben steht dein Name!", flüsterte er seiner Mutter zu. Im Scheitelpunkt des Bogens, der das Mittelschiff vom Altarraum trennte, rankten sich vier goldene Buchstaben ineinander, die, wenn man sie in die richtige Reihenfolge brachte und das A verdoppelte, „Maria" ergaben. „Die Kirche ist der Heiligen Maria geweiht", erklärte ihm die Mutter leise.

„Siehst du die Marienfigur im Altar? Sie trägt zu jeder Jahreszeit ein anderes Gewand." Zwischen den gemalten Marmorsäulen des Hauptaltars stand das Heiligenbild in einer golden erleuchteten Nische, gekleidet in einen violetten Umhang, aus dem der Kopf des Jesuskindes herausschaute. „Nächsten Sonntag wird sie ein weißes Kleid anhaben." Die Bilder in den beiden Nebenaltären und ringsum an den Außenwänden stellten Stationen aus dem Leben Mariä dar. Sie erkannten die Verkündigungsszene, Christi Geburt, die Hochzeit von

Kana und die Kreuzabnahme. Die anderen waren von ihrem Platz aus nicht zu sehen. Dann legten sie die Köpfe in den Nacken und betrachteten das Deckengemälde. Es zeigte Mariä Himmelfahrt. In leuchtendes Blau gehüllt stand sie auf einer Wolke, die von innen heraus zu strahlen schien, und erblickte bereits die himmlische Herrlichkeit, welche dem irdischen Betrachter noch verborgen war. Um sie herum schwebten Engel mit ausgebreiteten Flügeln, um sie zu geleiten. „Siehst du den Engel dort?" Einer von ihnen hatte die Flügel zusammengefaltet und sich am Rand des Bildes niedergelassen. Kopf und Hände waren auf ein angewinkeltes Knie gestützt, während das andere Bein, von Malerei in Plastik übergehend, über den Bildrand hinweg in den Kirchenraum hing. „Er ruht sich aus vor dem anstrengenden Flug in den Himmel", dachte er und versenkte sich in den endlos nach oben geöffneten Raum des Bildes. Irgendwann bemerkte die Mutter, dass die Banknachbarinnen böse zu ihnen herüberschauten, und zog ihn am Ärmel wieder auf die Erde zurück.

In den folgenden Jahren sah er seinen Freund nur noch selten. Er hatte im Dorf eine Schreinerlehre begonnen und auch in seiner Freizeit anderes vor, als sich mit dem alten Kinderfreund zu treffen. Die Schwester arbeitete im Hotel als Zimmermädchen. Ab und zu begegneten sie sich auf der Treppe. Ihre Zöpfe waren einer modischen Kurzhaarfrisur gewichen, und im Vorbeigehen begrüßte sie ihn so höflich und distanziert wie die anderen Gäste. Er freundete sich mit ein paar Jungen und Mädchen an, die wie er mit ihren Eltern im Hotel wohnten, aber sie hatten keinen Sinn dafür, den ganzen Tag über die Wiesen zu streifen, Bäche umzuleiten oder im weichen Gras in der Sonne zu liegen, den Duft von Schafgarben und wilder Minze in der Nase. Früh morgens stiegen sie mit ihren Eltern ins Auto, gepackte Rucksäcke über den Schultern, fuhren in die nahen

Berge oder in die Schweiz zum Wandern und kehrten erst abends wieder zurück. Also ging er allein die vertrauten Wege oder stieg den Hang gegenüber dem Hotel hinauf, der flacher und niedriger geworden zu sein schien. Nach dem Essen setzte er sich dann zu ihnen an den Tisch und lernte mühsam, die Karten- und Brettspiele mitzuspielen, mit denen sie sich die Zeit vertrieben. An einem warmen Abend mochten die Kinder nicht bei Mensch-ärgere-dich-nicht und Canasta in der Gaststube sitzenbleiben. Sie versammelten sich auf dem Platz vor dem Hotel und beratschlagten, was zu tun sei. „Wir spielen Verstecken", schlug einer vor. Die anderen fanden das kindisch und ihrem Alter nicht mehr angemessen, aber zuletzt fiel ihnen doch nichts besseres ein. Das Los, die anderen zu suchen, fiel auf ein fast erwachsenes Mädchen. Sie stellte sich mit geschlossenen Augen an ein Garagentor und begann, laut zu zählen. Bei fünfzig sollte sie losgehen. Er wusste nicht wohin. Die Verstecke, die er kannte, waren alle zu weit vom Hotel entfernt. Unschlüssig stand er da. Achtunddreißig, neununddreißig. Dann lief er einfach hinter das Garagengebäude und hockte sich neben einem schmächtigen Tannenbäumchen auf die Erde. Die Anderen hatten sich besser versteckt, er konnte keinen von ihnen entdecken. Das Zählen hörte auf, und es wurde dunkel. Lange Zeit geschah nichts, er träumte vor sich hin und hatte das Spiel schon beinahe vergessen, als ein Geräusch in der Nähe ihn aufschreckte. Er verließ sein Versteck und lief zum Parkplatz. Niemand war zu sehen. Dann entdeckte er ein offenes Garagentor und ging hinein. Nur wenige Autos befanden sich in dem langgestreckten, nicht unterteilten Raum. Ein paar Stellplätze weiter stand ein zweites Tor offen und ließ ein wenig Licht herein. In der Düsternis lag dicker, süßlicher Geruch von Benzin und noch etwas anderem, das er nicht identifizieren konnte. Langsam ging er an den geschlossenen Toren entlang. Ein großer Jeep war so weit vorne geparkt, dass er sich an der Stoßstange vorbeizwängen musste. Dann sah er, woher der Geruch kam. Ein totes Reh war mit den Hinterbeinen an einem Haken an der Decke aufgehängt. Fliegen schwirrten darum herum und setzten sich auf sein Fell. Unter seiner Nase auf dem Boden war ein großer dunkler Fleck. Lange stand er da und betrachtete das tote Tier. Dann ging er zurück ins Hotel, wo die Anderen schon auf ihn warteten.

Samstag 17 Uhr

Über den Kirschbäumen war die Sonne weitergewandert. Sie lag im Schatten. Das Aufstehen machte ihr Mühe, alle Glieder taten weh vom Liegen auf dem harten, unebenen Boden. Sie hatte tief geschlafen und fühlte sie sich wie betäubt. Ihre Jacke war verknittert und voller Halme, und sie ärgerte sich über einen tiefroten Fleck von Kirschsaft auf ihrem weißen T-Shirt. Blumen und Ähren in der Seitentasche des Rucksacks waren verwelkt, und sie warf sie weg. Langsam ging sie über die Wiesen zurück zur Straße. Auf dem Asphalt zog sie die Schuhe wieder an, die ein paar Nummern kleiner geworden zu sein schienen. Die Euphorie, die den Beginn ihrer Wanderung begleitet hatte, war verflogen, sie wusste nicht, wohin sie gehen und noch weniger, wo sie die Nacht verbringen sollte. Ab und zu kam ein Traktor oder ein Auto vorbei, und sie überlegte, ob sie sich mitnehmen lassen sollte. Aber wohin? Wie sollte sie jemandem erklären, warum sie allein, ohne Geld und Papiere, auf dieser Landstraße unterwegs war, die nirgendwohin führte als zum nächsten Dorf? Plötzlich kam sie sich wie eine Landstreicherin vor und fürchtete, auch so auszusehen in ihren zerknitterten, schmutzigen Kleidern. Als sich wieder ein Auto näherte, verbarg sie sich am Wegrand hinter einem Busch. Die Straße wurde nun ein wenig abschüssig und wandte sich entlang einer mit Brombeergestrüpp bewachsenen Böschung nach rechts. Hinter der Biegung tauchten am Rand der Felder zwischen Obstbäumen ein paar Dächer und ein Kirchturm auf. Weil sie sich nicht unter Menschen sehen lassen wollte, bog sie in einen Feldweg ein, der in die entgegengesetzte Richtung führte. Traktorreifen hatten ihn zu zwei holprigen, steinigen Rinnen ausgefahren, zwischen denen ein Wulst von Gras mit einzelnen Wiesenblumen stehengeblieben war. Blühende Holunderbüsche säumten ihn auf einer Seite. Sie durchquerte dichte Schwaden ihres altmodisch süßen Duftes. Vergeblich hielt sie Ausschau nach einem Heuschober oder einer Hütte, wo sie hätte übernachten können. Sie sehnte sich zurück in die Weinberge zu dem kleinen, sicheren Wehrturm, der ihr jetzt wie ein verlorenes Zuhause vorkam. Dann gingen die Holunderbüsche in einen lockeren Wald über. Hellgrüner Waldmeister wuchs zu Füßen von Buchen und Lärchen, dazwischen die dunkleren Blätter von Immergrün, an dem einzelne verspätete Blüten hellblau leuchteten. In der Nähe waren Autos zu hören. Das Waldstück endete an einer großen Bundesstraße. Ein blaues Verteilerschild forderte die Autofahrer auf, sich zur Autobahn in Richtung Karlsruhe oder Koblenz einzuordnen. Auf der gegenüberliegenden Straßenseite war ein Parkplatz für Wanderer und Ausflügler, und dort ging auch ihr Weg weiter. Sie wartete eine Lücke zwischen den Autos ab, die mit beängstigender Schnelligkeit an ihr vorbeifuhren, und lief hinüber. Der Parkplatz war voll besetzt. Eine Familie hatte sich um ihren Wagen versammelt, aufgerollte Luftmatratzen, Picknickgeschirr und Badetücher wurden im Kofferraum verstaut und protestierende Kleinkinder auf der Rückbank angeschnallt. Staub wirbelte auf, als die Reifen beim Anfahren auf der dünnen Split-Schicht über den harten, trockenen Lehmboden schliffen. Sie ging vorbei, ohne dass jemand sie beachtete, und folgte dem Weg über eine kleine Anhöhe. Von dort führten Stufen aus Holzbalken zu einem See hinunter, an dem die Familien den Tag verbracht hatten. Neben der Treppe waren Heckenrosen angepflanzt. Ihr Geruch in der unbewegten, aufgeheizten Luft erinnerte sie an etwas, aber das Bild verschwand wieder vor ihrem inneren Auge, bevor es deutlich werden konnte. Sie stieg die Treppe hinunter. Der kurze Strand aus feinem hellem Sand, der ein Stück weit am Ufer aufgeschüttet worden war, lag noch in der Sonne, bunt gemustert von Sonnenschirmen und Badetüchern. An der mit bunten Werbeschildern beklebte Strandbude standen Leute in Badekleidung wegen Eis und Getränken an. Ein paar Kinder spielten Ball im flachen Wasser, das grün über den hellen Ausläufern des angeschütteten Sandes leuchtete. Weiter hinten, wo der See sich in das bewaldete Tal erstreckte, verwandelte sich seine Farbe in glänzendes Schwarz, das die Büsche und Bäume am Ufer widerspiegelte. An seinem Ende konnte man die dünne graue Linie der Staumauer erkennen. Zwei Paddelboote waren auf dem See unterwegs. Dem Strand schräg gegenüber ragte ein rötlicher Felsen aus dem Wasser, umgeben von einem Wald halbhoher Fichten. Sein Spiegelbild in der Wasserfläche schien bis zum Grund des Sees hinabzureichen und rief den Eindruck von großer Tiefe hervor. Tatsächlich war der See an dieser Stelle sehr tief. Ab und zu kletterte eines der Kinder an der Rückseite des Felsen empor und sprang unter den bewundernden Blicken der Strandgäste mit zugehaltener Nase ins Wasser. Zu ihrer Erleichterung entdeckte sie, dass der Weg nicht am Badestrand endete sondern weiter am See entlang führte. Sie ging zwischen dem Kiosk, an dessen Seite ein paar Tische unter Sonnenschirmen standen, und den Badenden hindurch, die ihr den Rücken zukehrten. Niemand bemerkte sie. Ein Stück weit vom Strand entfernt stand im Schatten von Bäumen eine Bank am Ufer. Sie setzte sich und streifte die Schuhe von den schmerzenden Füßen. Ein Junge sprang mit angezogenen Knien vom Felsen herunter und ließ eine Wasserfontäne aufspritzen. Als er nicht sogleich wieder auftauchte, erschrak sie, bemerkte dann aber, dass er unter der Wasseroberfläche bis in die Nähe des Strandes geschwommen war. Zwei Mädchen kreischten, als er neben ihnen auftauchte. Sie empfand eine Art von Verantwortung für die Menschen, die sie von ihrem Platz aus beobachten konnte. Es kam ihr so vor, als müsste sie auf die Leute dort drüben aufpassen. Vielleicht konnte sie durch ihren aufmerksamen Blick verhindern, dass ihnen etwas geschah, und sie dadurch beschützen, dass ihr keine ihrer Bewegungen verborgen blieb.

Lange saß sie auf der Bank. Allmählich wurde es dunkel. Die Badegäste verschwanden, die Sonnenschirme wurden zugeklappt und die Boote an Land gezogen. In der Strandbude ging das Licht aus. Der Mond erschien über den Bäumen und verwandelte das Bild in eine Schwarzweißfotografie. Sie stand auf und ging den Weg zurück zum Strand, der mit Blechdosen und zerknülltem Papier übersät war. Die Tür zur Strandbude war verschlossen. Weil die Bilder von knusprigen Pommes-Frites und mit Eis gefüllten Waffeln sie hungrig machten, setzte sie sich an einen der Tische, packte den Rucksack aus und begann, die übriggebliebenen Kekse zu essen. Gierig trank sie dazu den abgestandenen Tee aus der Thermosflasche. Dann schaute sie sich nach einem Schlafplatz um. Die Paddelboote schienen am geeignetsten zu sein. Eines lag schräg auf die Seite gekippt in einer Sandmulde. In dem anderen fand sie zwei Plastikplanen, die wahrscheinlich als Abdeckung für die Nacht gedacht waren. Anscheinend hatte man vergessen, sie über die Boote zu legen. Sie bückte sich, um die schwere Folie hochzuziehen, und entdeckte unter der Holzpritsche im Heck des Bootes ein vergessenes Badetuch. Nun machte sie sich ein Bett zurecht. Mit einer Plane polsterte sie den Boden des Bootes. Die andere legte sie über die Reling, um sich zum Schutz vor Feuchtigkeit damit zuzudecken. Den Rucksack schob sie als Kissen ans Kopfende. Ihre Jacke faltete sie sorgfältig zusammen und legte sie zusammen mit ihren Schuhen in den Bug. Dann wickelte sie sich in das Badetuch ein, ließ sich auf ihr Lager nieder und zog die Plane über sich. Plötzlich empfand sie ein überwältigendes Gefühl der Geborgenheit. Warm und sicher wie in einer Wiege lag sie in dem Boot und schaute in den Himmel, als gehörte er zu ihrem Schlafzimmer. Sie überlegte, ob sie schon irgendwann einmal von ihrem Bett aus die Sterne gesehen hatte, und fiel dann in einen tiefen Schlaf.

Im Morgengrauen erwachte sie und fror unter ihrer Plane. Ihr Gesicht und ihre Haare waren feucht vom Tau. Wind war aufgekommen und rüttelte an den locker in ihren Halterungen stehenden Sonnenschirmen. Kleine Wellen plätscherten ans Ufer. Der Mond war verschwunden, und vor dem stumpfen grauen Morgenhimmel zeichnete sich schwarz der Umriss des Felsens ab. Sie schlug die Plane zurück, befreite sich aus dem Badetuch und kletterte über die Reling, wobei sich das Boot sanft auf die Seite neigte. Nachdem sie Hände und Gesicht im kalten Wasser gewaschen hatte, fühlte sie sich wach und nüchtern. Zu essen und zu trinken hatte sie nichts mehr. Sie nahm Rucksack, Jacke und Schuhe aus dem Boot und machte sich wieder auf den Weg. Bis zu der Bank, auf der sie gestern Abend gesessen hatte, war es hell genug, dass sie den mit Split bestreuten Weg vor ihren Füßen deutlich sehen konnte, aber je tiefer dieser in das schmale waldige Tal hineinführte, desto dunkler wurde es. Der Streifen des sich aufhellenden

Himmels über ihr wurde schmaler. Nach einer Weile hörte sie das Wasser im Überlauf der Staumauer rauschen. Plötzlich bekam sie Angst. Die Dunkelheit zog sich um sie zusammen und machte ihr das Atmen schwer. Nur wenn sie nicht geradeaus, sondern ein wenig auf die Seite schaute, hob sich der Weg vor ihr von der Schwärze ab, verschwand aber sofort wieder, wenn sie ihn zu fixieren versuchte. Zwischen den Dingen schien es keine Entfernung mehr zu geben, die Dunkelheit schluckte die Abstände, jedes Geräusch sprang sie an. Plötzlich löste sich aus der Finsternis etwas Lebendiges, Bewegliches, überquerte den Weg und verschwand auf der anderen Seite. Im selben Moment hörte sie sich schreien, ein Laut, der nicht aus ihr selbst, sondern aus der Dunkelheit um sie herum zu stammen schien, kurz und kehlig wie von einem Tier. Ganz in der Nähe antwortete eine Katze mit erschrockenen Miauen. Fast hätte sie über ihre Angst gelacht, aber die ließ sich nicht so einfach vertreiben. Sie ging immer schneller, schließlich begann sie zu laufen. Allmählich ließen die Bäume ein breiteres Stück Himmel erscheinen. Dann hörte der Wald auf. Hohe Weiden säumten nun den Weg, dazwischen standen Bänke und Papierkörbe. Straßenlaternen tauchten alles in ein freundliches Licht. Ihre Angst ließ allmählich nach und wich der Erschöpfung. Sie fühlte, wie ihre Knie nachgaben, dann erfasste ein Zittern ihren ganzen Körper. Mit Mühe schaffte sie es bis zur nächsten Bank. Nicht einmal im Sitzen konnte sich mehr aufrecht halten. Zusammengekauert, die Arme unter dem Kopf verschränkt, die Beine an den Körper gezogen, schlief sie wieder ein.

Drei Kinder gingen zusammen in den Wald, zwei Jungen von etwa zehn Jahren und ein Mädchen, das vielleicht neun Jahre alt sein mochte und das man auf den ersten Blick ebenfalls für einen Jungen halten konnte. Über ihren dunkelblauen Shorts, aus denen magere Beine herausschauten, trug sie eine leuchtend hellblaue Bluse. Die Füße steckten in ausgetretenen Sandalen. Ihre kurzen braunen Haare waren allem Anschein nach an diesem Morgen noch nicht mit einem Kamm in Berührung gekommen. Auf dem Rücken trug sie einen kleinen Rucksack, der offensichtlich etwas Schweres enthielt. Beim Gehen rutschte er immer wieder nach einer Seite, worauf sie ihn mit einer ungeduldigen Bewegung wieder in die richtige Position brachte. Sie ging so schnell voraus, dass die beiden Jungen hinter ihr kaum Schritt halten konnten. Diese waren an ihrer Kleidung als Zwillinge zu erkennen. Beide hatten die gleichen abgewetzten kurzen Lederhosen an, deren schmale Träger von einem Brustriemen mit Edelweißstickerei zusammengehalten wurden, und dazu die gleichen rotweiß-karierten Hemden. Ansonsten konnten zwei Jungen gar nicht unterschiedlicher sein. Der eine war kräftig und untersetzt, mit lockigen braunen Haaren und dunklen Augen, der andere schmal, blond und blauäugig. Sie schienen nicht viel Spaß an dem Spaziergang zu haben und köpften missmutig Brennnesseln und Disteln am Wegrand mit Zweigen, die sie von den Büschen rechts und links abgerissen hatten. Wenn sie das Mädchen hinter einer Wegbiegung aus den Augen verloren, fingen sie an zu laufen, bis sie es wieder eingeholt hatten, wobei sie sich gegenseitig anrempelten und in den schmalen Graben neben der Straße zu stoßen versuchten. Marie merkte nicht, was sich hinter ihrem Rücken abspielte, so beschäftigt war sie mit dem Abenteuer ihres unerlaubten Ausfluges. Der vertraute Weg hinauf zum Wald, den sie oft mit ihren Elter ging, erschien ihr seltsam fremd, und sie nahm jede Einzelheit mit größerer Aufmerksamkeit wahr als sonst. Es war früher Sonntagmorgen. Die Gärten auf beiden Seiten lagen in

schläfrigem Dunst. Aus der Form gegangene und zu
Büschen ausgewachsene Hecken drückten mit ihren seit
langem nicht beschnittene Ästen die rostigen Zäune
nieder. Auf den ungemähten Wiesen standen alte Obst-
bäume mit kleinen Früchten, dazwischen halb verfallene
Pavillons, von deren Holzwänden die Farbe blätterte.
Der Asphaltbelag der Straße trug ein Muster von zahllo-
sen Flickstellen in allen denkbaren Grautönen bis zum
Tiefschwarz frischer Teerflecken. Sorgfältig vermied
das Mädchen diese schwarzen Inseln, denn sie stellte
sich vor, dort wären Stücke aus der verlässlichen Oberfläche der Welt herausgebrochen sie würde ins Boden-
lose treten. An einer bestimmten Stelle des Weges warf
sie einen Blick in eine von dichtem Gebüsch gesäumte
Garteneinfahrt, die von einem eisernen Tor versperrt
war. Verrostete, im Bogen über dem oberen Holm an-
gebrachten Stacheln ragten bedrohlich in die Luft. Der
Garten, der zu der Einfahrt gehörte, lag hinter Jasmin-
und Fliederbüschen verborgen. Immer, wenn sie dort
vorbeiging, war sie ganz sicher, dass diese Einfahrt ins
Paradies führte, und sie wusste sich vor allen anderen
Menschen dadurch ausgezeichnet, dass sie als Einzige
den verborgenen Eingang kannte. Danach kam sie an
den beiden alten Birnbäumen mit den kleinen ledrigen
Blättern vorbei, die sie kannte, seit sie denken konnte.
Sie begrüßte die Bäume mit einer nur ihnen vorbehalte-
nen Geste, nachdem sie sich vergewissert hatte, dass die
beiden Jungen in ihrem Schlepptau dieses Ritual nicht
beobachteten. Noch ein paar Schritte, dann bildeten die
Stämmen zweier Buchen, deren Äste weit oben zu einem Dach zusammenwuchsen, den Eingang zum Wald.
Hier waren die Wege weich und nachgiebig und setzen
dem Tritt wenig Widerstand entgegen. Es schien dem
Mädchen, als wäre ihr Gewicht bis in große Tiefe zu
spüren. Nach einer Weile holten ihre Begleiter auf, und
die drei gingen schweigend nebeneinander her. Rechts

und links zweigten Wege ab, auf denen man schnell wieder nach Hause gehen konnte, entweder ein Stück weit ins Tal hinunter und dann auf einem Parallelweg zurück in Richtung Stadt, oder nach oben durch das neu angelegte Tiergehege, von wo man manchmal die Rufe der Esel und die schrille Trompete eines Pfaus hörte. Sie gingen daran vorbei und immer weiter in den Wald hinein. An einer Wegbiegung, an der wie ein Grenzstein ein roter, rechteckiger Fels stand, fühlten sie sich plötzlich unermesslich weit von jeder bewohnten Gegend entfernt. Das Rauschen der Bäume im aufkommenden Wind war unheimlich. Obwohl sie den Ort von Spaziergängen mit ihren Eltern kannte, kam es dem Mädchen vor, als hätten sie sich verirrt. Das Stück Wald, in dem sie gingen, hatte den Zusammenhang mit der übrigen Welt verloren und sich mit ihnen davongemacht. Bis hierher waren die Kinder noch nie ohne Begleitung Erwachsener gegangen.

Der Ausflug war ihre Idee gewesen. Zu Beginn der Ferien hatte sie zusammen mit den Eltern bei einer Wanderung durch den Wald die Höhle entdeckt. An dem Grenzstein, der anzeigte, dass das Gebiet der Spaziergänge zu Ende war und die Wanderung begann, war sie wie immer vorausgelaufen. Ein paar Wegbiegungen weiter türmten sich große Felsen den Hang hinauf. Dort durfte sie herumklettern, bis die Eltern sie einholten. Dieses Mal drang sie ein bisschen weiter als sonst in das Gewirr von rötlichen, an der Wetterseite mit Moos bedeckten Findlingen vor und entdeckte in einer Nische am Fuß des größten Felsens, der ein wenig schräg stand und sich auf eine Ansammlung kleinerer Brocken stützte, etwas, das wie der Eingang zu einer Höhle aussah. Sie rutschte auf den Fersen eine kurze Schräge hinunter und stand vor einem runden, schwarzen Loch, etwa einen dreiviertel Meter im Durchmesser, wie der Vater gleich darauf feststellte. Sie hockte sich davor und kroch ein kleines Stück hinein. Es roch muffig und feucht und war stockfinster. Ein leiser, kühler Luftzug wehte ihr entgegen. Schnell zog sie Kopf und Schultern wieder aus dem engen Schlauch heraus, kletterte auf dem Weg zurück, den sie gekommen war, und lief den Eltern entgegen, um von ihrer Entdeckung zu berichten. Während die Mutter sich auf einen Stein setzte und wartete, ließ der Vater sich von ihr zum Höhleneingang führen. Wo sie mit drei Schritten eine Treppe aus unregelmäßigen Steinstufen hochkletterte, machte er einen großen Schritt hinauf, und wo sie sich auf ihre Fersen setzte, um zum Fuß des großen Felsens hinunterzurutschen, tat er einen großen Schritt hinunter. Dann hockten sie gemeinsam vor dem Loch. Vater nahm sein Feuerzeug aus der Jackentasche, zündete es an und leuchtete hinein. Der Luftzug ließ die Flamme flackern und erlöschen. „Das ist eine Spalte zwischen den Felsblöcken, die geht nicht weit hinein. Der Luftzug bedeutet, dass es auch am anderen Ende eine Öffnung gibt. Da drin sind nur Spinnen und Kellerasseln, sonst nichts." Er steckte sein Feuerzeug wieder ein und erhob sich. Widerwillig folgte sie ihm. Der Lichtschein der kleinen, flackernden Flamme hatte für Sekundenbruchteile das Innere der Höhle in geheimnisvolle Helligkeit getaucht. Es schien ihr, als öffnete sich hinter dem engen, dunklen Schlauch, der ihren Eingang bildete, ein großer, mit Tropfstein oder einem anderen, glänzenden Material ausgekleideter Raum. Sie sagte nichts davon, denn sie wusste, dass für ihren Vater die Angelegenheit erledigt war, aber während der ganzen Ferien beschäftigte sie ununterbrochen der Gedanke an das geheimnisvolle Innere der Höhle und die Frage, wie sie es anstellen sollte, ohne ihre Eltern dorthin zu kommen. Kurz vor Schulbeginn, als sie wieder aus dem Urlaub zurück waren, erzählte sie den Nachbarsjungen von der Höhle.

Den Beiden war plötzlich unheimlich geworden. Sie hörten auf mit dem Herumgeschubse und der demonstrativ schlechten Laune, mit der sie zeigen wollten, dass das Ganze Kinderkram für sie war. Wer glaubte schon an einen Schatz in einer Höhle, schon gar nicht in diesem langweiligen Wald, in dem sie mit ihren Eltern sonntags spazieren gehen mussten. Aber dieser langweilige Wald war ihnen jetzt nicht mehr geheuer. Bewegte sich da nicht irgendetwas in der Dunkelheit? Und was war das für ein Geräusch zwischen den Baumstämmen? Am liebsten wären sie umgekehrt und nach Hause gerannt, aber dort suchten schon die Eltern nach ihren verschwundenen Kindern, und je mehr sie sich Sorgen machten, desto schlimmer fiel erfahrungsgemäß die Strafe aus. Es gab also kein Zurück, und so schlossen sie sich dichter an das Mädchen an, das keine Angst zu haben schien. Aus Marie wurde keiner so recht schlau. Einerseits glaubte sie nach Mädchenart an irgendwelche Märchengeschichten, andererseits benahm sie sich wie ein Junge, trug Hosen und war bei allen gemeinsamen Aktionen der Nachbarskinder die wildeste und unerschrockenste. Niemand trug so viele blutige Schrammen davon, wenn sie gemeinsam über Zäune stiegen oder durchs Dickicht krochen. Niemand konnte so schnell und so hoch auf Bäume klettern, und keiner der Jungen hatte sich je getraut, aus dem Stand vom Garagendach herunterzuspringen, wie sie es tat. Wenn sie mal wieder einen verrückten Plan hatte oder ein abenteuerliches Spiel vorschlug, wagte niemand, etwas dagegen einzuwenden. Nie vergaßen sie, wie sie sich in einem der verwilderten Gärten, die ihre Spielplätze waren, einen Nagel, der aus einer alten Zaunlatte herausragte, durch die Schuhsohle hindurch so tief in den Fuß getreten hatte, dass das Stück Holz an ihrem Fuß hing. Sie verzog keine Miene, trat mit dem anderen Fuß auf das Ende der Latte und zog den Nagel heraus. Dann setzte sich auf den Boden, schnürte den Schuh auf und betrachtete interessiert das kleine dunkelrote Loch in ihrer Fußsohle. Mit den Fingern drückte sie ein paar Tropfen Blut heraus. Dann verrieb sie ein wenig Spucke auf der Wunde, zog ihren Schuh wieder an und spielte weiter, als ob nichts gewesen wäre.

Sie ging schneller, um vor den Jungen ihre Angst zu verbergen. Das Gewicht des Rucksacks zwischen ihren Schultern war beruhigend. Sie hakte die Daumen unter die Riemen und fühlte die Kanten der Laterne an ihrem Rücken. Gestern Nacht, als die Eltern schliefen, war sie leise aufgestanden und hatte den Rucksack gepackt. Aus der Obstschale auf der alten Truhe im Wohnzimmer nahm sie einen Apfel. In der Küche schnitt sie mit dem großen Messer zwei Scheiben Brot ab, bestrich sie mit Butter und klappte sie zusammen, so wie die Mutter morgens ihr Schulbrot richtete. Sorgfältig wickelte sie es in Butterbrotpapier ein und legte es zu dem Apfel in den Rucksack. Auf dem Küchentisch lag eine Packung Papiertaschentücher, die sie ebenfalls einsteckte. Dann ging sie leise wieder nach oben in ihr Zimmer und nahm ein kleines Taschenmesser aus der Schublade unter dem Schreibtisch. Es war das Taschenmesser ihres Vaters, in dessen grauem Perlmuttgriff neben zwei verschieden großen Klingen auch eine Schere und eine Nagelfeile verborgen waren. Lange Zeit hatte sie es sich gewünscht, zu jedem Geburtstag und jedes Jahr vor Weihnachten stand es ganz oben auf ihrer Wunschliste, aber erst in diesem Jahr hatte sie es endlich geschenkt bekommen. Anscheinend dachte ihr Vater, dass sie nun erwachsen genug war, um es zu besitzen. Nun fehlte nur noch der wichtigste Ausrüstungsgegenstand für eine Höhlenexpedition, eine Lampe. Sie schlich in die Garage, wo das Auto wie immer unabgeschlossen stand, öffnete den Kofferraum und nahm die Warnleuchte heraus. Dann drückte sie so geräuschlos wie möglich den Kofferraumdeckel wieder zu und lief auf Zehenspitzen mit ihrer Beute zum Kinderzimmer. Diese Lampe hatte sie schon immer beeindruckt. Sie bestand aus geriffeltem, silberfarbenem Blech, hatte die Größe und Form eines kleinen Honigtopfes, und wie ein solcher besaß sie einen Bügel aus Metalldraht als Henkel. Anstelle des Deckels hatte sie eine orangefarbene Kuppel aus durchsichtigem Plastik, in deren Innern eine kleine Glühbirne zu blinken begann, wenn man die Kuppel nach einer Seite drehte. Das Wichtigste aber war der Scheinwerfer. Er war außen an dem geriffelten Blech angebracht und leuchtete stärker als jede Taschenlampe. Vorsichtshalber probierte sie aus, ob die Batterien in Ordnung waren. Alles funktionierte zu ihrer Zufriedenheit. Sie verstaute die Lampe in ihrem Rucksack und stellte ihn auf den Boden neben ihrem Bett, sodass sie ihn beim Einschlafen sehen konnte. Sie nahm sich fest vor, früh aufzuwachen, und als sie erwachte, fing es wirklich gerade an, hell zu werden. Schnell stand sie auf, zog die Kleider an, die sie gestern ausgesucht und im Schrank unter einem Stapel Pullover versteckt hatte, und trat in die Hausflur, der von der Morgendämmerung spärlich beleuchtet war. Mit Mühe konnte sie erkennen, dass die Standuhr unten an der Treppe halb sechs zeigte. Mit angehaltenem Atem ging sie die drei Stufen zur Haustür hinauf und öffnete sie. Erst als sie die Tür von außen lautlos ins Schloss gezogen hatte, kam ihr zu Bewusstsein, dass es nun kein Zurück mehr gab. In diesem Moment sah sie die Nachbarjungen den schmalen Anliegerweg heraufkommen, der zu ihrem Haus führte. Das Abenteuer konnte beginnen.

Nachdem sie den Grenzstein passiert hatten, stieg der Weg nicht weiter an, sondern zog sich in sanften Bögen am Hang entlang. Der Wald war hier nicht so dicht, und es wurde heller. Bei den Felsen angelangt, merkten sie plötzlich, dass sie hungrig waren. Das Mädchen streifte den Rucksack von den Schultern, nahm das Butterbrot heraus, legte es auf einen flachen Stein, packte es aus und schnitt es mit dem Taschenmesser in drei Teile. Dann teilte sie auch den Apfel. Das Messer steckte sie in die Hosentasche, vielleicht würde sie es in der Höhle brauchen. Gestärkt kletterten sie dann hintereinander zwischen den Felsen hindurch und ließen sich zum Höhleneingang abrutschen. Dann gebot sie den Jungen zu warten, nahm ihre Lampe und kroch bäuchlings in den engen Höhlenschacht hinein. Wieder schlug ihr der muffige Geruch entgegen. Wände und Boden der Höhle waren feucht, die Decke von Spinnweben überzogen. Zum Glück ließ sich keine der Bewohnerinnen sehen, sonst wäre sie wahrscheinlich gleich wieder umgekehrt. Auf die Ellenbogen gestützt, die Lampe mühsam vor sich her schiebend, robbte sie weiter. Der Schlauch machte einen leichten Bogen und führte tiefer unter die Felsen. Nach ein paar Metern jedoch ragte ein großer Stein aus der Höhlendecke bis fast auf den Boden hinab. Hier war kein Durchkommen. Sie rutschte so nah wie möglich an das Hindernis heran, schob die Lampe ein Stück weit darunter und versuchte zu sehen, was dahinter lag. Es schien ihr, dass die Höhle dort größer und höher war, ja, sie meinte, ganz weit hinten einen Durchgang zu erkennen und so etwas wie Treppenstufen, die dort hinaufführten. Sicher lag dahinter ein großer Raum, vielleicht eine Grotte, mit Kristallen und Tropfstein geschmückt. Aber sie blieb unerreichbar, an der Felskante kam sie nicht vorbei. Sie musste zurück. Mit den Beinen voraus rückwärts zu kriechen war mühsam. Auf einmal stieg Panik in ihr hoch. Was wäre, wenn sie steckenbliebe? Sie versuchte, nicht daran zu denken, und arbeitete sich Meter für Meter in Richtung Ausgang. Als sie mit den Füßen zuerst wieder aus dem Höhleneingang auftauchte und sich mit steifen Gelenken hochrappelte, fingen die Jungen an, schallend zu lachen.

„Wie siehst du denn aus!", rief einer von ihnen und zeigte mit dem Finger auf sie. Verwirrt und verärgert schaute sie an sich herunter. Ihre Kleider waren lehmverschmiert, ebenso Knie und Unterarme. Sie versuchte, die braune Kruste mit den Händen abzuwischen, dann fiel ihr die Packung Tempos ein, die sie mitgenommen hatte, und sie säuberte sich, so gut es ging. „Und, hast du deinen Schatz gefunden?" Sie schüttelte den Kopf, ohne die Jungen anzusehen. „Und wegen so einem Blödsinn sind wir früh aufgestanden und kriegen zuhause gleich das schlimmste Donnerwetter ab!" Wütend ließen sie das Mädchen stehen und stiegen über die Felsbrocken wieder zum Weg hinunter. Sie packte schnell ihre Sachen in den Rucksack und folgte ihnen. Der Rückweg war lang. Anfangs gingen die Jungen schnell, sodass sie kaum mitkam. Dann bremste die Aussicht auf die elterliche Strafe ihr Tempo. Sie hielt Abstand zu ihnen und beobachtete, wie sie leise miteinander redeten. Ab und zu drehte sich einer von ihnen nach ihr um. In ihrer Hosentasche steckte noch das Taschenmesser. Sie nahm es heraus, fühlte das glatte, kühle Perlmutt der Hülle und schloss die Finger darum. Beruhigend schwer lag es in ihrer Hand, ein Talisman, der sie beschützte, bis sie zuhause war.

Montag 19 Uhr

Die Parkplätze an der Straßenseite gegenüber dem Hotel waren belegt, also hielt er in zweiter Reihe und wartete. Nach kurzer Zeit fuhr ein Auto weg und er parkte ein. Unter anderen Umständen wäre er nicht im besten und teuersten Hotel der Stadt abgestiegen, aber es war das einzige, das er kannte, weil er als Kind ein paar Mal mit seinen Eltern hier übernachtet hatte. Das Haus schien umgebaut worden zu sein, an die kühle, weiße, mit verspiegelten Glasscheiben durchsetzte Fassade konnte er sich nicht erinnern. Er stieg aus und nahm die Plastiktüte mit den Sachen seiner Mutter vom Rücksitz. Als er unter dem gläsernen Vordach auf den Hoteleingang zuging, kam er sich ohne Gepäck, nur mit einer Plastiktüte in der Hand, fehl am Platz vor. Links von ihm saßen Leute an weiß gedeckten Tischen unter Bäumen, aßen, redeten, stießen mit gefüllten Weingläsern an und freuten sich an dem warmen Sommerabend. Zuhause hätte er jetzt vielleicht dasselbe getan, aber hier, an diesem Ort und in diesem Augenblick, fühlte er sich unendlich weit entfernt vom sogenannten normalen Leben. Er ging durch die automatische Glasschiebetür, betrat die Vorhalle des Hotels und stand in dem Foyer, in dem er vor Jahren mit seinen Eltern gewesen war, vor der marmornen Freitreppe mit dem weiß und goldenen, in spiralförmigen Ranken emporwachsenden und vergoldete Blüten tragenden Geländer, das ihn als Kind magisch angezogen hatte, und meinte die Stimme der Mutter hinter seinem Rücken zu hören, die eine abfällige Bemerkung über die kitschige Einrichtung des Hotels machte. Eine Weile konnte er sich nicht vom Anblick der Treppe losreißen, dann ging er zur Rezeption und reservierte ein Einzelzimmer für die Nacht. Nachdem die junge Frau seinen Namen eingetragen hatte, warf sie einen Blick über den Tresen auf seine Tüte. „Kein Gepäck", sagte er entschuldigend und ärgerte sich sofort darüber, dass er sich für etwas entschuldigte, das niemanden etwas anging. Wortlos nahm er den Zimmerschlüssel entgegen und wandte sich zum Aufzug. Inmitten seiner Spiegelbilder, die ihn feindselig von den Wänden der Aufzugskabine her ansahen, fuhr er in den dritten Stock hinauf und fand nach einigen Irrwegen seine Zimmernummer. Er stellte die Plastiktüte vorsichtig wie etwas Zerbrechliches auf einen Stuhl und ließ sich erschöpft aufs Bett fallen.

Um halb fünf Uhr war er in Freiburg angekommen. Nach dem Stopp an der Raststätte Wonnegau hatte er sich nicht mehr um die allgegenwärtigen Geschwindigkeitsbegrenzungen gekümmert. In der Stadt musste er sich zum Polizeipräsidium durchfragen. Kurz nach fünf stand er vor dem Büro, in dem der für ihn zuständige Sachbearbeiter saß. Einen Moment zögerte er, dann klopfte er kräftig an die Tür und erschrak über den Widerhall, den sein Klopfen in dem leeren Flur verursachte. Eine weibliche Stimme bat ihn herein, und er brachte sein Anliegen vor. „Ah ja, die Tote am Münster", sie wusste sofort Bescheid. „Warten Sie, ich hole einen Kollegen und dann begleiten wir Sie zum Krankenhaus." Sie nahm den Telefonhörer und wählte eine interne Nummer. Ein wenig beschämt stellte er fest, dass er sich die Situation, die ihn hier erwartete, ganz falsch vorgestellt hatte. Bilder aus irgendwelchen Kriminalfilmen waren ihm vorgeschwebt, weiß gekachelte Obduktionsräume, in denen schlecht gelaunte Ärzte während der Arbeit an ihrem Vesperbrot kauten, stählerne Schubladen, in denen Tote aufbewahrt werden, mit weißen Laken zugedeckte Leichen auf Rollwagen, an deren Zehen Etiketten mit Identifikationsnummern befestigt sind. Der erwartete Kollege kam herein und begrüßte ihn, die Beamtin nahm Uniformjacke und Mütze vom Kleiderständer, und sie gingen zusammen die Treppe hinunter. „Wir fahren zu dritt im Streifenwagen, das ist einfacher als mit zwei Autos - Sie sind doch mit dem Wagen hier?" Er nickte. „Danach bringen wir Sie wieder zurück." Der Platz auf dem Rücksitz war ungewohnt für ihn, und er kam nicht gleich mit dem Sicherheitsgurt zurecht. Während sie durch die Stadt fuhren, erzählte die Polizistin, wo und wie seine Mutter gefunden worden war. Sie hatte anscheinend in einer Nische an der Südseite des Münsters übernachtet. Ihr Lieblingsplatz, dachte er, und seine Kehle zog sich zusammen. Eine der Frauen, die dort jeden Morgen in aller Frühe ihre Marktstände aufbauen, hatte sie gefunden, für eine Pennerin gehalten und versucht, sie aufzuwecken. Zu diesem Zeitpunkt war sie noch am Leben, aber bereits ohne Bewusstsein. Sie starb erst ein paar Stunden später in der Klinik. „Es war ein schwerer Schlaganfall. Wenn sie ihn überlebt hätte, wäre sie nicht mehr aus dem Koma aufgewacht, sagen die Ärzte." Das sollte ihn wohl trösten. Er erwiderte nichts, sah sie vor sich, wie sie dort auf den rauhen Steinen lag, bewacht von den Dämonen, die hoch über ihr an den Simsen und Galerien hockten.

Sie fuhren am Haupteingang des Krankenhauses vorbei, bogen in eine Hofeinfahrt ein und hielten am Eingang der Notaufnahme. Als er aussteigen wollte, merkte er, dass die Tür verriegelt war. Die Beamtin konnte sich ein Grinsen nicht verkneifen. „Nehmen Sie's nicht persönlich, das ist bei Streifenwagen nun mal so, aus Sicherheitsgründen." Inzwischen hatte der Kollege sie über die Sprechanlage beim Pförtner angemeldet. „Sie schicken uns jemanden." Nach ein paar Minuten kam eine Schwester, ließ die drei herein und führte sie einen endlosen Gang entlang. Hinter offenen Türen sah er Menschen in Krankenbetten liegen, über ihren Köpfen die grün im Rhythmus des Herzschlags flimmernden EKG-Geräte. Auf dem Flur vor den Türen standen Angehörige, manche sprachen leise mit einem Arzt, andere gaben einer Schwester, die in einer Nische hinter einem Paravent am Computer saß, ihre Personalien an, wieder andere wanderten schweigend im Flur auf und ab. In einem Wartezimmer saß eine junge Frau mit zwei kleinen Kindern und starrte vor sich hin, während die Kinder lachend über die Stühle kletterten. Am Ende des Ganges war ein Aufzug. Die Schwester drückte den Abwärts-Knopf, sie betraten die Kabine, die groß genug für ein Krankenbett war, und fuhren ins Untergeschoß.

Niemand sagte etwas. Unten folgten sie einem neonbeleuchteten Gang, bogen in einen zweiten und wieder in einen anderen, bis er nicht mehr wusste, in welcher Richtung der Eingang lag, durch den sie gekommen waren. Hier waren alle Türen geschlossen. Schwarzer Linoleumboden dämpfte das Geräusch ihrer Schritte. Endlich schloss die Schwester eine Tür auf und ging hinein. Es schien die Wäschekammer zu sein. An einer Wand waren Plastikbehälter mit schmutziger Wäsche aufgereiht, gegenüber stand ein Bett. Er merkte nicht gleich, dass das, was sich unter dem Laken abzeichnete, ein menschlicher Körper war. Die Schwester hob das Laken am Kopfende an und schlug es zurück. „Ist das Ihre Mutter?", fragte die Polizistin.

Sie hatten ihr ein Krankenhausnachthemd angezogen. Darauf lagen ihre Hände, gefaltet wie zum Gebet, eine Geste, die er nie bei ihr gesehen hatte. Diese Haltung rückte sie in einen Zusammenhang, der sie unendlich weit von ihm entfernte. Sie gehörte nicht mehr zu ihm, nicht mehr zu den Lebenden. Auch hatte jemand versucht, ihr Haar zu kämmen, und es auf der falschen Seite gescheitelt. Niemals hätte sie es so getragen. Ihr Gesicht schien schmaler geworden, die Nase sprang scharf daraus hervor. Er registrierte das alles ohne Gefühl, wie jemand, der sich Einzelheiten einer Situation einprägt, weil er vielleicht später danach gefragt werden könnte und deshalb nichts Wichtiges übersehen will. Dieses Gesicht auf dem Kopfkissen war das Gesicht seiner Mutter und war es doch nicht. Er nickte. Die Schwester legte behutsam das Laken wieder über die Tote, ließ alle aus dem Zimmer gehen und zog die Tür ins Schloss. Ihm wurde klar, dass er das Gesicht seiner Mutter nie mehr sehen würde. „Der Pförtner hat ihre Sachen unter Verschluss. Er wird sie Ihnen aushändigen". Sie fuhren wieder mit dem Aufzug nach oben und durchquerten die angrenzende Station in Richtung

Haupteingang. „Ihre Mutter befand sich in einem sehr schlechten Allgemeinzustand, als sie hier eingeliefert wurde", berichtete die Schwester mit gedämpfter Stimme. „Sie hatte in den letzten vierundzwanzig Stunden anscheinend wenig gegessen und so gut wie nichts getrunken. Außerdem muss sie eine weite Strecke zu Fuß gegangen sein, sie hatte Blasen und Druckstellen an ihren Füßen. Alles zusammen, die Anstrengung, der Flüssigkeitsmangel, hat dann im Schlaf den Schlaganfall ausgelöst. Sie hat nichts davon gemerkt." Sie drückte kurz seine Hand. In der Halle vor dem Haupteingang saß der Pförtner in einer kleinen gläsernen Kabine, umgeben von Bildschirmen, Telefonen und ein paar Zimmerpflanzen. Wortlos erhob sich der schwere Mann von seinem Stuhl, zückte einen gewaltigen Schlüsselbund, verschwand im Nebenraum und kam mit einer Plastiktüte wieder. „Wollen sie den Inhalt überprüfen?", fragte er mit einschüchternd lauter und volltönender Stimme und hielt ihm die Tüte hin. Er schüttelte den Kopf und quittierte unbesehen den Erhalt der Sachen, die auf der Liste standen. Sein Mund war trocken. Dann gingen sie geführt von der Schwester durch das Labyrinth der Gänge den Weg zurück, den sie gekommen waren, und die beiden Beamten fuhren mit ihm wieder zum Polizeipräsidium. Hier wurde ein kurzes Protokoll aufgesetzt, er unterschrieb es und war frei.

Er war auf dem Hotelbett eingeschlafen und wusste beim Aufwachen zuerst nicht, wo er war. Dann stand er auf und ging ins Bad. Hier gab es alles, was Reisende ohne Gepäck brauchen: Duschgel, Shampoo, Zahnbürsten und Einwegrasierer. Er drehte den Hahn auf und wusch sich das Gesicht mit kaltem Wasser. Als er sich beim Abtrocknen im Spiegel betrachtete, stellte er wieder einmal fest, dass er keine Ähnlichkeit mit seiner Mutter hatte. Die braunen Augen stammten von seinem Vater und auch das feine, hellbraune Haar, das sich zu seinem Kummer über der Stirn bereits zu lichten begann. Er ging ins Zimmer zurück und nahm die Plastiktüte vom Stuhl. Dann setzte er sich aufs Bett und holte die Sachen einzeln heraus. Er wusste, was sie angehabt hatte, als sie aus der Klinik geflohen war: ihren blauen Hosenanzug, die blauen Schuhe, irgendein T-Shirt. Der Hosenanzug lag zuoberst, schmutzig und zerknittert. Er schüttelte Jacke und Hose aus und legte sie sorgfältig zusammen. Als er das weiße T-Shirt in der Hand hielt, erschrak er zunächst über einen großen roten Fleck, sah dann aber, dass es nicht die Farbe von Blut war, sondern von irgend einem roten Obstsaft, Kirschen vielleicht. Er faltete es und legte es auf den Anzug. Ihre Unterwäsche zu berühren war ihm unangenehm. Er rollte Slip und BH zusammen und legte sie neben den Stapel. Als nächstes zog er einen Rucksack aus der Plastiktüte, hellblau mit weiß umnähten Rändern, klein wie für ein Kind. Er öffnete ihn und fand eine Trinkflasche aus Metall, wie sie Fahrradfahrer benutzen. Beides war ihm unbekannt, und er hatte keine Ahnung, wie sie in den Besitz dieser Dinge gekommen war. Sie musste per Anhalter gefahren sein, so viel war sicher. Vielleicht hatte ein Kind in einer Raststätte seinen Rucksack vergessen, und sie hatte ihn mitgenommen. Das Merkwürdigste aber waren die Schuhe, die ganz unten in der Tüte lagen, ein Paar fast neue Laufschuhe von Nike. Er wusste, was solche Schuhe kosteten. Sie hatte kein Geld und keine Scheckkarte dabei gehabt, konnte sich also unterwegs nichts kaufen. Solche Schuhe irgendwo zu finden, war ziemlich unwahrscheinlich. Sicher sah man schon mal einen einzelnen Schuh am Autobahnrand liegen. Er fragte sich dann immer, wie ein Schuh dorthin kommen konnte, und stellte sich ein Kind vor, das im Sommer die Füße aus dem geöffneten Fenster hält, während das Auto in einem Stau langsam fährt, und dabei einen Schuh verliert. Oder jemanden mit einer

Reifenpanne: er räumt den Kofferraum aus, um an den Ersatzreifen zu kommen, ein Koffer geht auf, sein Inhalt ergießt sich auf die Straße, ein Schuh rollt ins Gras und wird beim Einpacken übersehen. Aber ein Paar nagelneuer Joggingschuhe, fertig zum Anziehen? Kein Zweifel, jemand hatte sie seiner Mutter geschenkt. Ihre blauen Halbschuhe - erst jetzt bemerkte er, dass sie fehlten - waren für größere Fußmärsche ungeeignet, sie musste sich darin gequält haben. Ihre Reise barg nun noch mehr Geheimnisse für ihn. Er versuchte, sich die Situation vorzustellen. Eine Frau mit etwa der passenden Schuhgröße, eine vermutlich junge Frau, die ihre Joggingrunde dreht, begegnet der Älteren, die mit ungeeignetem Schuhwerk unterwegs ist und anscheinend schon eine große Strecke hinter sich hat. Wunderte sie sich nicht darüber? Die Polizei hatte am Tag des Verschwindens seiner Mutter Suchmeldungen mit einer genauen Beschreibung ihrer Person an verschiedene Sender gegeben, aber niemand hatte sich gemeldet.

Er packte die Sachen wieder in die Plastiktüte und stellte sie auf den Stuhl zurück. Dann sah er auf die Uhr. Es war erst kurz vor acht. Er beschloss, in die Stadt zu gehen, um sich abzulenken. Das Hotel war zwar für seine gute Küche bekannt, aber er hatte keinen Appetit. Unten beim Portier gab er seinen Zimmerschlüssel ab. Die junge Frau von vorhin hatte Feierabend, an ihrer Stelle lächelte ein älterer Herr ihn freundlich an und meinte, er könne ruhig spät zurückkommen, es sei die ganze Nacht da. Die Stadt war voller Menschen, ungewöhnlich für einen Montag, dachte er, aber der warme Sommerabend lockte sie auf die Straße. Er schloss sich dem Strom an. Paare sah er Arm in Arm oder Hand in Hand gehen, ausgelassene Jugendliche, Schüler oder vielleicht Studenten, bespritzten einander mit Wasser aus den Bächen entlang den Bürgersteigen oder lachten laut über irgendeinen Scherz. Wenige waren an diesem

Abend allein unterwegs, meist ältere Leute, die ihrer Einsamkeit nach draußen entflohen. Er kam zum Münsterplatz und vermied es, nach der Stelle zu sehen, wo man sie gefunden hatte. Ein Kaufhaus hatte noch geöffnet. Er ging hinein und kaufte ein schwarzes kurzärmliges T-Shirt und eine Packung schwarze Markenslips, damit er morgen früh etwas Frisches zum Anziehen hatte. Dann setzte er sich auf den Rand des Brunnens zwischen Leute, die Pommes Frites aßen, Bier tranken oder sich unterhielten, und betrachtete die Vorübergehenden. Die Tische der Lokale rund um den Münsterplatz waren voll besetzt. An einer Imbissbude ein paar Meter entfernt stand eine Warteschlange. Von ihrem Anfang löste sich die Gestalt einer Frau, die eine Tüte Pommes in der Hand hielt. Irgendetwas erschien ihm merkwürdig an ihr, die Art, wie sie sich bewegte, ihr plumper, schaukelnder Gang. Als sie näher kam, hob sie den Kopf und sah ihn mit einer Art von Lächeln an, während sie im Gehen eine Pommes in den Mund schob. Er erschrak zutiefst, als er ihr Gesicht sah. Ein Blutschwamm bedeckte es vollständig, die Haut war rot und aufgequollen, an manchen Stellen bläulich. Sie sah aus wie ein Wesen aus einem Horrorfilm. Trotzdem lächelte sie und genoss den lauen Abend und ihre Pommes Frites. Plötzlich hielt er es unter den Menschen nicht mehr aus, er sprang vom Brunnenrand herunter und floh in eine schmale Seitengasse. Ohne zu wissen, wohin sie führte, folgte er ihr und bog in die nächste ein und wieder in eine andere, sich immer dorthin wendend, wo die wenigsten Leute waren. Dann überquerte er einen Platz und eine große Kreuzung und gelangte in ein Wohngebiet mit Gärten und Bäumen vor den Häusern. Hier war es so still, dass man die Stadt vergaß. Jedes Geräusch war einzeln und deutlich in der Stille zu hören, jemand stieg in ein Auto und fuhr weg, ein Hund bellte in einem der Gärten. An der nächsten Querstraße lag ein Park.

Baumkronen ragten hinter einer mannshohen Umfassungsmauer empor. Vielleicht gab es dort eine Bank, wo er sich ausruhen konnte. Er suchte einen Eingang und kam zu einem offenstehenden, niedrigen Gartentor. Daneben in der Mauer entdeckte er eine Klingel mit Namensschild. Der Name war nicht zu entziffern. Zögernd trat er durch das Tor und blieb erschrocken stehen. Es war kein Park, worin er sich befand, sondern ein Friedhof. Das passt ja heute, dachte er, und ging ein paar Schritte hinein. Dies war jedenfalls der merkwürdigste Friedhof, den er bisher gesehen hatte. Auf einer ungemähten Wiese standen zwischen Bäumen Grabsteine in lockeren Reihen, zahlreiche davon schief oder beschädigt. Andere säumten die Wege, die rechtwinklig das Grundstück durchquerten und sich vor einer Kapelle kreuzten. Kein frisches Grab war zu sehen, kein Friedhofsbesucher mit Blumen oder einer Gießkanne, nur ein paar Kinder spielten Ball auf einem kleinen kiesbestreuten Platz an der von Inschriften und Grabreliefs bedeckten Mauer. Er ließ sich in diesen seltsamen Wald aus Steinen und Bäumen hineinziehen. Vor einzelnen Gräbern blieb er stehen und las die Namen auf den Stelen. Manche wiederholten sich, tauchten an anderer Stelle, im Zusammenhang einer anderen Familie wieder auf. Kein Sterbedatum war jünger als hundertfünfzig Jahre. Auf einigen Steinen waren Widmungen eingraviert oder kurze Biografien der Verstorbenen. Eine junge Frau hatte sich als Hinterbliebene der verstorbenen Eltern in ihrer Trauer verewigt. Es fanden sich auch kryptische Sätze wie dieser: „Sie war ganz, aber nicht zu sehr Mutter", darüber die Darstellung einer jungen Mutter im Kreis ihrer zahlreichen Kinder. Nicht weit davon eine Schar weinender, als nackte Amoretten dargestellter Kinder, die den Tod ihres Vaters betrauerten. An anderer Stelle war in einen Rahmen aus rotem Sandstein ein Marmorrelief wie aus einem antiken Grabmal eingelassen. Es zeigte einen geflügelten Knaben, nachdenklich zu Boden blickend, während eine in seltsam steifer Haltung schwebende Frau auf einen Schmetterling zeigte, der über ihren Köpfen davonflog. Er ging weiter, immer mehr gefesselt von den Geschichten der Toten. In einer Nische unter Bäumen ruhte ein steinernes Mädchen, das Haupt in ein Kissen gebettet, auf dem sich ihr offenes Haar in üppigen Locken ausbreitete. Auf ihrem Kleid lagen frische Blumen, und sie lächelte wie in einem süßen Traum. Am liebsten hätte er sich zu ihr gelegt, so müde fühlte er sich jetzt und zugleich so ruhig und entfernt von allem, was dieser Tag ihm zugemutet hatte.

Die Tür zur Kapelle war nicht verriegelt. Drinnen fühlte er sich überraschend zuhause, denn der Raum mit seinen stuckverzierten Decken, den von Ranken eingefassten Bildern und den Säulen aus künstlichem Marmor erinnerte ihn an die Pfarrkirche des Schwarzwaldortes, wo er mit seinen Eltern fast jedes Jahr Ostern gefeiert hatte. Zwar fehlten die überschwänglichen Farben, das Gold, Rosa und Meerblau, die jenen Kirchenraum in ein feierliches Licht getaucht hatten, aber einige vor einem Seitenaltar brennende Opferkerzen und das letzte Tageslicht, das durch die Fenster hereinfiel, ließen das Weiß der Decke in den zarten Tönen des Abendhimmels leuchten. Ringsum an den Wänden und auch auf dem Boden waren Grabplatten angebracht. Einen großen, rechteckigen Stein, der schwarz aus dem Sandsteinbelag des Mittelganges hervorstach, betrachtete er genauer. Die Gestalt eines Ritters in voller Rüstung mit auf der Brust gefalteten Händen war in den schwarzen Marmor gemeißelt. Zu seinen Füßen lag ein kleiner Hund, die Schnauze zwischen den Vorderpfoten, und spitzte die Ohren, als wartete er nur darauf, dass sein Herr sich wieder von seinem Lager erhob. Er setzte sich neben dem Ritter in eine Bank, legte den Kopf nach hinten und betrachtete die Deckengemälde. Um das mittlere Gemälde, das die Erweckung des Lazarus darstellte, waren vier ovale Bilder gruppiert, die ihn seltsam berührten. Sie stellten Alltägliches dar, einen Sonnenaufgang über einer kahlen Landschaft, eine halb geöffnete Schublade mit ein paar Schmuckstücken darin, über deren Rand eine schmale goldene Kette hing, ein leeres, bescheiden eingerichtetes Zimmer mit Tisch, Stuhl und Bettgestell, eine verblühte Sonnenblume, die ihre Samen in schwärzliche Erde fallen ließ, während hinter einer Bergkette die Sonne unterging. Es waren nüchtern, scheinbar ohne künstlerischen Anspruch gemalte Bilder, deren Bedeutung er nicht enträtseln konnte. Plötzlich fiel ihm etwas ein. Bei den Sachen seiner Mutter fehlte das Medaillon, das er ihr geschenkt hatte, als er zuhause ausgezogen war. Sie hatte es seitdem ständig getragen, noch in der Klinik hatte er es an ihr gesehen. Sie musste es unterwegs verloren haben. Er fragte sich, warum er nie den Mut aufgebracht hatte, ihr zu erzählen, woher die goldene Kette stammte.

Er musste kurz eingeschlafen sein. Das Knarren der Eingangstür und die Stimmen zweier Mädchen weckten ihn auf. Sie sprachen leise miteinander, während sie zögernd den Raum betraten. Die eine blieb an der Tür stehen, die andere ging mit gemessenen Schritten den Mittelgang entlang. „Schau mal, der Ritter!", rief sie ihrer Freundin zu, als sie vor der Grabplatte stand. Er rührte sich nicht und beobachtete sie aus den Augenwinkeln. Nun kam die Andere dazu. Offensichtlich fanden die Beiden es spannend, bei einbrechender Dämmerung in eine Friedhofskapelle einzudringen. Sie fingen an, über irgendetwas zu kichern. Es ärgerte ihn, so gestört zu werden. Gleich würden sie ihn entdecken, irgendwie fühlte er sich ertappt. „Lasst mich in Ruhe!", murmelte er kaum hörbar vor sich hin, aber der Kirchenraum vervielfachte den Laut, jedes Wort war deutlich zu verstehen. Danach herrschte eine Sekunde lang atemlose Stille. Dann hörte er, wie die beiden auf dem Absatz kehrtmachten und im Laufschritt aus der Kirche flohen. Mit einem Knall fiel die Tür ins Schloss.

Sonntag 6 Uhr 30

Sie wurde durch das Geräusch von Schritten geweckt, die sich im Lauftempo näherten. Schnell richtete sie sich auf und zog ihre Schuhe an. Auf keinen Fall wollte sie aussehen wie eine Pennerin, die auf der Bank übernachtet hatte. Sie strich sich die Haare glatt und knöpfte die Jacke zu. Die Joggerin nickte freundlich und wünschte ihr eine guten Morgen. Während sie die junge Frau zwischen den Alleebäumen in Richtung Wald verschwinden sah, wurde sie plötzlich traurig. Mit der schlanken Gestalt im weißen Trainingsanzug, deren blonder Pferdeschwanz im Rhythmus der Schritte hin und her schwang, schien sich das Leben selbst von ihr abzuwenden. Sie blieb allein zurück, ohne Ziel, ohne Zukunft und ohne die geringste Vorstellung davon, wohin sie gehen und was sie tun sollte. Vielleicht war es das Beste, aufzugeben, an irgendeiner Haustür zu klingeln, ihre Geschichte zu erzählen und darauf zu warten, dass ihr Sohn sie abholte und in die Klinik zurückbrachte. Ja, das wollte sie tun, es schien die einzig vernünftige Lösung zu sein. Nur eine kleine Weile wollte sie noch hier sitzenbleiben und die Illusion genießen, frei zu sein und gehen zu können, wohin sie wollte. Tief sog sie den Duft des Sommermorgens ein. Über ihr fing eine Amsel an zu singen. Sie schloss die Augen und versuchte, jeden Laut in sich aufzunehmen. Als das Lied verstummte, hörte sie die Schritte der Joggerin, die von ihrem Ausflug an den See zurückkam. In ihrer Nähe blieb sie stehen, verschnaufte einen Moment und begann, Gymnastikübungen zu machen. Dann kam sie, Arme und Beine schüttelnd, auf sie zu und fragte, ob sie sich einen Augenblick neben sie setzen dürfe. „Die Strecke ist anstrengend, und ich bin heute nicht so richtig fit." Sie beugte sich nach vorn und stützte ihre Ellenbogen auf die Knie. In dieser Haltung wartete sie, bis ihr Atem sich beruhigt hatte. Eine Weile saßen sie schweigend nebeneinander. „Sie sind wohl auch Frühaufsteherin?", fragte die junge Frau schließlich in die Stille hinein und richtete sich auf. Dann sprach sie weiter, ohne eine Antwort abzuwarten: "Ich hab das von meiner Mutter, die hielt es auch nicht lange im Bett aus, nicht mal sonntags. Sie musste aufstehen und hinausgehen. Das hier war ihr Lieblingsweg, fast jeden Tag ist sie hier spazieren gegangen. In der letzten Zeit verlief sie sich öfter und fand nicht mehr nach Hause. Wir haben sie manchmal stundenlang gesucht. Einmal mussten wir sogar die Polizei verständigen. Die haben sie dann gefunden, an der Autobahnraststätte." Sie schwieg wieder eine Zeitlang. „Vor einem halben Jahr ist meine Mutter in einem Pflegeheim gestorben." Ihre Nachbarin sagte das sehr leise, beinahe nur für sich selbst, sodass sie den Satz kaum verstand. Es blieb nun lange Zeit still, und sie sah aus den Augenwinkeln, dass das Mädchen weinte. Nach einer Weile zog sie eine Packung Tempos aus der Tasche, wischte die Tränen ab und putzte sich die Nase. Dann wandte sie sich zu ihr um und sagte mit fester Stimme: „Heute morgen kam eine Suchmeldung im Radio." Erschrocken sah sie ihrem Gegenüber nun zum ersten Mal ins Gesicht, ein hübsches, schmales Gesicht mit hohen Wangen. Ihre Blicke trafen sich, die Augen der jungen Frau waren graublau, fast wie ihre eigenen. „Die Beschreibung, die im Radio durchgegeben wurde, passt auf Sie. Sind Sie vielleicht die Frau, die gestern morgen aus einer Klinik in Düsseldorf geflohen ist und seither vermisst wird?" Sie sah zu Boden wie ein ertapptes Kind. Jetzt ist es vorbei, dachte sie. Es ist besser so. Sie nickte. „Ich kann Sie verstehen," sagte die Frau, „und möchte Ihnen folgendes vorschlagen: kommen Sie mit mir nach Hause, ich mache für uns beide ein schönes Frühstück, sie müssen ja völlig ausgehungert sein. Danach überlegen wir gemeinsam, was zu tun ist." Für einen Augenblick war sie erleichtert, fast glücklich. Sie sah sich mit der sympathischen jungen Frau am Tisch sitzen, die Sonne schien durchs Fenster, sie tranken Kaffee und redeten miteinander, vertraut wie Mutter und Tochter. Ein neues Leben wurde ihr geschenkt, ein Platz bei den Menschen. Aber es war ein Trugbild, diese Frau war nicht ihre Tochter, sie würde, wenn der Kaffee ausgetrunken war und sie die Brötchen aufgegessen hatten, die Klinik anrufen und mit ihr gemeinsam darauf warten, dass sie abgeholt wurde. Es war kein neues Leben, was ihr die Fremde versprach, natürlich nicht, es gab keine Verbindung zwischen ihnen, in Wirklichkeit hatten sie nichts miteinander zu tun. Wenn sie mit ihr nach Hause ging, war dies das Ende. Ihr Leben würde ihr aus der Hand genommen werden. Plötzlich wurde ihr klar, was das bedeutete. Wenn sie mit der jungen Frau ging, würde ihr Leben unvollendet bleiben und alles, was sie je getan, erlebt und gedacht hatte, würde sinnlos werden. Sie richtete sich auf und schüttelte heftig den Kopf. „Nein, ich kann nicht mit Ihnen kommen. Ich muss weiter." Da sagte die junge Frau etwas, womit sie nicht gerechnet hatte: „Ja, das habe ich mir gedacht. Dann kann und will ich Sie nicht aufhalten. Aber ich bitte Sie, etwas von mit anzunehmen, damit ich mich nicht so schuldig fühle, wenn ich Sie jetzt einfach gehen lasse." Sie griff in ihre Jackentaschen, nahm einen Apfel und eine unangebrochene Tafel Schokolade heraus und legte sie zwischen sich auf die Bank. „Sonst nehme ich nie Proviant mit, in der dreiviertel Stunde, die ich unterwegs bin, brauche ich nichts zu essen. Ich weiß wirklich nicht, warum ich das heute morgen eingesteckt habe." Sie schien zu überlegen, was sie der Anderen noch geben könnte. Ihr Blick fiel auf die Schuhe. „So können sie nicht weitergehen!" Sie zog ihre Joggingschuhe aus. „Probieren sie die an. Ich trage sie heute zum ersten Mal. Die Strümpfe kann ich Ihnen nicht anbieten, die sind durchgeschwitzt." Gehorsam streifte sie ihre blauen Halbschuhe von den Füßen und probierte die Laufschuhe an. Sie passten. Warm und feucht schlossen sie sich um ihre schmerzenden Füße. „Warten Sie, ich mache sie Ihnen zu." Das Mädchen kniete sich vor sie hin und schnürte ihr die Schuhe, fest, aber nicht zu eng. Sie fühlte, wie Wärme durch ihren Körper strömte. „Und Sie? Was machen Sie jetzt ohne ihre Schuhe?" „Das ist kein Problem, mein Auto steht ganz in der Nähe, bis dahin gehe ich auf Strümpfen. So, ich glaube, jetzt kann ich nichts mehr für Sie tun." Sie stand auf und wischte den Sand von ihren Knien. Dann nahm sie ihre Hand und hielt sie eine Weile fest. „Leben sie wohl," sagte sie schließlich, wandte sich ab und begann zu laufen, so schnell es auf Strümpfen ging. Sie sah der hellen, mädchenhaften Gestalt mit dem eigensinnig fröhlich wippenden Pferdeschwanz nach, bis sie zwischen den Bäumen vom Hauptweg abbog. Dann packte sie den Apfel und die Schokolade in ihren Rucksack und stand auf. Ihre alten Schuhe legte sie in den Papierkorb neben der Bank. Vorsichtig tat sie ein paar Schritte. Weich gepolsterte Fußbetten und federnde Sohlen trugen sie über den Boden. Mühelos und ohne Schmerzen setzte sie einen Fuß vor den anderen. Als sie an dem Seitenweg vorbeikam, in den die junge Frau eingebogen war, machte sie Halt, in der Hoffnung, sie noch einmal zu sehen, aber sie war verschwunden.

Der Weg wandte sich nun vom Fluss weg und führte in Richtung Stadt. Die Alleebäume wurden abgelöst von niedrigen, sorgfältig beschnittenen Hecken und weiß gestrichenen Holzzäunen, hinter denen sich gemähte Rasenflächen ausbreiteten. Darauf standen Häuser mit großen Fenstern und dunklen, tief heruntergezogenen Dächern. Fast überall waren die Rollläden noch geschlossen. An Klettergestellen, Schaukeln und herumliegendem Spielzeug konnte man sehen, dass in den meisten Häusern Familien mit Kindern wohnten. Manche Eingangstüren waren von Säulen flankiert, einige Dächer wurden von den Spitzen kleiner Türme überragt, die bauchig aus der Außenwand herauswuchsen und deren schräg in die Mauer geschnittene Fenster zeigten, dass in ihrem Innern Wendeltreppen emporstiegen. Die Häuser erschienen ihr wie Festungen. Niemand war auf der Straße zu sehen. So früh am Sonntag Morgen lagen die meisten noch in ihren Betten. Ein einziges Haus unterschied sich von den anderen. Es stand in einem Garten ohne Zaun und Mauer, nur von wilden Holunderbüschen und Haselsträuchern umgeben. Seine Fenster mit den weißen Fensterkreuzen und den geöffneten blauen Schlagläden schauten freundlich und einladend unter einem leuchtend roten Ziegeldach hervor. An allen vier Wänden des Hauses waren Gitter aus Holzlatten befestigt, daran rankten Kletterrosen empor, die Blüten in allen Größen und Farben trugen, sodass das Haus nicht wie ein Gebäude, sondern wie ein zu einem großen Würfel geschnittener Rosenhag aussah. Sie bog die Zweige zwischen zwei Haselnussbüschen auseinander und schlüpfte hindurch. Hinter ihr schloss sich die Hecke wieder, und sie befand sich in einem altmodischen Garten. Auf der ungemähten Wiese, deren Gräser und Blumen fast alle anderen Pflanzen überragten, standen verteilt einige kleine Kirsch- und Apfelbäume. In den Beeten wuchsen Zier- und Nutzpflanzen wild durcheinander, Tomaten standen neben Hortensien, Strauchbohnen wucherten zwischen Büscheln von Sommerastern, Kohlköpfe sahen unter den dunklen Blättern der Pfingstrosen hervor. Es schien, als hätte sich die Jahreszeit geändert, als sie durch die Hecke trat. Mitten aus dem Juni war sie in den Nachsommer hinübergewechselt. Nun bemerkte sie auch den Duft der Rosen, der vom Haus herkam und den Garten wie eine klare Flüssigkeit ausfüllte. Sie verließ den Schutz der Sträucher und wagte sich bis zu einem Apfelbaum vor. Dort blieb sie erschrocken stehen, denn auf der Terrasse saß mit dem Rücken zu ihr ein Mann auf einem Klappstuhl und betrachtete die Rosen. Er hatte eine grob gestrickte graue Jacke an, und sein volles weißes Haar reichte ihm fast bis auf die Schultern. Jetzt nahm der Mann ein Fernglas von seinen Knien und hielt es vor die Augen. Anscheinend wollte er auch die Rosen weiter oben am Haus genau sehen. Dann stand er auf, legte das Fernglas auf den Stuhl und ging zu einer Leiter, die an die Hauswand gelehnt war. Er trug sie an eine andere Stelle, stieg hinauf und schnitt mit einer Rosenschere, die er aus der Hosentasche zog, eine verblühte Rose und einen dürren Zweig ab. Beides legte er unten in einen Korb neben der Haustüre. Danach setzte er sich wieder und fuhr fort, die Rosen zu betrachten. Der Vorgang wiederholte sich einige Male. Wenn der Mann zu seinem Stuhl zurückging, konnte sie sein Gesicht sehen. Es erschien jünger, als die weißen Haare vermuten ließen, schmal, mit einer Raubvogelnase und buschigen Brauen. Zum Glück hielt er den Blick gesenkt und entdeckte sie nicht. Das Haus, der Mann und die ganze Situation waren ihr merkwürdig vertraut, so als wäre sie vor langer Zeit für ein paar Tage hier zu Gast gewesen und hätte mit dem Hausbesitzer lange, anregende Gespräche geführt. Wie gebannt verharrte sie an ihrem Platz, bis der Mann schließlich seinen Stuhl zusammenklappte und im Haus verschwand. Dann bahnte sie sich wieder einen Weg durch die Hecke und kehrte auf die Straße zurück.

Sie gingen zwischen den beiden Buchen hindurch, die ihre Zweige hoch über ihnen zu einem Torbogen verflochten, und überquerten den kleinen Parkplatz, wo ein paar Autos von Spaziergängern standen und von wo aus die beiden Wege abzweigten, der eine zum Tierpark, der andere in den Wald. Wie immer an dieser Stelle sah sie ihren Vater erwartungsvoll an. „Schau mal", rief der dann stets ganz überrascht aus, „da auf dem Schild! Das sind doch wir beide, du und ich!" Sie lief zu dem Schild, das weiß auf blauem Grund einen Herrn mit Hut zeigte, der ein kleines Mädchen an der Hand hielt, und hüpfte ausgelassen darum herum, wobei sie geschickt den Brennnesseln auswich, die gleich dahinter in hohen Büscheln wuchsen. Dabei wiederholte sie so lange den Refrain „Papa und Marie, Papa und Marie", bis der Vater die Hand hob und rief: „genug, genug!" Dann lief sie zu ihm zurück, nahm seine Hand, und sie betraten den Weg zum Wald, ein Herr mit Hut, der ein kleines Mädchen an der Hand hielt. Sie gingen an den hohen Tannen vorbei, deren eine vom Blitz getroffen worden war. Ein Schild mit dem Hinweis „Blitzschlag" und der Jahreszahl hing daran. Dann kamen sie zu der Schneise, die der große Sturm geschlagen hatte. Sie erinnerte sich an die Nacht, in der er über das Haus gefegt war, einen Baum im Garten umgeknickt und das Papier, das auf ihrem Schreibtisch lag, aus dem offenen Fenster gewirbelt hatte. Ab und zu begegneten ihnen Spaziergänger. Dann hob ihr Vater den Hut und neigte ein wenig den Kopf, um sie zu begrüßen. Nach einer Weile zweigte ein schmaler Pfad vom Hauptweg nach rechts ab. Er war von den Wurzeln der dicht stehenden Bäume durchzogen und führte steil hinab. Manchmal folgten sie ihm, denn er brachte sie zu ihrem Lieblingsweg, der ein Stück weiter unten parallel zum Hang verlief. In dieser Gegend standen Buchen mit kraftvollen Stämmen, unter deren glatter, silbergrauer Rinde die Wölbungen des Holzes wie Muskeln hervortraten. Große rote Felsbrocken waren irgendwann den Hang heruntergerollt und lagen zwischen den Bäumen. Der größte von ihnen ragte in den Weg hinein, sodass dieser ihm in einem kleinen Bogen ausweichen musste. Eine Seite des Steines war glatt und stieg steil in die Höhe. Auf ihr stand ein Gedicht, das die Schönheit des heimischen Waldes pries, angebracht vom Verschönerungsverein. Sie blieb nicht auf dem Weg, sondern kletterte an der kurzen Seite der Schräge hinauf, setzte sich rittlings auf den Stein, winkte ihrem Vater, der unten wartete, und stieg auf der anderen Seite wieder herunter. Besonders im Frühling liebten sie diesen Weg, wenn das Sonnenlicht durch die frischen, noch durchscheinenden Blätter der Buchen fiel, sodass man den Eindruck hatte, auf dem Grund eines klaren grünen Sees spazieren zu gehen. Meistens jedoch blieben sie oben auf dem Hauptweg und gelangten nach einer Weile zu der Biegung, wo der Grenzstein stand. Hier bogen sie nach links ab in Richtung Tiergehege. Der Wald verdichtete sich, halbhohe, erst vor einigen Jahren angepflanzte Kiefern und Fichten umschlossen den Weg von beiden Seiten. Der Boden war dort mit trockenen, braunen Nadeln bedeckt, auf denen es wunderbar weich und fast schwerelos zu gehen war. Sie gingen schweigend nebeneinander wie zwei Erwachsene, jeder in seine Gedanken vertieft, ein großer, breitschultriger Mann, den Kopf ein wenig nach vorn gebeugt, die Hände hinter dem Rücken mit dem Spazierstock darin, und ein Kind, das nachdenklich einen Fuß vor den anderen setzte, den Waldboden musterte, sich in die Dämmerung zwischen den Bäumen hineinträumte und tief den harzigen, modrigen Geruch des Waldes einatmete.

Die Spaziergänge mit der Mutter waren abenteuerlicher. Sie gingen oft weiter, als sie vorgehabt hatten und lie-ßen sich von ihrer Neugier von der nächsten zur über-nächsten und noch um die darauffolgende Wegbiegung locken. Der Heimweg war dann weit, und es kam vor, dass im Winter ihre Finger und Zehen blaugefroren waren, wenn sie nach Hause kamen. Im Sommer gerie-ten sie nicht selten in einen Regenguss, weil sie trotz einer dunklen Wolke am Horizont losgelaufen waren in der Meinung, rechtzeitig vor deren Ankunft wieder zuhause zu sein. Da halfen auch die großen Blätter nichts, die sie am Wegrand fanden und als Regenhüte aufsetzten. Das Wasser lief ihnen übers Gesicht, und sie versuchten lachend, die Tropfen von der Nase mit der Zunge aufzufangen. Weil sie nun schon einmal nass waren, sprangen sie auch noch mit beiden Füßen in die Pfützen, dass es spritzte. Manchmal wurden ihnen die vertrauten Wege langweilig, und sie fuhren mit dem Auto woanders hin. So entdeckten sie einen Weg, der durch ein sanftes grünes Tal mit Gärten und Obstwiesen führte. Hier war es schon im Frühling so warm, dass man sich in den Sommer versetzt fühlte. Sie fanden einen Platz unter blühenden Kirschbäumen, wo die Böschung am Weg die Form einer mit Gras gepolsterten Sitzbank hatte. Das wurde ihr Lieblingsplatz. Im Som-mer, wenn die Kirschen reif waren, kletterten sie die Böschung hinauf, bogen die Zweige, die schwer von Früchten waren, noch ein Stückchen tiefer und pflück-ten, was sie erreichen konnten. Dann häuften sie die Kirschen zwischen sich auf der Grasbank zu einem kleinen roten Hügel auf und aßen, bis sie nicht mehr konnten. Vertieft in ihre verbotene Ernte, hörten sie eines Tages von weitem jemanden rufen. Sie schauten auf und sahen einen Mann, der im Laufschritt über die Wiesen auf sie zu kam. Mit einer Hand fuchtelte er in der Luft herum, mit der anderen hielt er einen großen

Hund an der Leine fest. Bevor ihnen klar wurde, dass es sich um den Besitzer der Kirschbäume handelte, blieb er stehen, beugte sich zu seinem Hund hinunter und ließ ihn von der Leine. Sie warfen die Kirschen weg, rutschten auf Fersen und Händen die Böschung hinunter und rannten um ihr Leben, ohne sich umzusehen.

Schon lange lockte sie der Wald auf der anderen Seite des Tales. Mit dem Fernglas suchten sie vom Fenster des Kinderzimmers aus immer wieder das kleine, weiße Stück des Spazierweges, der drüben am Hang entlangführte und in einer Schneise zwischen den Bäumen zum Vorschein kam, dort, wo der Sturm das Tal überquert und sich durch den Wald gefressen hatte. Von dieser Stelle aus musste man das Haus und den Garten erkennen können. An einem Nachmittag im Herbst war es soweit. Die Luft war klar wie nur an manchen Herbsttagen, und die Mutter beschloss: „heute gehen wir hinauf. So schön und nah wie heute wird unser Haus von dort drüben aus nicht mehr so bald zu sehen sein." Sie nahmen das Fernglas mit und fuhren mit dem Auto ins Tal hinunter und über den Fluss. Am Fuß der Berges gab es eine Gaststätte und einen Parkplatz für Besucher und Spaziergänger. Von dort aus führte der Weg steil hinauf. Dieser Wald war anders als der, den sie kannten, die Bäume waren höher und älter, riesige Tannen mit eindrucksvoll dicken, grau schimmernden Stämmen. Unter ihnen wuchsen große Farne, Heidelbeeren und dicke, leuchtend grüne Moospolster. Ein Ameisenhaufen ragte fast hüfthoch am Wegrand empor. Alles schien irgendwie wilder und unberührten als auf der ihnen vertrauten Seite. Unter dem dichten Dach aus Baumkronen herrschte früh am Nachmittag schon Dämmerung. Schweigend folgten sie dem Weg, der steil bergauf ging. Plötzlich blieb die Mutter stehen. „Sieh mal!" Gleich neben ihren Schuhen wuchs etwas Merkwürdiges aus dem Waldboden hervor. Es sah aus wie ein Meerestier, ein Tintenfisch oder ein Seestern mit roten, schwarz gefleckten Armen. Sie hockten sich nieder, um es genauer zu betrachten, und hielten sich gleich die Nase zu, denn das seltsam schöne Wesen verströmte intensiven Aasgeruch. „Es muss eine Art Pilz sein", meinte die Mutter, als sie sich wieder erhoben, „bestimmt ein ganz seltener! Wir schauen zuhause nach, wie er heißt." Durch die kurze Pause waren sie wieder zu Atem gekommen, und ein paar Meter weiter wandte sich der Wirtschaftsweg, den sie heraufgekommen waren, nach rechts und führte weiter in die Höhe, während linker Hand ein mit feinem weißem Schotter bestreuter Spazierweg abzweigte und waagrecht am Hang entlanglief. „Das ist unser Weg", rief die Mutter. Der Tannenwald wich hohen Buchen mit ausladenden Kronen. Zwischen ihren mächtigen Stämmen leuchtete das helle Laub der jungen Bäume. Dann kamen sie zu der Schneise, durch die sich unvermittelt der Blick in die Ferne öffnete. Wie klares Wasser stand die herbstliche Luft im Tal und umfloss jeden einzelnen Gegenstand, sodass jeder Baum und jedes halb verdeckte Dach auf der gegenüberliegenden Seite deutlich hervortraten. Dennoch konnten sie sich aus der Ferne nicht sogleich in der vertrauten Gegend zurechtfinden. Eine Zeitlang suchten sie vergeblich das Haus. „Da, das muss es sein, hinter den großen Bäumen." Die Mutter hielt das Fernglas an die Augen und schaute hindurch. Dann reichte sie es ihrer Tochter. Die sah im ersten Moment nur das verwischte Grün einer vor ihren Augen hin und her wankenden Landschaft. Dann hielt sie das Glas ruhiger, wusste aber nicht, welche Stelle sie gerade fixierte. Die Mutter trat hinter sie und versuchte, ihrem Blick zu folgen. „Etwas weiter nach rechts, und ein wenig höher. Hast du es?" Jetzt sah sie die wohlbekannten Umrissen der großen Fichte im Garten und ein Stück hellgrünen Rasen mit dem runden Tisch darauf. Vier Stühle standen um ihn herum, ordentlich an die Tischkante geschoben. Dort führte der Fußweg zum Haus hinauf, daneben leuchtete rot das Rosenbeet, fast meinte sie, jede einzelne Blüte zu erkennen. Sie wanderte am Haus entlang, alles schien greifbar nah. Sie hatte den Eindruck, an zwei Orten zugleich zu sein. Aber je länger sie hinsah und je klarer das Bild erschien, desto entrückter wurde es, je näher sie ihm kam, desto mehr entzog es sich. Plötzlich fühlte sie ganz deutlich und mit einer erschreckenden Gewissheit, dass sie etwas betrachtete, das schon längst nicht mehr existierte. Sie ließ das Fernglas sinken. Tränen traten ihr in die Augen. „Lass uns nach Hause gehen, schnell", bat sie ihre Mutter, gab ihr das Glas und ging den Weg zurück, den sie gekommen waren, schnell und immer schneller, als hätte sie Angst, zu spät zu kommen.

Sonntag 7 Uhr 30

In einer verschlafenen Wohnstraße am Stadtrand öffnete sich unter dem dunklen, tief heruntergezogenen Dach eines Einfamilienhauses mit leisem Summen das Garagentor. Niemand war zu sehen, die Hausbewohner schienen noch zu schlafen. Vor den großen Fenstern des Wohnzimmers waren die Rollläden heruntergelassen, hinter den kleineren im oberen Stock die Vorhänge zugezogen. Unter dem Schaukelgestell auf dem Rasen lag eine Puppe, die von den Kindern nach dem Spielen übersehen worden war, und wartete darauf, dass es Tag wurde und man sich an sie erinnerte. Im Innern der Garage wurde jetzt ein vierzylindriger Motor gestartet. Eine schwarze Limousine mit abgedunkelten Scheiben fuhr heraus, passierte im Schritttempo die Einfahrt, überrollte die abgesenkte Bordsteinkante und schwenkte in die Fahrbahn ein, während das Garagentor mit sanftem Ruck wieder ins Schloss fiel. Vielleicht hatte ein Familienvater, der am Sonntag früh zu einer längeren Geschäftsreise aufbrach, sich leise von seiner Frau verabschiedet, um die Kinder nicht zu wecken, in der Küche eilig einen Kaffee getrunken und machte sich nun auf den Weg. Schneller als erlaubt fuhr er die Straße hinunter und bog an der nächsten Kreuzung in eine andere, ebenso verschlafene Wohnstraße mit den gleichen Einfamilienhäusern und gepflegten Vorgärten ein, vorbei an akkurat geschnittenen Hecken und sauber geweißelten Gartenmauern. An der Schule ignorierte er die rote Fußgängerampel und wich erst im letzten Moment den Blumenkübeln aus, die abwechselnd auf beiden Straßenseiten die Breite der Fahrbahn einschränkten, um die Autofahrer zu zwingen, sich an die vorgeschriebene Geschwindigkeit zu halten. Vielleicht machte es ihm Spaß, am frühen Sonntag Morgen auf den menschenleeren Straßen Rennen zu fahren, oder er hatte es einfach eilig, auf die Autobahn zu kommen.

Als sie den Garten des Rosenhauses verlassen hatte und wieder auf der Straße stand, sank ihr der Mut. Freiburg, das Ziel, zu dem sie aufgebrochen war, lag unerreichbar in der Ferne. Sie überlegte, was zu tun war. Am sinnvollsten erschien es ihr, eine Tankstelle in der Nähe der Autobahn aufzusuchen und jemanden zu bitten, sie mitzunehmen. Aber wo ging es zur Autobahn? Und wer nahm eine alte Frau in seinem Wagen mit, die sich am Sonntag Morgen an Tankstellen herumtrieb, noch dazu eine, die gesucht wurde und deren Beschreibung im Radio durchgegeben worden war? Außerdem waren um diese Uhrzeit nicht viele Autofahrer unterwegs, und jemanden zu finden, der in Richtung Freiburg fuhr, käme einem Lottogewinn gleich. Da hörte sie in der morgendlichen Stille ein Auto näherkommen. Ich will es versuchen, dachte sie, vielleicht habe ich Glück. Sie ging zwischen den parkenden Autos durch, stellte sich an die Straße und hob die Hand. Die schwarze Limousine mit den abgedunkelten Scheiben, die viel zu schnell die schmale Wohnstraße entlanggefahren kam, bremste und hielt direkt vor ihren Füßen. Das Fenster auf der Beifahrerseite wurde heruntergelassen und der Fahrer fragte: „Wo wollen Sie hin?" Ohne zu überlegen antwortete sie: „nach Freiburg." „Steigen Sie ein." Ihr wurde schwindlig, es kam ihr so vor, als wären dieser Wagen und sein Fahrer direkt aus ihren Wunschträumen in die Realität hinübergewechselt. Sie berührte vorsichtig die glänzend schwarze Karosserie, um sicherzugehen, dass es sich nicht um eine Halluzination handelte, die ihr von Erschöpfung und leerem Magen vorgespiegelt wurde, aber ihre Hand lag auf kühlem Metall. „Beeilen Sie sich, ich habe nicht viel Zeit." Die Stimme des Mannes klang ungeduldig und außerdem nicht sehr sympathisch, aber sie hatte etwas Zwingendes, und so öffnete sie die Wagentür und stieg ein. „Schnallen Sie sich an", gebot ihr Chauffeur, und gehorsam legte sie den Sicherheitsgurt an. Den Rucksack verbarg sie zwischen ihren Füßen, damit nicht auffiel, dass es ein Kinderrucksack war. Abrupt setzte sich der Wagen in Bewegung, und zwei Querstraßen weiter erreichten sie den Autobahnzubringer. Der Fremde fuhr schnell und aggressiv, bremste ruckartig an den roten Ampeln und fuhr mit quietschenden Reifen wieder los. In der Einfahrtschleife zur Autobahn klammerte sie sich an den Haltegriff in der Tür, denn sie fürchtete, der Wagen würde von der Straße abkommen. Auf der Einfädelspur überholten sie einen PKW mit Wohnwagen und wechselten auf die Überholspur. Aus dem Augenwinkel beobachtete sie, wie die Tachonadel sich der Zweihundertmarke näherte, aber sie wagte nicht, dem Fahrer gegenüber etwas einzuwenden, da er sie doch freundlicherweise mitgenommen hatte. Also beschloss sie, sich nicht weiter um seinen Fahrstil zu kümmern. Weil sie nun merkte, wie hungrig sie war, nahm sie den Apfel und die Schokolade aus dem Rucksack. „Möchten Sie ein Stück Schokolade?", fragte sie höflich und hielt die unangebrochene Tafel hoch. „Danke, ich esse nicht während der Fahrt", kam die lapidare Antwort. Also steckte sie die Schokolade wieder in den Rucksack und begann, den Apfel zu verzehren. Dabei betrachtete sie von der Seite den Mann am Steuer, der ihr immer seltsamer vorkam. Sein blasses Gesicht unter dem noch dunklen, aber über der Stirn schon merklich gelichteten Haar war unbewegt, das Profil wenig markant, eine kurze, stumpfe Nase, ein rundes Kinn mit Ansatz zum Doppelkinn. Ein Gesicht, das man sich nicht merkte. Auch schien er irgendwie alterslos, vielleicht erst Ende dreißig, vielleicht schon Anfang fünfzig. Der dunkle Anzug, ein steifer weißer Hemdkragen und die dunkle Krawatte ließen ihn älter erscheinen, als er wahrscheinlich war. Sie fragte sich, warum er für die Autofahrt so korrekt gekleidet war und nicht wenigstens die Jacke auszog, um es sich bequemer zu machen. Nachdem sie einige Male vergeblich versucht hatte, ein belangloses Gespräch zu beginnen, gab sie es auf und schaute aus dem Fenster. Die Welt gefiel ihr gut im Vorbeifahren. Alles, was sie sah, war von den Fensterausschnitten auf dasselbe Format gebracht. Autofenster besaßen besondere Eigenschaften. In der Stadt, wo alles nah und schnell vorbeiflog, waren sie wie Vergrößerungsgläser und enthielten das Einzelne in großen Ausschnitten, den unmissverständlichen Ausdruck eines Gesichtes, die Eindeutigkeit einer Geste, die nicht Zeit hat, in die nächste überzugehen. Diese Bilder hatten ihre eigene Wahrheit, sie prägten sich ein und blieben in Erinnerung. Hier draußen waren die Fenster Brenngläser, in denen sich die Weite der Landschaft sammelte und verdichtete, sodass man meinte, nirgendwo sonst so viel davon zu haben. Unaufhörlich floss sie in das Wageninnere, man überließ sich dem Strom der Bilder, schaute und vergaß. Es hätte sie nicht gewundert, wenn plötzlich etwas ganz Unwahrscheinliches, Märchenhaftes zu sehen gewesen wäre, beinahe wartete sie darauf. Diese Wiese zum Beispiel, an der sie gerade vorbeikamen, sah aus, als läge sie außerhalb der bewohnten, nutzbaren Welt und als hätte noch nie ein Mensch seinen Fuß darauf gesetzt. Aus Kornfeldern ragten Wasserfontänen und durchmaßen mit langsamen, ausladenden Bewegungen die Luft. Sie neigten sich einander zu und trennten sich wieder in stillem Tanz. Riesige Drachen mit kleinen, wasserspeienden Köpfen und Metallkörpern, deren Stangen und Rohre Nebel versprühten, schoben sich seitwärts über die Äcker. Dann gingen Überlandmasten eine Weile neben dem Wagen her und wandten sich wieder ab, fernen Zielen entgegen. Plötzlich wurde alles weggewischt von einem struppigen Wald, durch den die Autobahn eine Schneise schlug. Als sie aus dem Wald wieder auftauchten, breitete sich die Ebene auf beiden Seiten aus. Bläulich vom Dunst erschienen die Schattenrisse der Berge, nah und vertraut die Hügel und Höhen des Schwarzwaldes, weiter entfernt, fremd und schroff, die Vogesen. Glücksgefühl überwältigte sie, verstärkt durch ein Ziehen im Bauch, das sie schon als kleines Mädchen gespürt hatte, wenn sie sich dem Ziel einer Reise näherte und vor Aufregung auf ihrem Sitz hin und her rutschte.

Die Strecke bis zur Ausfahrt Freiburg war länger, als sie in Erinnerung hatte. Irgendwann schlief sie ein und träumte wirres Zeug. Als sie wieder aufschreckte, hatte der Fahrer den Blinker gesetzt und bog in gewohnt haarsträubender Geschwindigkeit in die Ausfahrtschleife ein. Das letzte Stück des Weges führte sie auf einer vierspurigen Schnellstraße näher an die Berge heran, die nun zwischen dunkel bewaldeten Flächen hellere Wiesen und Ansammlungen von Häusern sehen ließen. Sie gewannen Tiefe und Plastizität, einzelne Erhebungen traten hervor, dazwischen schnitten dunklere Töne die Täler ein. Dennoch blieben sie auf Distanz und schienen sich dem suchenden Blick immer wieder zu entziehen. „Ich bringe sie bis zum Münster", brach ihr Begleiter plötzlich das stundenlange Schweigen. Seine Stimme klang beinahe freundlich. Sie nickte nur mit dem Kopf und brachte nach der langen Stille keinen Ton heraus. Die Straße in die Innenstadt lief an alten Villen in verwucherten Gärten vorbei, hinter deren einst imposanten, inzwischen von Abgasen und Straßenschmutz schwärzlichen Fassaden niemand mehr wohnen mochte. Einige der Häuser waren renoviert worden. Werbeagenturen und Kanzleien hatten das repräsentative Ambiente für sich entdeckt und nutzten die großzügigen Etagen in vormals bevorzugter Wohnlage als Büros. Dann kamen sie an den Universitätsgebäuden aus rotem Sandstein vorbei. Ein Hörsaal, dessen Fensterfront eine Reihe bauchiger Säulen schmückte, war erleuchtet, Menschen strömten durch die geöffneten Glasflügel des Haupteingangs und versammelten sich zu irgendeiner sonntäglichen Veranstaltung. Während der Wagen an einer roten Ampel wartete, sah sie den Leuten zu, die gut gekleidet und irgendwie feierlich über die Schwelle schritten, in Erwartung der bevorstehenden geistigen Erbauung. Sie hätte jetzt einfach aussteigen und sich unter die Menge mischen können, einen zufällig freigebliebenen Stuhl besetzen, als gehörte sie zu den Eingeladenen. Gerne hätte sie gehört, was dort vorgetragen wurde. Die Ampel schaltete auf grün, und sie fuhren weiter. An der darauf folgenden Kreuzung bog ihr Chauffeur am Verbotsschild vorbei in die Fußgängerzone ein. Obwohl viele Passanten unterwegs waren, verringerte er nicht seine Geschwindigkeit, sondern wich den Fußgängern, die ihn gar nicht zu bemerken schienen, bis hart an den Rand des schmalen Wassergrabens neben der Straße aus.

Er fuhr mit schlafwandlerischer Sicherheit, als wüsste er genau, dass der Junge mit seinem Hund da vorne gleich die Straße überqueren und die junge Frau ihm ihren Kinderwagen den Weg schieben würde. An der nächsten Querstraße bog er ab und hielt dann so unvermittelt an, dass sie hart nach vorne in den Gurt gedrückt wurde. Vor ihnen zwischen den Häusern und über den Dächern erhob sich der Turm des Münsters wie eine Erscheinung aus einer anderen Welt. Eine Weile war ihr Blick wie festgebannt. Dann löste sie den Sicherheitsgurt und bückte sich, um nach dem Rucksack zu suchen, der in den Fußraum gerutscht war. Plötzlich hörte sie ihren Begleiter mit einer Stimme, deren Klang ihr seltsam vertraut war, „auf Wiedersehen" sagen. Sie erhob sich und blickte in ein Paar warme braune Augen und in ein Gesicht, das sie seit langem kannte. Sie streckte ihre Hand aus. „Danke". Der Fahrer nahm die seine vom Lenkrad, aber nicht, um sie ihr zu geben, sondern um einen Gang einzulegen. Er hatte sich wieder abgewandt und sah starr durch die Windschutzscheibe, als wartete er nur darauf, endlich losfahren zu können. Sie nahm ihren Rucksack, öffnete die Tür und stieg aus. Dann schaute sie zu, wie er mit quietschenden Reifen auf der schmalen Straße wendete und viel zu schnell durch die Fußgängerzone davonfuhr.

Die Gondel verlangsamte ihre Fahrt, ruckelte über die Führungsräder des letzten Pylons und verschwand im offenen Maul der Bergstation. Drinnen kam sie leise schaukelnd neben dem Mittelpfeiler zum Stillstand, hinter dem das Seil über ein großes, waagrecht laufendes Rad geführt wurde. Gleich würde sie sich wieder in Bewegung setzen, um das Rad herumschwenken und zurück zur Talstation schweben. Er öffnete die Kabinentür, sprang heraus und hielt ihr seine Hand hin, um ihr über die sanft hin und her schwingende Schwelle zu helfen. Sie gab ihm ihre rechte Hand, hielt sich mit der linken am Türrahmen fest und erreichte mit einem kleinen Sprung festen Boden. So früh am Morgen waren sie trotz des sommerlichen Wetters noch die einzigen Ausflügler, gegen Mittag würde es hier voll werden. Sie betraten die Eingangshalle, einen kühlen, nüchternen Raum mit weiß getünchten Wänden, an denen Werbetafeln der ortsansässigen Gastronomie und eine plastisch ausgearbeitete Übersichtskarte der Umgebung hingen. Auf den Bergkuppen war die grüne Farbe von den Berührungen suchender und erklärenden Zeigefinger abgenutzt und ließ weißlichen Kunststoff durchscheinen. Neben dem Ausgang zur Terrasse befand sich ein Kiosk mit altmodisch holzgetäfelten Wänden. Er war bereits geöffnet. Bevor sie hinausgingen, nahm sie ihren Rucksack ab, hängte ihn über seine Schulter und lief die Treppe zur Toilette hinunter. Jedes Mal, wenn sie hier ankamen, musste sie zur Toilette, vielleicht, weil sie so lange in der Gondel hoch über dem Boden eingesperrt gewesen war und überlegt hatte, was sie tun würde, wenn der Motor ausfiele, der das Seil antrieb, und sie viele Stunden oder die ganze Nacht in diesem Käfig verbringen müssten. Er wandte sich dem Ausgang zu und nickte im Vorbeigehen der Frau mit dem strengen Nackenknoten und dem hageren, faltigen Gesicht zu, die hinter dem massiven Eichenholztresen des Kiosks stand und auf die ersten Kunden wartete. Er nahm an, dass sie hier stand, seit die Seilbahn existierte, denn sie war immer da, egal zu welcher Tageszeit und an welchem Wochentag sie hierher kamen. Meistens nahm er irgendetwas mit, eine Zeitschrift oder eine Tafel Schokolade, aber heute ging er nur freundlich grüßend an ihr vorbei und betrat die Aussichtsterrasse. Der Rucksack war schwer, wie immer hatte seine Begleiterin viel zu viel eingepackt, einen Regenschirm, obwohl sich keine

Wolke am makellos blauen Himmel zeigen wollte, das Buch, das sie gerade las, ein Taschenmesser mit allen denkbaren Funktionen von der Säge bis zur Nagelschere, und wahrscheinlich eine Thermoskanne mit heißem Tee. Er hängte den Rucksack über die andere Schulter und trat ans Geländer. In der Rheinebene stand dichter bräunlicher Dunst. Von Freiburg, das sich am Fuß der Berge ausbreitete, waren nur die hellen Quader der Hochhäuser zu sehen, die eins nach dem anderen in den Außenbezirken emporwuchsen. Die langgestreckte Silhouette des Kaiserstuhls war nur schemenhaft zu erkennen, sein Gipfel lag unterhalb der Dunstdecke. Darüber aber schwammen wie auf einem Wasserspiegel die Gipfel der Vogesen, plastisch und deutlich in jedem Detail. Plötzlich merkte er, wie jemand an seinem Ärmel zupfte. Sie stand neben ihm und lächelte ihn spöttisch an. „Ich stehe schon eine Weile hier, aber du warst ganz versunken in den Anblick." Ebensowenig wie er sich über die Farbe ihrer Augen im Klaren war, die zwischen grau, grün und blau changierte - im Moment waren sie himmelblau - , ebensowenig war er sich sicher, was ihr spöttisches Lächeln bedeutete oder was sie gerade dachte. „Komm!" Sie nahm ihn bei der Hand und zog ihn hinter sich her. Der Spazierweg, auf dem sie immer gingen, lag auf der anderen Seite des Bergkammes. Sie nahmen die Abkürzung und stiegen einen schmalen, mit Querbalken als Treppenstufen befestigten Waldweg hinauf und wieder hinunter. Immernoch trug er den Rucksack, den sie nicht wieder an sich genommen hatte. Auf dem bequemen asphaltierten Wanderweg angekommen, ließ sie seine Hand los und lief wie ein Kind voraus, wobei sie immer wieder in Hüpfschritt verfiel, drehte sich alle paar Meter nach ihm um und lief dann übermütig weiter, wobei der glänzend schwarze Zopf auf ihrem Rücken hin und her schwang.

Den Zopf trug sie noch nicht lange. Als er sie kennenlernte, waren ihre Haare eine wirre, meistens ungekämmte Mähne, die auf ihre Schultern und ihren Rücken fiel und ihr Gesicht verdeckte. An dieser auffälligen schwarzen Haarfülle hatte er sich immer orientiert, wenn er den großen Hörsaal betrat. Ihre Besitzerin saß stets auf demselben Platz in einer der mittleren Reihen, und immer war sie als eine der ersten lange vor Beginn der Vorlesung da. Er ließ einen Platz zwischen ihnen frei und hängte seine Jacke über den hochgeklappten Sitz. Es war gut, frühzeitig da zu sein, denn die Vorlesungen des Professors für Neuere Literaturgeschichte waren über die Fächergrenzen hinweg beliebt, sogar bei seinen sonst wenig kulturbeflissenen Kommilitonen aus der Volkswirtschaft. Die saßen hinten links, und er achtete darauf, dass sie ihn nicht entdeckten, denn er wollte der Vorlesung folgen und sich nicht mit ihnen über die bevorstehende Statistik-Klausur unterhalten. Also bezog er seinen Stammplatz neben der Schwarzhaarigen, deren Gesicht er noch nicht gesehen und mit der er noch kein Wort gewechselt hatte. Er war nicht einmal sicher, ob sie bemerkte, dass er jedes Mal neben ihr saß. Sie las in dem kleinen Notizbuch, in das sie während der Vorlesungen immer wieder ein paar Sätze schrieb. Manchmal fragte er sich, warum sie gerade dann etwas aufschrieb, wenn er selbst den Faden oder das Interesse verloren hatte, und gewöhnte sich an, besonders aufmerksam zuzuhören, wenn sie ihre Notizen machte. Gerne hätte er jetzt gelesen, was sie beim letzten Mal mitgeschrieben hatte, aber ihre Hand verdeckte die Zeilen. Allmählich füllte sich der Hörsaal, zuletzt fanden noch einige Studenten auf den Treppenstufen Platz, die an beiden Seiten der Stuhlreihen entlangliefen. Der Professor kam meist etwas zu spät, aber der Genuss seiner Vorlesung entschädigte für das Warten. Er war einer der Ersten gewesen, die auf den Talar als Berufskleidung der Universitätsprofessoren verzichteten, und trat im gewöhnlichen Straßenanzug vor seine Studenten. Nur ein gestrickter Schal, der mit den Jahreszeiten wechselte, erinnerte als profaner Rest des repräsentativen Gewandes daran, dass er nicht als Privatperson sprach, sondern als Vertreter eines öffentlichen Amtes. Wie immer kam er so leise die Treppe herunter, dass die meisten ihn erst bemerkten, als er zum Pult ging. Er stellte den obligatorischen Bücherkorb auf den Tisch und baute eine kleine Mauer aus Büchern um sich herum auf. Dann holte er eine Thermoskanne und einen Plastikbecher aus seiner zerschlissenen ledernen Aktentasche und platzierte sie hinter den Büchern. Nachdem er Kaffee eingeschenkt hatte, trat er ans Rednerpult, klemmte umständlich das Mikrofon in der richtigen Höhe fest, schaute ins Publikum, kniff die Augen zusammen, wechselte die Brille und schien erleichtert, nun klar zu sehen. Dann begrüßte er die Studenten und bat die Kommilitonen in der letzten Reihe, die Türen des Hörsaals zu schließen. Die Beleuchtung machte noch Probleme, sie war zu grell. Er ging zur Schalttafel, drückte einige Knöpfe, worauf es zur allgemeinen Belustigung finster im Raum wurde. Dann ging das Licht wieder an, nun in der gewünschten Helligkeitsstufe. Plötzlich hatte der Raum eine andere Atmosphäre. Die Studenten beendeten ihre Gespräche, legten Bücher und Schreibblocks auf ihre Tische und fassten das Thema ins Auge.

Eigentlich machte er sich nicht viel aus Literatur, schon garnicht aus dem deutschen Bildungsroman des achtzehnten und neunzehnten Jahrhunderts, wie der Titel der Vorlesung lautete. Aber obwohl ihm das Wissen fehlte, um allen Wendungen und Anspielungen des Vortrags zu folgen, riss dieser ihn mit, und das nicht nur wegen des unbestreitbaren Unterhaltungstalents des Professors. Am Ende mancher glückenden und beglückenden Sitzung kam es ihm so vor, als hätte er einen anstrengenden Gang durch unwegsames Gelände hinter sich. Ab und zu schien der Weg in die Irre zu führen, der Zusammenhang war nicht mehr erkennbar, aber dann bot sich wieder ein überraschender Ausblick, und ohne es zu merken, stieg man immer weiter in die Höhe, um am Ende der Vorlesung staunend den Ausgangspunkt des Gedankengangs und die weite Landschaft seiner Bezüge und Assoziationen vor sich ausgebreitet zu sehen. Manchmal stellte der Professor Fragen, um die Anspannung des Zuhörens zu unterbrechen oder sich der Aufmerksamkeit seines Publikums zu versichern. Soweit er es beurteilen konnte, waren es meist keine schwierigen Fragen, aber zunächst antwortete eine Weile niemand. Immer schwerer lastete die Stille, bis endlich das erlösende Wort aus dem Auditorium kam. Einmal hörte er mitten in der Stille seine Nachbarin die Antwort sagen, aber so leise, dass nur er es hören konnte. Ohne zu überlegen, wiederholte er mit vernehmlicher Stimme das Gehörte und zog so für ein paar Sekunden die Aufmerksamkeit des Saales auf sich. Da drehte sie sich zum ersten Mal zu ihm um und sah ihn an. Beinahe erschrak er, so unvermittelt ihr Gesicht zu sehen, und im ersten Moment befremdeten ihn ihre Augen, deren ungewöhnlich helle Iris im diffusen Halbdunkel des Hörsaals ein eigenes Licht zu haben schien. „Tut mir leid, ich wollte mich nicht mit fremden Federn schmücken, aber es wäre schade gewesen um die schöne Antwort," entschuldigte er sich unbeholfen. Sie schwieg und wollte sich wieder ihrem Notizblock zuwenden, da hatte er plötzlich das Gefühl, dieser Augenblick dürfe nicht ohne Konsequenzen bleiben. „Kann ich dich nachher zu einem Kaffee einladen, als Entschuldigung?" Der helle Blick kehrte zurück und blieb beunruhigend lange auf ihm liegen. Dann nickte sie.

146

Von nun an saßen sie nach jeder Vorlesung in der Cafeteria, tranken dünnen Kaffee oder heiße Schokolade aus dem Automat und unterhielten sich. Ihr Name war Maria, und sie war anders als alle Frauen, die er kannte. Ihr Äußeres schien ihr gleichgültig zu sein, am liebsten trug sie Jeans und verbarg ihre Figur unter weiten Pullovern oder Herrenhemden. Was um sie herum vorging, nahm sie kaum wahr, sie lebte nicht in der Gegenwart, sondern in einer eigenen, für Andere unzugänglichen Welt, und wenn sie ihn gedankenverloren aus ihren meerfarbenen Augen ansah, kam ihr Blick aus weiter Ferne. Ihre kompromisslose Art faszinierte ihn, aber zugleich hatte er den Wunsch, sie in die Wirklichkeit zu holen und von den Annehmlichkeiten des normalen Lebens zu überzeugen. Er beschloss, ihr bei nächster Gelegenheit einen Rock und eine hübsche Bluse zu schenken, vielleicht bekam sie Geschmack daran, sich ein bisschen netter anzuziehen.

Meistens redeten sie über Literatur, denn ein anderes Thema schien es für sie nicht zu geben. Sie erzählte die besprochenen Bücher nach, und er fragte sich, warum er sie beim Lesen so langweilig gefunden hatte. Sie sprach über die Romanfiguren, als wären es lebendige Menschen, mit denen sie befreundet war und an deren Schicksal sie leidenschaftlich Anteil nahm. Mit der Zeit hatte er den Verdacht, dass diese imaginären Menschen tatsächlich ihre einzigen Freunde waren, denn er sah sie niemals mit anderen Studenten zusammen. Wenn sie sich zufällig auf dem Campus begegneten oder wenn er, wie es nun häufiger vorkam, literaturwissenschaftliche Seminare und Vorträge besuchte, die sie ihm empfohlen hatte, fand er sie immer allein. Sie trafen sich nun auch außerhalb der Uni, ab und zu brachte er es fertig, sie zu einem Kinobesuch oder einem Kneipenabend zu überreden. Ein gemeinsamer Zug durch die Altstadt zusammen mit einigen seiner Kommilitonen aus der Wirtschaft entwickelte sich jedoch zur Katastrophe. Den ganzen Abend sprach sie kein Wort, und die Männer in der Runde starrten sie zum Ärger ihrer Begleiterinnen an wie ein Weltwunder. Da erst kam ihm zu Bewusstsein, dass sie schön war. Er wiederholte den Versuch nicht, ihrer Zweisamkeit sozusagen ein normales Umfeld zu geben. Sie blieben mit sich alleine und konzentrierten sich immer ausschließlicher aufeinander. Allmählich verlor er den Kontakt zu seinen Kommilitonen, konnte mit ihren belanglosen Unterhaltungen nichts mehr anfangen. Um nicht mit ihnen zusammenzutreffen, vermieden sie es, die Mittagszeit auf dem Campus oder in der Mensa zu verbringen und gingen in die Stadt. Bei warmem Wetter saßen sie auf dem Rand des Brunnens gegenüber dem Münster oder stiegen auf den Schlossberg hinauf und genossen die Aussicht bei einem belegten Brötchen oder einer Tüte Pommes frites. Irgendwann entdeckten sie den alten Friedhof und zogen sich von da an so oft wie möglich an diesen weltabgeschiedenen Ort inmitten der Stadt zurück. Hier schien die Zeit aufgehoben, die unüberbrückbare Kluft zwischen gegenwärtigem und vergangenem Leben existierte nicht mehr. Mütter mit Kinderwagen saßen auf den Bänken an der Friedhofsmauer und riefen ihre Sprösslinge zur Ordnung, wenn sie zu wild im hohen Gras zwischen den halb verfallenen Grabsteinen herumtollten, während hinter ihrem Rücken die steinernen Gesichter der Toten von den Reliefplatten auf das lebendige Treiben herabschauten. Wenn sie ihr Proviant verzehrt hatten, spazierten sie auf den Wegen unter den alten Bäumen, besuchten ihre Lieblingsgrabmale und legten dem steinernen Mädchen, das seit mehr als hundert Jahren auf seinem bemoosten Bett unter Flieder und Jasminbüschen ruhte, eine frische Rose aufs Kopfkissen, die sie von einem üppig blühenden Busch abgebrochen hatten, der seine Zweige vom Nachbargrundstück über die Mauer hängen ließ.

Ihr Zimmer war blau, hellblau die Wände, dunkelblau die Vorhänge, blau-weiß gestreift das Bettzeug. Bevor er kam, hatte sie aufgeräumt, das heißt, sie hatte auf dem einzigen Tisch, der als Schreib- und nur selten als Esstisch benutzt wurde, die Bücher so an den Rändern aufgestellt, dass genug Platz für zwei blau geblümte Teller, Besteck und zwei Weingläser entstand. Während sie auf der einzigen Herdplatte in der winzigen Kochnische Spaghetti mit Tomatensoße zubereitete, saß er mitten im Raum auf einem Stuhl - eigentlich besaß sie nur einen und hatte sich beim Nachbarn für heute Abend einen zweiten ausgeliehen - , zupfte die Blätter von einem Salatkopf, der auf einem Küchenhandtuch auf seinen Knien lag, und warf sie in eine Schüssel zu seinen Füßen. Das Zimmer war eines von vieren in einer engen Wohnung, die vom Hausbesitzer einzeln für viel Geld an Studenten vermietet wurden. Der Kontakt, den die Mitglieder dieser Wohngemeinschaft untereinander pflegten, beschränkte sich auf tägliches Grüßen im Flur und auf das wöchentliche Aufhängen eines Putzplanes an der Tür des Badezimmers, das von allen gemeinsam benutzt wurde. Es war klein und fensterlos, und morgens standen sie lauschend an der Zimmertür oder beobachteten durch einen vorsichtig geöffneten Türspalt, wenn jemand herauskam und sie die Chance nutzen konnten, sich für eine Weile darin einzuschließen, denn für die Reihenfolge der Morgentoilette gab es keinen Plan, es herrschte das Recht des Schnelleren. Seine Unterkunft war geräumiger, eine kleine Wohnung unter der Dachschräge einer alten Villa am Stadtrand. Die Miete verdiente er sich, indem er seinem Professor lästige Schreibarbeit abnahm und für die kleine Firma, die im Parterre der Villa ihr Büro hatte, die Buchhaltung erledigte. Allmählich verlagerte sich der Mittelpunkt ihres gemeinsamen Lebens in den hellen, spärlich möblierten Raum mit Dachfenstern und einer kleinen Veranda, umgeben vom Dickicht der Baumkronen. Sie stapelte einen Teil ihrer Bücher auf einer Ecke seines Schreibtisches, ihre Zahnbürste stand in seinem Glas und ihre Jeans, Pullover und Blusen belegten ein Regalbrett in seinem Kleiderschrank. Wenn er arbeitete, saß sie auf seinem Bett und las, so versunken, dass er sie oft mehrmals ansprechen musste, bis sie von ihrem Buch aufblickte. Niemals sah er sie etwas schreiben, abgesehen von ihren Notizen während der Vorlesung, nie über einer Seminararbeit brüten oder Kopien aus der Unibibliothek in einen Ordner heften. Er fragte nicht, wie sie ihr Studium führte und welche Fortschritte sie machte, es schien ihm, als ob ihn das nichts angehe. Er wusste nicht, wovon sie ihren Lebensunterhalt bestritt, die Miete für ihr Zimmer und das Geld für die Bücher, die sie regelmäßig kaufte. Wahrscheinlich bekam sie Geld von Zuhause, aber über solche realen Dinge sprachen sie nie. Auch von ihrer Familie, ihrem Zuhause und ihrer Kindheit erzählte sie nichts. Wenn sie zusammen waren, lebten sie in vollkommener Gegenwart, die Vergangenheit war ohne Bedeutung, und über die Zukunft machten sie sich keine Gedanken.

Obwohl sie im Lauf der Zeit immer enger zusammenlebten, blieb ihm vieles an ihr unverständlich und geheimnisvoll, zum Beispiel ihre Gewohnheit, ab und zu für einen halben oder ganzen Tag spurlos zu verschwinden. Anfangs machte er sich Sorgen, wenn sie zu einem vereinbarten Treffen nicht erschien. Er wartete eine Viertelstunde, hängte noch einmal zehn Minuten daran und war dann sicher, dass sie die Verabredung vergessen hatte, denn im Allgemeinen war sie pünktlich und zuverlässig. Er suchte sie in der Bibliothek des Fachbereichs, wo sie sich oft in vorlesungsfreien Stunden aufhielt, vielleicht war sie in ein Buch versunken und hatte nicht auf die Zeit geachtet. Die Frau an der Rezeption kannte die schweigsame Studentin, die fast jeden Tag ihren Rucksack in einem der Schließfächer deponierte und mit einem flüchtigen Gruß an ihr vorbeiging, aber heute war sie nicht da gewesen. In der Zentralbibliothek durchkämmte er vergeblich die Regalreihen der Germanistik und Philosophie. Vielleicht war sie nach Hause gegangen. Er rief in seiner Wohnung an, niemand nahm ab. Das gemeinsame Telefon ihrer Wohngemeinschaft stand im Flur, einer der Mitbewohner meldete sich und klopfte auf seine Bitte hin an ihre Zimmertür, aber sie war nicht da. Nun gab er es auf, holte sich statt des Mittagessens einen Kaffee aus dem Automat und musste sich beeilen, um es noch rechtzeitig in sein Seminar zu schaffen. Abends kam sie plötzlich zur Tür herein, küsste ihn zärtlich, ließ sich aufs Bett fallen und meinte, sie habe einen Riesenhunger, ob sie nicht irgendwo etwas essen gehen könnten. Er brachte nicht viel aus ihr heraus, sie entschuldigte sich, dass sie ihn hatte warten lassen, antwortete ausweichend auf seine vorwurfsvollen Fragen und wechselte schließlich das Thema. Alle paar Wochen spielte es sich so oder ähnlich ab. Irgendwann hörte er auf, nach ihr zu suchen. Eines Tages, als er nach der obligatorischen Viertelstunde Wartezeit beschloss, die anschließende Vorlesung ausfallen zu lassen und nach Hause zu gehen, sah er sie von Weitem den Münsterplatz überqueren. Er rief und winkte, aber sie reagierte nicht. Er versuchte, sie einzuholen, und fand sie vor dem Haupttor des Münsters stehen und andächtig die Fassade betrachten. Sie wirkte fremd und abwesend, statt des Zopfes, den sie seit einiger Zeit trug, hingen ihre Haare wirr um ihr Gesicht wie zu der Zeit, als sie sich kennenlernten. Er wagte nicht, sie anzusprechen, hielt sich in einiger Entfernung und folgte ihr. Sie ging einmal um das Münster herum und schien sich jeden Strebepfeiler, jede Kreuzblume und jeden Was-

serspeier einprägen zu wollen. Er blieb an den Markt-
ständen stehen, tat so, als begutachtete er das Gemüse
und beobachtete sie aus den Augenwinkeln. Schließlich
wandte sie sich vom Münster ab und folgte den Gassen
der Altstadt. Sie ging jetzt schnell und zielstrebig, aber
er konnte sich nicht denken, was sie vorhatte. Fast
schien es so, als käme es ihr auf das Gehen selbst an, als
führten ihre Füße sie durch die Straßen. Dann überquerte sie den Schlossbergring und begann, den in Serpentinen gewundenen Spazierweg zum Aussichtspunkt hin-
aufzugehen, so wie sie oft zu zweit gingen. Hier waren
nicht viele Leute unterwegs. Er vergrößerte den Abstand,
damit sie ihn nicht entdeckte, aber sie drehte sich nicht
um. Oben angekommen, trat sie an die Brüstung der
Aussichtsterrasse. Lange Zeit blieb sie dort stehen, sah
auf die Stadt hinunter, die sich in zartem sommerlichen
Dunst zu ihren Füßen erstreckte, und auf das Münster,
das dunkel und riesenhaft wie ein prähistorisches Tier
zwischen den Häusern lag. Es schien ihm, als wartete
sie darauf, dass ihr von dort unter eine Frage beantwor-
tet würde. Dann drehte sie sich plötzlich um und blickte
in seine Richtung. Er hatte es nicht für nötig gehalten,
sich zu verstecken, sondern stand an dem großen Orien-
tierungsplan mitten auf dem kiesbestreuten Platz, der
mit Tischen und Bänken zum Picknick einlud oder zur
Verschnaufpause vor dem Aufstieg zum Aussichtsturm.
Schnell zog er sich hinter das Schild zurück. Sie schien
ihn nicht zu sehen und ging vorbei. Er blieb stehen, sah,
wie sie in einen schmalen Waldpfad einbog, der vom
Hauptweg abzweigte, und wartete, bis sie zwischen den
Bäumen verschwunden war.
Maria kam wieder den Weg herunter, nicht mehr wie
ein kleines Mädchen hüpfend, sondern gemessenen
Schrittes wie eine erwachsene Frau. Lächelnd nahm sie
den Rucksack von seiner Schulter, schwang ihn mit
einer geübten Bewegung auf ihren Rücken und ergriff

dann seine Hand. Die Sonne stieg hinter den vom Wind gekrümmten Bäumen empor. Der Weg war steil, sie gingen schweigend und hielten ab und zu ein paar Sekunden inne, um zu Atem zu kommen. Auf der Höhe machten sie Halt, zogen ihre Jacken aus und setzten sich auf eine Bank. Sie holte die Thermoskanne aus dem Rucksack und schenkte Tee in den Plastikbecher, der als Verschluss diente. Die Sonne erwärmte den Waldboden und die Stämme der Tannen um sie herum, es roch nach Harz und nach irgendwelchen südlichen Gewürzen. In der Ferne waren die Alpen zu sehen, eine blendend weiße Kette zackiger, zerklüfteter Gipfel, die über den schmutzigen Dunst in den Tälern hinausragten, unwirklich und abenteuerlich wie eine Fata Morgana. Nachdem sie eine Weile ausgeruht hatten, banden sie sich ihre Jacken mit den Ärmeln um die Taille und gingen weiter. Den Abzweig zum Berggipfel ließen sie links liegen, folgten ein Stück weiter dem Hauptweg, kamen am Sonnenobservatorium vorbei, verließen dann den Weg und überquerten eine Wiese. Sie zog Schuhe und Strümpfe aus, um das weiche Gras unter ihren Fußsohlen zu spüren. Auf der anderen Seite der Wiese angekommen, zog sie Strümpfe und Schuhe wieder an, denn nun mussten sie eine kurze Strecke durch eine Anpflanzung von Fichten gehen und sich durch ein Gestrüpp von dürren Zweigen kämpfen. Nach einer Weile lockerte der Wald auf, Laubbäume wuchsen zwischen den Fichten, den Boden bedeckte hellgrüner Farn. Sie folgten einem Wildpfad, bis die Bäume den Blick auf die frisch gemähten Wiesen eines Hochtales freigaben. Unten stand ein Bauernhof mit langgestrecktem, an der Hangseite bis auf den Boden reichendem silbergrauem Schindeldach. Sie gingen am Waldrand entlang, bis sie unter sich den Kirschgarten liegen sahen. Das war ihr Platz. Sie kletterten die steile Wiese hinunter. Die Kirschbäume standen in einer Senke, sodass sie von dem Bauernhof, zu dessen Grund sie vermutlich gehörten, nicht zu sehen waren. Zwischen ihren Stämmen war das Gras noch hoch, während auf den Wiesen ringsum schon das Heu in sorgfältig aufgehäuften Hügeln lag. Sie deponierten Rucksack und Jacken unter einem der Bäume und trugen von einem Heuhaufen ein paar Arme voll Heu herbei, um einen bequemen Platz im Schatten des Baumes einzurichten. Dann machten sie sich über die Kirschen her, die in dicken Büscheln an den Zweigen hingen. Sie steckten sie sich gegenseitig in den Mund, hängten sich die Pärchen über die Ohren und bewarfen sich mit den Kernen. Wenn sie an ein paar besonders schöne, reife Exemplare oben im Baum herankommen wollten, machte er mit seinen Händen die Räuberleiter, und sie kletterte hinauf. Zwischendurch jagten sie einander über die Wiese, warfen sich gegenseitig ins Gras und balgten wie die Kinder. Dann kam sie auf die Idee, alle blauen Blumen zu pflücken, die sie fand, Kornblumen, Skabiosen, Glockenblumen. Sie brach die Blüten von den Stängeln und streute sie auf ihr Heubett, bevor sie sich, sattgegessen von Kirschen, darauflegten.

Um vier Uhr nachmittags stieg der sechzehnjährige Sohn des Bauern, dem die Kirschbäume gehörten, mit geschulterter Sense über die gemähten Heuwiesen nach oben. Er hatte sich den Sonntagnachmittag anders vorgestellt, aber sein Vater drückte ihm wortlos die Sense in die Hand und wies mit dem Kopf in Richtung Kirschgarten. Vor Ärger über die lästige Aufgabe legte er die paar hundert Meter vom Haus den Hang hinauf fast im Laufschritt zurück und erreichte ganz außer Atem die Senke. Zwischen den Bäumen musste die Wiese von Hand gemäht werden, und das blieb zuletzt immer an ihm hängen. Er nahm die Sense von der Schulter, stellte sie mit der Klinge nach oben vor sich auf den Boden und stützte sich auf den Haltegriff. Noch ein paar Tage Sonne, dann waren auch die letzten Kirschen reif und sie würden mit langen Leitern in die Bäume steigen und sie herunterholen. Darauf freute er sich jedes Jahr, denn man konnte nebenbei so viel essen, wie man wollte. Aber da schien schon jemand der Ernte zuvorgekommen zu sein, das Gras um die Baumstämme herum war teilweise niedergetreten, und hier und dort lag ein abgebrochener Zweig am Boden. Dann entdeckte er, dass unter einem der Bäume Heu ausgebreitet worden war. Wie ein Bett sah es aus. Er grinste, denn er konnte sich denken, wozu dieses Bett gedient hatte. Vorsichtig trat er einen Schritt näher und sah es sich genauer an. Eine Menge zerdrückter blauer Blumen waren auf dem Lager verstreut. Plötzlich zuckte er zusammen. Da war Blut. Er beugte sich hinunter und zog das Heu auseinander, aber es waren nur ein paar zerdrückte Kirschen, die zwischen den Halmen lagen. Er zerstreute mit den Füßen das Heubett, zog seinen Wetzstahl aus der Hosentasche, strich damit ein paar Mal über die Klinge und fing an zu mähen.

Sie waren mit drei Autos unterwegs, vier Mädchen und sieben Jungs, der harte Kern oder der letzte Rest des Abiturjahrgangs, je nachdem, wie man es betrachtete. Er saß auf der Rückbank eines klapprigen Golf, der sich mit Vollgas und dröhnendem Motor auf der Autobahn in Richtung Norden bewegte, und schaute schläfrig in die vorbeiziehende Landschaft. Am frühen Morgen hatten sie sich auf den Weg gemacht, um die Strecke von Düsseldorf bis zur dänischen Grenze an einem Tag zu schaffen. Das Ferienhaus, das sie gemietet hatten, lag ein paar Kilometer hinter der Grenze an einem kleinen Fjord mit Badestrand, Segelbooten und mittelmeerblauem Wasser, wenn man dem Foto glaubte, das im Prospekt abgedruckt war. Anfangs waren alle von der Idee begeistert gewesen, die gemeinsame Zeit um drei Wochen zu verlängern und zusammen in Urlaub zu fahren, aber dann verlor einer nach dem anderen das Interesse, hatte plötzlich etwas anderes vor und konnte sich nicht schnell genug von dem, was nun plötzlich Vergangenheit war, dem Schülerdasein und den dazugehörigen Freunden, verabschieden. Um nicht in den Verdacht zu geraten, dass sie an der Schule hingen und Angst vor der Zukunft hatten, in die sich die Anderen so ohne Scheu und Selbstzweifel hineinstürzten, taten sich die Übriggebliebenen in den letzten Wochen vor der Übergabe der Zeugnisse als verschworene Clique zusammen, die etwas ausheckte, an dem nicht teilgenommen zu haben man später bereuen würde. Wenn die Anderen zwischen den Prüfungen schweigend in der Aula saßen und auf ihre Noten warteten, brüteten sie gemeinsam über Katalogen mit Ferienhäusern, als ginge sie alles andere nichts an, und als es nach der Abiturfeier ans Abschiednehmen ging und sie einander „bis morgen" zuriefen, wurde denen, die nicht dazugehörten, plötzlich bewusst, dass etwas unwiederbringlich zu Ende war.

Er saß die ganze Fahrt über hinten. Seine beiden Mitfahrer schienen ihm keine ausreichende Fahrpraxis zuzutrauen, weil er als der Jüngste von ihnen erst seit ein paar Wochen den Führerschein besaß. Ihm war es recht, er döste vor sich hin und verdaute einen Teller Pommes Frites, den er aus alter Gewohnheit an einer Raststätte gegessen hatte. Irgendwann schreckte er aus seinem Dämmerzustand hoch, wusste nicht, wo er sich befand und welche Tageszeit es war. Er hatte im Auto seiner Eltern gesessen, auf dem Weg zur Nordsee, wie er es sich gewünscht hatte, in der ungeduldigen und zugleich bangen Erwartung, endlich den ersten Blick auf das von ferne geliebte Meer zu werfen. Gleich würde sein Vater den Wagen über eine aus Metallplatten zusammengefügte Rampe auf einen Waggon des Autoreisezuges steuern, der sie über den Damm, der einige Kilometer durch das Watt führte, auf die Insel brachte. Um den Traum abzuschütteln, rappelte er sich aus seiner halb liegenden Stellung hoch und fragte nach der Uhrzeit. „Du bist ein Penner, Gabriel", stellte der Fahrer in spöttisch-liebevollem Ton fest, „es ist gleich halb fünf. Die nächste Ausfahrt ist Flensburg, in einer knappen Stunde sind wir da."

Die Ferienhaussiedlung war nicht leicht zu finden. Kreuz und quer fuhren sie durch die Ortschaft, an deren Rand sie laut Anfahrtplan liegen sollte. An einer Tankstelle, deren Besitzer deutsch sprach, wies man sie schließlich auf die Landstraße, die vom Ort in Richtung Fjord führte. Hinter einem aufgeschütteten, mit niedrigem Buschwerk bepflanzten Erdwall, der die Häuser vor dem Wind schützte, lag das weitläufige Areal, in dem sechs einstöckige klinkerverkleidete Bungalows standen. Es gab keine Zäune zwischen ihnen, nur die Rasenflächen, zu denen das kniehohe Gras im Umkreis der Häuser gestutzt worden war, markierten so etwas wie Gartenflächen, die von den Hausbewohnern genutzt werden konnten. Ein Kiesweg führte von der Straße in die Siedlung und verzweigte sich zu den einzelnen Häusern. Nach einigem Suchen fanden sie die richtige Hausnummer. Während zwei von ihnen zum Haus des Verwalters fuhren, das ein Stück weiter an der Straße zum Fjord lag, warteten die anderen vor der Tür. „Lasst uns mal um das Haus herumgehen", schlug einer der Jungen vor. Durch das große Fenster zum Garten schauten sie in ein Wohnzimmer mit Ikea-Charme. Abgewetzte beigefarbene Polstersessel standen um einen niedrigen Tisch mit Kunststoffplatte und Stahlrohrgestell herum, darüber hing die unvermeidliche kugelförmige Lampe aus Japanpapier. Neben dem Fenster war die Hausfront ein Stück weit zurückgesetzt, sodass eine von Dach und Seitenwänden geschützte Veranda entstand. Dort befanden sich Gartenmöbel aus Plastik und ein kleiner Holzkohlegrill. Auf dem Rasen stand ein Gestell mit Schaukeln, daneben ein großer Sandkasten mit vom Regen flachgespülten Resten dessen, was vermutlich die Kinder der letzten Feriengäste gebaut hatten. Ein paar bunte Förmchen lagen darin herum. Es war kalt und windig. Fröstelnd zog er seine Jacke enger um die Schultern und drehte dem kräftigen Meerwind den Rücken zu, der das Gras niederdrückte, die kleinen, rings um den Rasenplatz frisch gepflanzten Bäumchen zerzauste und die hölzernen Schaukeln an ihren Ketten rütteln ließ. Dann kamen die beiden mit dem Schlüssel zurück und öffneten die Tür. Zuerst stellten sie alle ihre Koffer im Flur ab und inspizierten gemeinsam das Haus. Neben dem Wohnzimmer, das mit Küche und Essbereich einen großen, winkelförmigen Raum bildete, gab es drei Zimmer mit je zwei Stockbetten, ein Bad und eine Abstellkammer. Nach Jungen und Mädchen getrennt verteilten sie sich auf die Viererzimmer, packten ihre Koffer aus und verstauten ihre Sachen in den Schränken. In der Kammer fanden sie Liegestühle und einen Sonnenschirm. „Ob wir die wohl brauchen werden, so lausig kalt wie es hier ist," maulte jemand. „Wartet ab, morgen scheint die Sonne und wir gehen im Fjord baden," kam die zuversichtliche Antwort. Doch es blieb die ganze Zeit über kühl und windig und regnete ab und zu, und wenn die Junisonne einmal zwischen den Wolken hindurchschien, mussten sie sich für ein kurzes Sonnenbad einen windgeschützten Platz suchen. Das Wasser im Fjord, zu dem sie nur ein einziges Mal fuhren, war nicht blau sondern dunkelgrau, statt der Segelboote waren ein paar Kutter am Bootssteg vertäut, und nur wenige hartgesottene Badegäste lagen an dem schmalen Sandstrand. Nach einiger Zeit wurde ihnen das Wetter gleichgültig. Weil die Tage lang und die

Nächte kurz und hell waren, verschob sich ihr Lebens-
rhythmus immer weiter in den Nachmittag und Abend
hinein. Sie standen spät auf, deckten gemeinsam den
Frühstückstisch, und bis sie wieder von ihm aufstanden,
war es Mittag. Dann fuhren sie zusammen zum nächsten
Supermarkt. Der Einkauf dehnte sich meist endlos aus,
weil sie sich nur mit Mühe darüber einig wurden, was es
zum Abendessen geben sollte. Wieder zuhause, wurden
die Lebensmittel verstaut und das Haus aufgeräumt,
danach suchten sich alle ein bequemes Plätzchen, lasen,
hörte Musik oder unterhielten sich. Abends wurde mit
Liebe und Aufwand gekocht, wobei sich einige verborgene Talente herausstellten. Weil es draußen nicht dunkel wurde, blieb man stundenlang am Tisch sitzen oder
unternahm noch zu später Stunde Spaziergänge ins Dorf.
Die Tage hatten eine verlässliche Struktur, jeder wusste,
was zu tun war. Sie fühlten sich nicht wie nicht im Urlaub, sondern wie in einem neuen Leben, das ganz
selbstverständlich an die Stelle des alten getreten war.
Sie waren eine große Familie gut erzogener, erwachsen
gewordener Kinder, organisierten gemeinsam ihren
Alltag und richteten sich in ihrem Umfeld ein, als gälte
es, die nächsten Jahre hier miteinander zu verbringen.
Eines Abends saßen sie um den Sandkasten herum und
versuchten, mit Hilfe der wenigen, zum Teil nur noch
bruchstückhaften Plastikförmchen aus den schlammigen,
mit Erde und Kies vermischten Resten von Sand etwas
zu bauen. Weil das Ergebnis niemanden befriedigte,
wurden beschlossen, am nächsten Morgen zu einem
Baumarkt in der Nähe zu fahren und feinen Spielsand
zu kaufen. Es blieb aber nicht bei den zwei Säcken Sand,
die sie auf ihren Einkaufswagen luden, denn in einem
Regal fanden sich kleine Schaufeln, Eimer, Siebe und
Sandelförmchen in allen Farben, auch bunte Fähnchen
und Windräder, eben alles, was man für einen Famili-
enurlaub am Strand brauchte. „Für die Kinder", grinsten

sie einander an. „Na klar!" Zuhause entfernten sie mit den Schaufeln den schmutzigen Bodensatz aus dem Sandkasten, leerten die mitgebrachten Säcke hinein, bis er randvoll war, gossen mit den Eimern Wasser auf den Sand und mischten es darunter, bis eine geschmeidige Masse entstand. Dann begannen sie zu bauen. Zuerst beanspruchte jeder einen kleinen Bereich für sich am Rand oder in einer Ecke, häufte Hügel an, grub Gänge hindurch, zog Mauern in die Höhe und modellierte runde oder eckige Türme. Mit der Zeit wuchsen die Bauwerke zusammen, und da jeder den überflüssigen Sand immer wieder zur Mitte schob, wurde das Ganze immer höher. Sie arbeiteten Tag für Tag, vormittags nach dem Frühstück, nachmittags nach dem Einkauf und abends nach dem Essen, oft bis in die Nacht. Zum Glück regnete es nicht, und auch der Wind schien Rücksicht auf das Entstehende zu nehmen und blies nur mäßig. Zuletzt füllte ein pyramidenförmiges Labyrinth von Straßen und Häusern, Brücken, Burgen und Wehranlagen den Sandkasten, so dicht, dass sie an keiner Stelle mehr weiterbauen konnten. Auf den höchsten Punkt, einen wuchtigen, mit Zinnen geschmückten Turm, steckten sie die Fahne. Dann standen sie schweigend darum herum und bewunderten, was sie gebaut hatten.

„So, und was machen wir jetzt?" „Eigentlich sieht es aus wie der Turm von Babel." „Das heißt, es muss zerstört werden!" „Ja, aber nicht einfach so! Das muss irgendwie Stil haben!" „Ich hab eine Idee! Wir verbrennen es!" „Wie soll denn das gehen! Hast du schon mal nassen Sand brennen sehen?" „Vielleicht muss man Spiritus draufgießen." „Und wenn der Spiritus verbrannt ist, geht es wieder aus." „Ich weiß wie wir es machen! Wir holen Heu von der Wiese, die sie gestern gemäht haben, und legen es in die Vertiefungen, so, dass nicht alles zugedeckt wird. Dann kommt Spiritus drüber, und ich sage euch, das Ganze wird brennen wie das alte Rom unter Nero!"

Das war es! Zwei gingen mit Plastiktüten Heu holen, zwei andere fuhren zur nächsten Tankstelle und besorgten Spiritus. „Bringt auch gleich Holzkohle mit, das macht es unauffälliger. Und was essen müssen wir ja schließlich auch." Die übrigen drei fuhren zum Supermarkt, kauften Grillwürstchen, Brot, Rotwein, obwohl er sündhaft teuer war, und einen Beutel Teelichte. Als alle wieder zuhause waren, wurde der Grill angezündet, der Tisch auf der Veranda festlich gedeckt und eine Flasche Rotwein geöffnet. Dann machten sie sich daran, das Heu auf ihrem Bauwerk zu verteilen. Es dauerte fast eine Stunde, bis alle Rinnen, Höhlen und Nischen ausgefüllt waren. Zwischendurch saßen sie zusammen am Tisch, aßen Würstchen und tranken Rotwein. „Was meint ihr, ist es jetzt dunkel genug?", fragte endlich jemand. „Ich denke, dunkler wird's nicht, es ist schon fast zwölf Uhr!" Sie standen auf, einer nahm die Spiritusflasche und leerte sie tropfenweise über dem Heu aus. „Wer zündet es an?" Jemand warf ihm eine Schachtel Streichhölzer zu. Er brach bei zweien den Kopf ab, bevor das dritte brannte. „Beeil dich, sonst ist der Spiritus verdunstet," riefen sie ihm zu. Er ging um den Sandkasten herum und steckte das Heu an mehreren Stellen an. Die Flammen züngelten erst zaghaft, dann immer schneller, folgten den vorgegebenen Wegen, übersprangen da und dort eine Mauer oder einen Wall, verzweigten sich und liefen wieder zusammen, verschwanden in einer Höhle und flackerten auf der anderen Seite wieder auf. Je näher das Feuer dem Mittelpunkt kam, desto höher schlugen die Flammen. Ab und zu wurde ein brennendes Heubüschel emporgewirbelt und flog in die Runde, sodass sie erschrocken zurückwichen. „Holt schon mal ein paar Eimer mit Wasser!", schlug jemand vor, und ein anderer meinte, „das war

wohl etwas zu viel Spiritus!" Zuletzt fing die Fahne
Feuer und brannte wie eine Fackel. Dann sackten die
Flammen plötzlich in sich zusammen. Rauch stieg auf,
genährt von der verbliebenen Feuchtigkeit des Sandes.
In den Rinnen und Höhlen glimmten die Grashalme und
kreuselten sich wie glühende Fäden. Wenn der Wind
hineinfuhr, wirbelten sie als Funken empor. Dann war
alles vorbei. Sie zertraten die verbliebene Glut, dann
gingen sie ins Haus, schlossen Fenster und Türen und
legten sich schlafen.
Am darauffolgenden Morgen bot sich ihnen ein ernüch-
ternder Anblick. Die Bauwerke waren zerbröselt, der
Sand von Asche und Ruß geschwärzt, auf einem Hügel
in der Mitte, der einmal ein Turm gewesen war, steckte
der traurige Rest der Fahne. So gut es ging, entfernten
sie die Asche und die verkohlte Grashalme. Den Rest
mischten sie unter den Sand, der dadurch eine seltsam
graue Farbe annahm. Dann trugen sie die Eimer und
Sandförmchen ins Haus, spülten sie in der Badewanne
ab und verstauten sie in der hintersten Ecke der Abstellkammer. „Oder will sie jemand mit nach Hause nehmen,
für den nächsten Urlaub am Meer?" Aber niemand war
zu Scherzen aufgelegt, denn es kam ihnen allen so vor,
als beseitigten sie die Spuren eines Verbrechens.
„Schaut mal, was ich hier habe", rief plötzlich einer der
Jungen und erschien in der Kammertür mit einem großen, schwarzweißen, ledernen Fußball in der Hand. Das
war die Erlösung! Sie ließen alles stehen und liegen und
liefen aus dem Haus. Von da an spielten sie jeden Tag
mit Hingabe und Leidenschaft Fußball auf der gemähten
Wiese nahe beim Haus. Die herumliegenden Heuballen
reihten sie als Spielfeldbegrenzung am Feldrand auf,
vier davon dienten als Torbalken. Sie bildeten zwei
gemischte Mannschaften, die jedes Mal neu zusammen-
gestellt wurden. Ein Spieler wechselte jeweils zur Halb-
zeit die Seiten. Wenn sie über das Spielfeld rannten,

wirbelte gelblicher Staub in den schräg einfallenden Strahlen der Sonne, die selbst mittags nicht sehr hoch über den Horizont emporstieg. Sie rannten, bis sie keine Luft mehr bekamen, rempelten sich im Eifer des Spieles gegenseitig an, fielen lachend übereinander, standen wieder auf und rannten weiter, bis die Landschaft immer schneller um sie herumwirbelte und der Himmel samt Sonne und Wolken über ihren Köpfen davonflog.

Als die drei Wochen sich ihrem Ende zuneigten, stellten sie eines Morgens fest, dass sie noch kein einziges Mal am Meer gewesen waren. „Das glaubt uns ja keiner, dass wir so lange hier waren und nicht ans Meer gefahren sind." Sie beschlossen, das sofort nachzuholen. Seit sie angekommen waren, fühlte er die Nähe des Meeres. Der Tanggeruch, den der Wind ab und zu mitbrachte, und der salzige Geschmack der Luft überschwemmte ihn oft mit einem diffusen Glücksgefühl, das, wenn er sich das Tosen der Brandung und die an den Strand rollenden Wellen vorstellte, in Angst umschlug. Im Grunde war er froh darüber gewesen, dass das schlechte Wetter ihm bis jetzt einen Ausflug an den Strand erspart hatte. Zur Küste war es eine halbe Stunde Fahrt. Sie stellten die Autos auf einem fast leeren Parkplatz hinter den Dünen ab. Der Wind fuhr hart über die Dünenkämme hinweg. Ein mit Holzbohlen befestigter Weg führte hinunter zum Strand. Mit gesenkten Köpfen gingen sie hintereinander her. Durch den Wind hindurch hörte er das endlos an- und abschwellende Geräusch der Brandung. Dann lag das Meer vor ihnen, eine bleigraue Fläche, am Rand in schaumig ausgefransten Linien verlaufend, die sich eine Weile hielten, bis die nächste Welle darüber hinwegging. Sie stiegen eine schmale sandige Treppe hinunter und liefen über den breiten Strand auf das Wasser zu. Seit damals war er nicht mehr am Meer gewesen. Als sie näher kamen, sah er, dass die Wellen, die von den Dünen aus klein und harmlos ge-

wirkt hatten, sich unter dem Wind zu beträchtlicher
Größe aufbauten. Von einer ungeheuren Kraft angetrieben, legten sie, so hatte er gelesen, als flache Buckel
tausende von Kilometern zurück und bäumten sich über
dem zur Küste hin ansteigenden Meeresboden immer
höher auf. Sein Blick blieb an einer großen Welle hängen, die sich mit donnerndem Klatschen überschlug und
schäumend und zischend auf den Strand zuraste. Panik
stieg in ihm hoch. „Mir ist kalt, ich gehe zu den Dünen
zurück", rief er den anderen zu, kehrte dem Meer den
Rücken und entfernte sich langsam von der Gruppe.
Dabei versuchte er, seinen rasenden Herzschlag zu
beruhigen. Er kletterte ein paar Meter die Dünen hinauf
und setzte sich in eine kleine, von Strandhafer bewachsene Kuhle. Von dort aus sah er zu, wie die anderen am
Rand des Wassers entlanggingen, vor den auslaufenden
Wellen zurückwichen, sich nach Steinen oder Muscheln
bückten und vergeblich versuchten, ein angeschwemmtes Fass zurück ins Meer zu rollen. Dann fing plötzlich
jemand an, sich auszuziehen, legte seine Kleider an
einer sicheren Stelle außerhalb der Reichweite der Wellen ab und rannte nackt auf das Wasser zu. Die anderen
taten es ihm nach, einige zögerten kurz, bevor sie den
ersten Schwimmzug wagten, und dann sah er nur noch
ihre Köpfe über den schäumenden Wellenkämmen. Er
sprang auf und ruderte mit den Armen in der Luft.
„Passt auf, das ist gefährlich!", schrie er in den Wind
und das Rauschen der Brandung. Hastig kletterte er die
Düne hinunter und rannte über den Strand. Dabei fiel
ihm ein, dass sein Handy zuhause lag und er nicht einmal Hilfe rufen konnte, falls etwas passierte. Aber da
kamen sie schon wieder heraus und sammelten ihre
Kleider ein. „He Gabriel, hol mal ein paar Handtücher",
rief jemand und warf ihm einen Autoschlüssel zu. Er
machte kehrt, lief zum Parkplatz und kam mit einem
Arm voll Badetücher zurück. „Es war phantastisch",

versicherten sie ihm zitternd und mit blauen Lippen. „Du warst ja nur zu feige, dich auszuziehen."

Am letzten Abend mochte niemand ins Bett gehen, obwohl sie in aller Frühe aufbrechen wollten. Die Koffer standen gepackt in den Zimmern, der Grill war geputzt, das Haus aufgeräumt. Aus den Resten im Kühlschrank hatten sie ein festliches Essen gezaubert und entgegen aller Vernunft die übriggebliebenen Weinflaschen ausgetrunken. Dann hatten sie die Küche saubergemacht und den Müll vors Haus getragen. Nun saßen sie auf den abgewetzten Ikea-Sesseln und dem ausgeleierten Sofa, als wäre es ihr Zuhause, in dem sie nun die letzten paar Stunden zusammen verbrachten. Die Unterhaltungen erstarben nach und nach, alle starrten aus dem großen Fenster in das nächtliche Grau hinaus und vermieden es, an irgendetwas zu denken. Zuletzt waren fast alle halb sitzend, halb liegend eingeschlafen. Viel zu schnell ging die Dämmerung draußen wieder in Tageshelle über. Die ersten standen auf, gingen ins Bad, um sich die Zähne zu putzen, oder in die Zimmer, um ihre Koffer zu holen. Als endlich alle wach geworden waren, verstauten sie ihre Sachen in den Autos. Dann wurde die Haustür zugemacht. „Habt ihr alles?", fragte jemand und schwenkte den Hausschlüssel. „Letzte Gelegenheit." Keiner meldete sich, und er ließ den Schlüssel, wie mit dem Hausverwalter vereinbart, durch den Briefschlitz fallen. Alle hörten das leise metallische Klirren, mit dem er auf den Fliesen im Hausflur landete. Die nicht zusammen in einem Wagen fuhren, verabschiedeten sich voneinander so scherzhaft und flüchtig, als sähen sie sich am nächsten Tag wieder. Dann verteilten sie sich auf die Autos, genauso, wie sie hergekommen waren, und fuhren los. Er saß wieder hinten und richtete sich für die nächsten Stunden auf dem Rücksitz ein. Die beiden Fahrer vorne wechselten sich ab. Alle schienen sich einig, die Fahrt so schnell wie möglich hinter sich zu bringen, und es wurden nur wenige Stopps eingelegt. Das Motorgeräusch übertönte jedes Gespräch, aber es hatte sowieso niemand Lust zu reden. Beinahe wären sie an der heimatlichen Autobahnausfahrt vorbeigefahren und zwängten sich im letzten Moment zwischen zwei Lastwagen hindurch, was von dem nachfolgenden mit lautem Hupen quittiert wurde. Das riskante Manöver riss sie aus ihrer Lethargie. Der Fahrer drosselte das Tempo und hielt sich genau an die Geschwindigkeitsbegrenzung auf dem Zubringer. Je näher sie der Stadt kamen, desto langsamer wurde er. Zuletzt fuhr er auf den Seitenstreifen und hielt an, so als hätte er nun keine Kraft mehr, weiterzufahren und sich unwiderruflich von dem Leben zu entfernen, das sie gemeinsam geführt hatten. „Sollen wir umkehren?", fragte er nach einer Weile. Als niemand antwortete, lenkte er den Wagen wieder auf die Straße und brachte sie nach Hause.

Dienstag, 11 Uhr 30

So etwas war ihm noch nie passiert. Er zitterte am ganzen Körper und wischte die schweißnassen Handflächen an den Hosenbeinen ab, um das Steuer fest im Griff zu behalten. Wie hatte er so unaufmerksam sein können, mit den Gedanken ganz woanders. Natürlich hing es damit zusammen, dass er müde und übernächtigt war. Nach seinem Spaziergang durch Freiburg gestern Abend, der länger als geplant ausgefallen war, hatte er sich an die Hotelbar gesetzt und etwas getrunken. Viel getrunken, um ehrlich zu sein. Erst lange nach Mitternacht war er auf sein Zimmer gegangen, hatte unruhig geschlafen und war früh am Morgen mit Kopfschmerzen aufgewacht. Er duschte lange und heiß, zog sich an, packte seine Sachen zu denen seiner Mutter in die Plastiktüte und ging hinunter in den Frühstücksraum. Beim Anblick des üppigen Frühstückbuffets verspürte er zum ersten Mal seit dem gestrigen Morgen Hunger und sogar etwas Appetit. Er legte Schinken, Käse, Rührei, Butter und einer Scheibe Räucherlachs auf seinen Teller, angelte wählerisch ein Brötchen und ein Croissant aus dem Brotkorb und setzte sich an einen freien Tisch. Bei der freundlichen Bedienung bestellte er Kaffee und bat um ein Aspirin gegen seine Kopfschmerzen. Sie lächelte verständnisvoll. Als er an der Rezeption sein Zimmer bezahlte, legte er der jungen Frau, die ihn gestern abfällig gemustert hatte, als er nur mit einer schäbigen Plastiktüte in der Hand das Hotel betrat, mit Nachdruck seine goldene Kreditkarte hin. Dann bat er um ein Telefonbuch, und während sie mit der Abrechnung beschäftigt war, schrieb er die Adresse eines Bestattungsunternehmens auf. Er ließ sich den Weg beschreiben und hielt nach einigen kleinen Irrfahrten neben einem Schaufenster an, in dem vor violetten Vorhängen ein Bukett aus Stoffblumen in einer aus Kupfer getriebenen Schale verblasste. Als er die Ladentür aus gelblichem Drahtglas öffnete, erschrak er über die profane Klingel, die einen beleibten Mann in schwarzem Anzug und mit ebensolcher Krawatte unter dem steifen weißen Hemdkragen aus einem Nebenraum hereinrief. Seine Glatze glänzte, denn die Wärme der letzten Tage hatte sich in den offenbar selten gelüfteten Räumen gefangen, und die Luft war stickig. „Was kann ich für Sie tun?", fragte der Mann in einem seiner auf ein lebensfrohes Temperament schließen lassenden Gestalt seltsam widersprechenden Leidenston. Dann bat er ihn mit ausladender Handbewegung an den mit einer kleineren Ausgabe des Stoffblumenbuketts vom Schaufenster geschmückten Schreibtisch. So knapp wie möglich erklärte er dem Bestattungsunternehmer die Situation, und nach einigen Telefonaten und dem Ausfüllen einiger Formulare war veranlasst, dass seine Mutter noch an diesem Morgen nach Düsseldorf überführt wurde. Da nun alles erledigt zu sein schien, wollte er von seinem Stuhl aufstehen, aber sein Gegenüber griff unter die Schreibtischplatte und legte einen umfangreichen Katalog vor ihn hin. Als er begriff, worum es sich handelte, musste er sich das unwillkürlich aufsteigende Lachen verbeißen, so grotesk kam es ihm vor, dass er aus einem Verkaufskatalog für Särge ein passendes Modell aussuchen sollte. Es schien aber durchaus so üblich zu sein, und plötzlich kam ihm zu Bewusstsein, dass er von all diesen Dingen beim Tod seines Vaters nichts mitbekommen sondern sie ganz selbstverständlich seiner Mutter überlassen hatte. Er war damals verwundert gewesen, mit welcher Gefasstheit sie das Notwendige erledigte. Kein einziges Mal hatte er sie weinen sehen. Jetzt wusste er, dass sie seit damals nur noch aus einer Art Pflichtgefühl weitergelebt hatte, so lange, bis es nicht mehr ging. Er blätterte kurz in dem Katalog und entschied sich für das einfachste Modell, ohne Schnitzereien und Messingbeschläge. Da es zugleich das preisgünstigste war, kühlte die Freundlichkeit des Bestattungsunternehmers merklich ab. Er hinterließ Adresse und Scheckkartennummer, verließ erleichtert das Geschäft und startete in Richtung Autobahn.

Wie immer fuhr er zu schnell, drängte bedächtigere Fahrer mit Lichthupe von der linken Spur und überholte sie, wenn das nicht half, auf der rechten. Kurz hinter Offenburg stockte der Verkehr. Ein Hubschrauber kreiste über der Kolonne. Dann sah er die Blaulichter auf der Gegenseite. Mehrere Lastwagen hatten einen schweren Unfall verursacht. Einer stand quer und blockierte die Autobahn, in seine Hinterachse hatte sich ein zweiter verkeilt. Das Führerhaus war ausgebrannt. An einer anderen Zugmaschine, deren Vorderseite eingedrückt war, machten sich Uniformierte des Technischen Hilfswerks zu schaffen, wahrscheinlich um den eingeklemmten Fahrer herauszuholen. Er unterdrückte die gewaltsam sich aufdrängende Vorstellung, dass in dem brennenden Wagen ebenfalls ein Mensch eingeschlossen gewesen sein könnte. Vor der Unfallstelle ließ die Polizei die wartenden PKWs wenden und entgegen der Fahrtrichtung bis zur Ausfahrt zurückfahren, sodass auf beiden Fahrbahnen die Autos in derselben Richtung nebeneinander herfuhren. Als der Stau der Schaulustigen sich auflöste, fuhren alle eine Weile langsam und rücksichtsvoll, dann verwischte sich der Eindruck akuter Gefahr und das Tempo zog wieder an. Auf der A 61 Richtung Koblenz lockerte sich der Verkehr, die Abstände auf der rechten Spur wurden größer. Er versuchte, mit einem Pulk Schnellfahrer auf der Überholspur mitzuhalten, aber irgendwann musste er den Porsche vorbeilassen, der ihm seit ein paar Kilometern auf der Stoßstange hing. Ohne das Tempo zu reduzieren, setzte er sich nach rechts und zog dicht hinter dem Porsche wieder auf die linke Spur. Im Nachhinein hätte er geschworen, dass dem Porsche niemand gefolgt war, aber in dem Moment, als er die Mittellinie überfuhr, war plötzlich eine schwarze Limousine mit verdunkelten Scheiben neben ihm. Sie wich keinen Millimeter zur Seite, er riss das Steuer nach rechts, aber er hatte seine Geschwindigkeit unterschätzt, und plötzlich stand die Stoßstange des Lastwagens, der eben noch einige hundert Meter entfernt gewesen war, direkt vor seiner Windschutzscheibe. Erschrocken ging er vom Gas und zog wieder nach links. Im selben Moment merkte er, dass er den Wagen nicht mehr unter Kontrolle hatte. Er geriet mit dem linken Vorderrad auf den Mittelstreifen, touchierte die Leitplanke, wurde mit unerwarteter Gewalt zurück auf die Fahrbahn geworfen, fing das ausbrechende Fahrzeug gerade noch ab, bevor es über die Standspur hinaus ins Gelände schoss und brachte es nach heftigem Schlingern irgendwie wieder in die Spur. Der Lastwagen fuhr ungerührt vor ihm her, wahrscheinlich hatte der Fahrer nicht bemerkt, was hinter ihm vorging. Wie ein Anfänger suchte er Schutz in seinem Windschatten und hatte nur noch den Wunsch, so schnell wie möglich die Autobahn zu verlassen und irgendwo an einem sicheren Ort anzuhalten. Als endlich eine Ausfahrt angezeigt wurde, setzte er viel zu früh den Blinker, nahm den Fuß vom Gas, sobald er auf der Abbiegespur war, ließ den Wagen in der Kurve ausrollen und konnte zu seiner Erleichterung an einer roten Ampel anhalten. Am liebsten wäre er einfach dort stehengeblieben, aber sowie die Ampel auf grün schaltete, fing sein Hintermann an zu hupen und zwang ihn, weiterzufahren. Aufs Geratewohl bog er nach links ab, überquerte die Autobahn und befand sich auf einer Landstraße, die schnurgerade durch ein Waldstück führte. Vergeblich suchte er nach einer Stelle, wo er hätte anhalten können, aber es gab nicht einmal einen Seitenstreifen. Kurz vor einem Verteiler, der die nächste Autobahneinfahrt anzeigte, erschien ein blaues Schild mit dem Hinweis „Waldparkplatz". Er hielt den Wagen auf der rutschenden Split-Schicht eines provisorisch angelegten Parkplatzes an, der zu seiner Verwunderung bis auf einen freien Platz voll besetzt war. Bei seinen anfängerhaften Einparkversuchen in die enge Lücke verursachte er eine Staubwolke. Anscheinend hatte er das Autofahren vollständig verlernt. Zum Glück war niemand da, der ihn hätte beobachten können. Eine Weile blieb er sitzen, lehnte den Kopf nach hinten und schloss die Augen. Dann wurde es ihm zu warm im Wagen. Als er ausstieg, erschienen ein paar Leute mit Badematten und Handtüchern auf der kleinen, mit Büschen bestandenen Anhöhe, die den Parkplatz zum Wald hin begrenzte, und er verstand nun, was diesen Ort so anziehend machte. Hinter der Böschung musste ein Schwimmbad oder ein Badesee liegen. Er schloss den Wagen ab und warf einen gleichgültigen Blick auf den zerbeulten Kotflügel und die tiefen Schrammen, die sich in das Blech der Türen gegraben hatten. Der Weg führte zwischen Haselnusssträuchern und blühenden Holunderbüschen hindurch und über eine mit Holzbalken befestigte Treppe hinunter zum See. Der Duft von Heckenrosen stieg ihm in die Nase, die zu beiden Seiten der Treppe in voller Blüte standen. Für einen Augenblick versetzte er ihn ans Meer, auf einen Weg aus sonnenwarmen Holzbohlen, der durch die Dünen zum Strand führte, und vor die Tür eines Hauses mit Reetdach und Rosenhecke. Er ging zum See hinunter und stellte sich am Ende einer kleinen Schlange von Badegästen an, die an der Strandbude Bratwürste, Pommes und Limonade kauften. Manche gingen damit zurück zu ihren Liegeplätzen, andere ergatterten einen Sitzplatz an einem der wenigen Tische. Ein paar Leute drehten sich nach ihm um und musterten verwundert den mit langer Hose und Straßenschuhen bekleideten Fremdling. Auf einem Schild an der Seitenwand des Kiosk waren die Preise für einen Liegeplatz am Strand aufgelistet, ab zehn Uhr morgens und ab fünfzehn Uhr nachmittags, sowie für das Ausleihen eines Liegestuhls oder eines Sonnenschirmes, und für das stundenweise Benutzen der beiden Paddelboote. Es gab mittelmeerblaue Sonnenschirme, und solche, die mit im Wind wehenden Bastfäden besetzt waren und wohl an einen Karibikstrand erinnern sollten. Auch Strandkörbe waren da, falls jemand die Nordsee bevorzugte. Der Streifen Sand am Ufer des Sees war dicht belegt. Auf der Suche nach einem ruhigen Platz stieg er, gefolgt von ärgerlichen Blicken, mit seiner Dose Mineralwasser in der Hand über Badetücher und von Sonnenöl glänzende Beine hinweg. Als er die Leute hinter sich gelassen hatte, befand er sich wieder auf dem Weg, der, wie er jetzt feststellte, um den Badestrand herum und dann weiter am See entlang führte und hinter der Staumauer im Wald verschwand. Er ging bis zu einer

171

Bank im Schatten der Bäume. Von hier aus hatte man einen freien Blick über den See. Anscheinend war er erst vor kurzem angelegt worden. Das unnatürliche Weiß des Sandstrandes hob sich krass von der roten Erde und dem Dunkel des Waldes ab, der den See umgab. Der Hügel zur Straße hin war aufgeschüttet und bepflanzt worden. Man hatte das Tal ausgebaggert, um den See zu vergrößern. An manchen Stellen der Uferböschung war noch die rohe Erde zu sehen. Vergeblich suchte er nach einem Zufluss und nahm an, dass der Bach, der den See speiste, in ein Rohr unter die Erde verlegt worden war. Ein großer Felsen aus rotem Sandstein, der als urwüchsiges Monument am Ufer emporragte, erinnerte daran, wie dieses versteckte Waldtal vor seiner freizeitgerechten Umgestaltung ausgesehen haben mochte. Er diente den Kindern als Sprungturm. Sie kletterten an seinem bemoosten Rücken hinauf und ließen sich mit angezogenen Knien, die Nase zuhaltend, laut platschend von oben ins Wasser fallen. Kleine Wellen liefen dann über den See und brachten das Boot, das in der Nähe des Ufers lag, sanft zum Schaukeln. Zwei Mädchen saßen darin. Die eine hatte das Paddel quer über die Knie gelegt und hielt mit geschlossenen Augen ihr Gesicht in die Sonne, die andere lehnte im Bug, das Kinn auf den Unterarm gestützt, und schien ihr Spiegelbild im Wasser zu betrachten oder irgendetwas, das sich in der Tiefe des Sees abspielte. Ihr blondes Haar leuchtete hell über dem dunklen Wasserspiegel. Plötzlich wurde er wütend auf die Leute, die in der Sonne lagen und ihren harmlosen Vergnügungen nachgingen. Wasser, Sonne, ein bisschen angeschütteter Sand, damit waren sie zufrieden, das hielten sie für das Leben, mehr erwarteten sie nicht. Er stand auf, zerdrückte die leere Dose und schleuderte sie in den Papierkorb. Dann ging er ein Stück weiter den Weg entlang bis zur Staumauer. Hier übertönte das Rauschen des ausströmenden Wassers alle anderen Laute. Er verließ den Weg, ging den kurzen Abhang hinunter und betrat die Mauer. Der Übergang war zum Tal hin mit einem Eisengeländer gesichert. In der Mitte ging es vielleicht sechs oder sieben Meter in die Tiefe. Das austretende Wasser schoss über eine Rinne, fiel in weitem Bogen hinab und schäumte in ein steiniges Bachbett. Er blieb stehen und lehnte sich an das Geländer. Sein Blick folgte dem Strahl, der zuerst gläsern, dann weiß zerstäubend ins Tal stürzte in gleichförmiger, wie versteinerter Bewegung. Auf einmal wurde ihm bewusst, so als hätte ihn jemand am Nacken gepackt seinen Kopf schmerzhaft auf diese Tatsache gestoßen, dass seine Eltern nun beide tot waren und ihn mit seinen Erinnerungen alleine zurückgelassen hatten. Kein Mensch teilte mehr mit ihm die einzigartige, unwiederbringliche Atmosphäre, die das Leben einer Familie ausmacht, die Gesten und kleinen Rituale, die wiederkehrenden Scherze und für jeden Fremden unverständlichen und bedeutungslosen Wortverbindungen, das Idiom, in dem er aufgewachsen war. Nun war es eine ausgestorbene Sprache, er der einzig übriggebliebene Sprecher. Nie wieder würde jemand verstehen, was ein Satz in dieser Sprache bedeutete. Ein Schluchzen verkrampfte erst seine Schultern, dann den ganzen Körper. Seine Knie gaben nach, er ließ sich am Geländer herunterrutschen und hockte sich auf die Mauer, den Kopf an die Gitterstäbe gepresst. Die Tränen liefen ihm übers Gesicht, er weinte haltlos und laut in das Rauschen des Wassers hinein. Lange Zeit kauerte er so, immer wieder von Wellen krampfartigen Weinens und Schluchzens erfasst. In den Ruhephasen starrte er auf das Wasser, als könnte es den Schmerz aus seinem Innern herauswaschen. Dann wurde das Schluchzen schwächer und verebbte schließlich ganz. Er zog sein T-Shirt aus dem Hosenbund und wischte sich damit das Gesicht trocken. Auf einmal fühlte er sich wunderbar leicht, wie ausgeleert. Einem plötzlichen Impuls folgend stand er auf, zog das T-Shirt über den Kopf, streifte Schuhe und Strümpfe ab und stieg aus der Hose. Die beiden Mädchen im Paddelboot beobachteten ihn, aber von Weitem konnte sein schwarzer Slip als Badehose durchgehen. Er wickelte seine Kleider zu einem festen Paket zusammen und steckte sie zwischen die Stäbe des Geländers. Dann setzte er sich auf die Staumauer und sah ins Wasser. Es war klar, aber dunkel, fast schwarz, er konnte den Grund nicht erkennen. Seine Füße reichten gerade bis zum Wasserspiegel. Eine Weile planschte er unschlüssig herum, dann stieß er sich von der Mauer ab, holte tief Luft und tauchte unter.

Es war ihm unheimlich, als der Wagen den festen Boden verließ und die holprige, aus Metallplatten zusammengefügte Rampe hinauffuhr, die unter seinem Gewicht ein wenig nachgab. Das untere Deck des doppelstöckigen Autoreisezuges war besetzt, und sie mussten nach oben fahren. Dem Vater schien es nichts auszumachen, im Gegenteil, man konnte meinen, er genieße es, seine Fahrkünste unter Beweis zu stellen. Zuerst musste er mit den Vorderreifen genau auf die beiden schmalen Metallschienen treffen, die mit starken Eisenbügeln oben am Waggon eingehängt waren. Ein Schaffner in Uniform mit roter Mütze lotste die Ankommenden in die richtige Position. Dann kam es darauf an, im richtigen Moment Gas zu geben, nicht zu viel und nicht zu wenig, damit der Wagen mit Schwung die kurze, aber steile Schräge überwand. Mit einem kleinen Hopser landeten sie auf der Ladefläche und fuhren im Schritttempo über die Waggons. Dicht hinter der Stoßstange des Vordermannes hielten sie an, der Vater stellte den Motor ab und zog die Handbremse fest. Dann lösten sie die Sicherheitsgurte und öffneten die Seitenfenster. Der

Zug stand auf einem toten Gleis, das an der Betonplatt-
form endete, wo die Autos verladen wurden. In der
Biegung, die auf den Hauptstrang der Geleise zurück-
führte, stand die Lok mit laufender Maschine. Heiße
Auspuffgase brachten die Luft über ihr zum flimmern.
Entlang den Gleisen und zwischen den Bahnhofsgebäu-
den blühten Heckenrosen. Ihr Duft mischte sich mit
dem Dieselgeruch der Lok. „Wo ist das Meer?", fragte
er die Mutter. Sie deutete vage in die Richtung, wo der
Wind herkam. „Irgendwo da hinten." Dann ertönte ein
schriller Pfiff vom Bahnsteig, und es ging los. Langsam
fuhr der Zug an, rollte auf das Hauptgleis, ließ den
Bahnhof hinter sich und beschleunigte allmählich das
Tempo. Der Vater hatte die Hände in den Schoß gelegt
und sah zum Seitenfenster hinaus. Hinter dem Waldstück, das die Sicht auf die Umgebung verdeckt hatte,
öffnete sich eine weite, flache Landschaft, Wiesen, weiß
gesprenkelt von Schafherden, begrenzt von dunklen
Streifen im Wind wehenden Schilfs, in der Ferne ab und
zu die roten Backsteinmauern eines Hofes. Aber weit
und breit kein Meer. Dann beschrieb der Zug eine Kurve, die Wiesen verschwanden, das Schilf wuchs zu einer
sanft wogenden Fläche zusammen, deren Rand sie
plötzlich durchstießen. Die Schienen führten nun auf
einen aus Schotter aufgeschütteten Damm, der sich über
eine schwarze, speckig glänzende, irgendwie zernarbt
und porig aussehende Ebene hinzog. „Sieht hier so das
Meer aus?", fragte er erschrocken. Die Eltern lachten.
„Das ist noch nicht das richtige Meer, sondern das Watt.
Im Moment ist Ebbe, da zieht sich das Wasser auf die
andere Seite der Insel zurück."
Das richtige Meer bekam er erst am nächsten Tag zu
sehen. Sie hatten eine kleine Ferienwohnung in einem
der beiden Häuser gemietet, die wie gestrandete Schiffe
hinter den Dünen lagen. Sie glichen einander wie Zwillinge mit ihren weiß leuchtenden Mauern und den dunk-

len, mit Reet gedeckten Dächern. Um sie herum wuchsen Büsche von Heckenrosen mit weißen und roten Blüten. An den Haustüren war mit schmiedeeisernen Buchstaben jeweils ein Name angebracht: „Pamir" hieß das eine Haus, das andere „Passat". Sie wohnten in „Pamir". Das Haus war um einen quadratischen Innenhof gebaut, in dem der Wind heulte, was ihm gleich gefiel, denn es hörte sich nach Fernweh und Meeresweiten an. Alle Wohnungen hatte ihren Eingang zum Hof. Ihre lag im oberen Stock. Sie schleppten die Koffer eine Treppe hinauf und gingen den hölzernen Balkon entlang, der um den Innenhof herumführte, bis sie die richtige Tür fanden. Die Wohnung bestand aus einem Wohnzimmer, das gleichzeitig als Elternschlafzimmer diente, indem man die Couch zu einem Doppelbett ausziehen konnte, einem Bad und einer Küche mit Esstisch. Er fragte sich, wo er schlafen sollte, bis sie das dritte Bett fanden, das in einem Küchenschrank versteckt war. Abends klappte er es herunter und kam sich vor wie der Küchenjunge auf einem Schiff. Durch das kleine Fenster sah man die Dünen, und er wusste, dass auf der anderen Seite die Wellen unaufhörlich an die Küste rollten. Am folgenden Morgen gingen sie zum Strand. Ein Weg aus Holzbohlen, von der feuchten, salzigen Luft grau gebeizt und vom Wind, der den Sand darüber fegte, seidig glatt geschliffen, führte über die Dünen. Was er für Gras hielt, war Strandhafer, der sich in dicken Büscheln an den Hängen der Dünen festklammerte. Die zähen Halme wuchsen auch zwischen den Bohlen heraus, und es tat weh, wenn sie im Vorbeigehen gegen seine nackten Waden schlugen. Schließlich kamen sie zu einer Straße, die an den Dünen entlang führte. Dahinter fiel die Küste steil ab. Hier musste der Strand sein, denn die Straßenränder waren zu beiden Seiten mit Autos zugeparkt. Sie überquerten die Fahrbahn, gingen ein Stück weit an dem durch ein Holzgeländer gesicher-

ten Abgrund entlang und machten vor einem Kassen-
häuschen Halt, an dem ein paar Leute warteten. Neben
dem Häuschen führte eine schmale, hölzerne Treppe im
Zickzack an der Steilwand hinunter zum Strand. Als sie
endlich dran waren, schüttelte der Mann hinter der
Glasscheibe bedauernd den Kopf. Alle Plätze seien
belegt. Nein, natürlich könnten sie sich nicht einfach so
auf ihren Badetüchern an den Strand liegen, der Wind
würde ihnen den Sand in die Augen treiben. Ein Strandkorb sei unerlässlich, in einer kleinen Mulde stehend
und zusätzlich geschützt durch einen darum herum
aufgeschütteten Sandwall, die Strandburg. Aber leider,
leider waren die Strandkörbe auf Wochen belegt, gerade
hatte er den letzten vergeben! Der Vater nickte verständnisvoll, zog sein Portemonnaie aus der Tasche und
legte freundlich lächelnd einen Schein auf die Theke. Ja,
es könnte sein, dass in den nächsten Tagen jemand
abreiste, er werde sie vormerken. Ein zweiter Schein
folgte, und nun war doch noch ein Korb zu haben, und
er bezahlte die Miete für den ganzen Urlaub im Voraus.
Sie schulterten wieder ihre Badetaschen und machten
sich an den Abstieg. Jetzt erst entdeckte er das Meer. Es
lag unter einer weißlichen Dunstschicht, die den Horizont verschwimmen ließ. Je weiter sie auf der Treppe
nach unten stiegen, desto mehr versank es im Hinter-
grund. Das Geräusch der Brandung wurde übertönt von
den Stimmen der Badegäste, den vom Wind verzerrten
Fetzen Musik aus diversen Kofferradios und dem Klirren der Stahlseile an den metallenen Fahnenmasten, die
am Strand entlang Flaggen verschiedener Länder im
Wind flattern ließen. Er dachte an Masten von Segel-
schiffen, auf denen Matrosen herumkletterten, um die
Takelage und die schlagenden Segel vor dem Sturm zu
sichern. Sie betraten nun einen der schmalen Pfade, die
zwischen den Strandburgen hindurchführten und ein
undurchdringliches Labyrinth zu bilden schienen. Der

Vater, dem der Strandwart von oben den ihnen zuge-
wiesenen Platz gezeigt hatte, führte sie dorthin, als hätte
er eine Karte dieser aus Sand gebauten Stadt im Kopf.
Im Vorbeigehen warfen sie neugierige Blicke in die
Krater auf beiden Seiten des Weges, wo braungebrannte
Leute in ihren Strandkörben saßen oder damit beschäftigt waren, die schrägen Sandmauern mit Wasser zu
besprenkeln und glatt zu klopfen. Manche Burgen waren mit Mosaiken aus Muschelschalen und Kieseln
geschmückt oder mit den Namenszügen ihrer Bewohner
versehen.

Als sie zu ihrer Strandparzelle kamen, fand sich dort nur
noch die Andeutung einer Burg. Der Wind hatte den
Wall abgetragen und die Mulde aufgefüllt. Sie befreiten
den Sitz des Strandkorbes von einer Sandschicht, legten
ihre Badesachen darauf und versuchten, mit bloßen
Händen das trockenen Geriesel aufzuschichten und in
Form zu bringen, aber es war aussichtslos. Also richteten sie sich so gut es ging für ein paar Stunden ein,
verließen den Strand schon früh am Nachmittag und
fuhren in die Stadt, um das notwendige Werkzeug zu
kaufen. Während die Eltern berieten, was sie für die
Grundausstattung mit Schaufel, Spaten, Wassereimer
und Sandsieb anlegen wollten, sah er sich im Innern des
mit Souvenirs vollgestopften Ladens um. Eine kleine
bunte Fahne gefiel ihm, ebenso ein Flugzeug aus Plastik
mit gelbem Rumpf und drehbaren blauen Flügeln, das
man an einer langen, auf eine rote Spule gewickelten
Nylonschnur in die Luft steigen lassen konnte. Er
klemmte beides unter den Arm und blieb fasziniert vor
einer Vitrine mit Meerestieren stehen. Muschelschalen
gab es da in allen Farben und Größen, seltsam geformte
Schneckenhäuser, Seeigel mit und ohne Stacheln, blasse
Seesterne und Seepferdchen, die mit ihren spiraligen
Schwänzen wie aus Eisen geschmiedete Schmuckstücke
aussahen. Vorsichtig nahm er eines davon aus dem

Regal, und auch noch einen Seestern, der ihm mit einem seiner fünf Arme zuzuwinken schien.

Am nächsten Morgen kehrten sie gut ausgerüstet an den Strand zurück und machten sich an die Arbeit. Als es Abend wurde, und der Strand sich zu leeren begann, waren sie fertig, und natürlich war ihre Burg die schönste von allen mit ihrem glatten, festgetretenen Boden und dem hohen, sorgfältig planierten Wall, an dem eine kleine Treppe zum Fußweg hinaufführte und dessen Kante mit einer Schlangenlinie aus farbigen Steinen verziert war. Neben der Treppe brachten sie gemeinsam einen Fisch aus Muschelschalen an mit gefächertem Schwanz und spitzer Rückenflosse und einem Auge aus blauem Glas. Zuletzt wurde die Fahne am Eingang aufgesteckt. Jedes Mal, wenn sie morgens in ihre Burg zurückkehrten, musste der Sand befeuchtet und ein paar heruntergefallene Muscheln wieder an ihrem Platz befestigt werden. Das war seine Aufgabe, während die Eltern es sich mit Zeitung oder Buch im Strandkorb bequem machten. Wenn er fertig war, nahm er sein Flugzeug und ging zum Wasser. Fast alle Kinder hatten so ein Flugzeug, und er musste einen freien Platz in der Luft suchen, bevor er es hinaufsteigen ließ. Das Rasseln der vielen Plastikflügel im Wind war den ganzen Tag über zu hören. Bei all den Beschäftigungen am Strand war das Meer, nach dem er sich so gesehnt hatte, zur Nebensache geworden, sein eintöniges Rauschen war nur die Begleitmusik dieser sonnigen, unbeschwerten Tage.

In der zweiten Woche freundete er sich mit einem Mädchen aus der benachbarten Strandburg an. Gemeinsam ließen sie ihre Plastikflugzeuge steigen, bis sich die Nylonfäden ganz von den Kurbeln abgerollt hatten und sie hoch und winzig unter dem blauen Himmel standen. Als ihnen das langweilig wurde, bauten sie aus dem festen nassen Sand, in dem die Ausläufer der Wellen versickerten, schneckenförmige Gebilde, in denen das Wasser, wenn es in der richtigen Stärke ankam, spiralig nach oben lief. Manchmal war eine Welle so groß, dass sie über ihr Bauwerk hinwegging und nur einen flachen Sandhügel übrigließ. Ohne Begleitung Erwachsener ins Wasser zu gehen war ihnen streng verboten, aber da sie nun schon kniehoch darin standen, überlegten sie, ab welcher Höhe das Verbot galt, und wagten sich weiter hinein. Als das Wasser ihre Taillen erreichte, waren sie sich einig, dass dies die Grenze sein musste, denn die eine oder andere Welle stieg schon bis zu ihren Schultern hinauf. Um die Sache spannender zu machen, drehten sie dem Meer den Rücken zu und ließen sich von den kühlen Duschen überraschen. Natürlich konnten sie auf diese Weise die ungewöhnlich hohe Welle nicht sehen, die hinter ihnen heranrollte, ohne Vorwarnung über ihre Köpfe schwappte und sie beinahe zu Fall brachte. Prustend tauchten sie wieder auf und beeilten sich, an Land zu kommen.

Ein Stück weit den Strand hinunter, wo die Sandburgen aufhörten, war ein Spielfeld abgesteckt. Manchmal gingen sie dorthin, um den älteren Kindern beim Fußball oder Volleyballspielen zuzusehen. An diesem Tag schien dort etwas Besonderes vorzugehen. Das Feld war mit einem blauen Band abgesperrt und mit Wimpeln geschmückt. An seiner Stirnseite wuchs langsam etwas empor, das sich nach einer Weile als riesig aufgeblasene weiße Gummifigur herausstellte, die heftig im Wind schwankte, bis es einigen Männern gelang, sie mit Halteseilen am Boden zu befestigen. Als der Gummimann stand, wurde das blaue Band an einer Stelle geöffnet, zwei junge Frauen in Uniform mit kurzen Röcken ließen die Kinder, die sich in großer Zahl an der Absperrung versammelt hatten, einzeln oder zu zweit hereinkommen und wiesen sie an, sich auf den Boden zu setzen. Die Prozedur nahm einige Zeit in Anspruch, und irgend-

wann war das Spielfeld bedeckt von kichernden, reden-
den, einander zuwinkenden Jungen und Mädchen, die
gespannt auf das warteten, was nun passieren würde.
Ein Mann mit einem Mikrofon in der Hand begrüßte sie
in verschiedenen Sprachen und erzählte, dass die Autoreifen, die seine Firma herstellte, die besten auf der
Welt seien. Dann rief er den Namen der Firma ins Mikrofon, hob die Arme wie ein Dirigent und ließ die Kinder nachsprechen. Anfangs klang es zaghaft, aber er
machte es immer wieder vor, ruderte wie wild mit den
Armen, als wollte er das Wort aus den Mündern der
Kinder herauslocken, und schließlich riefen sie es alle
aus vollem Hals und mit wirklicher Begeisterung. Zwischendurch erzählte er kurze lustige oder spannende
Geschichten, in denen immer irgendwie die Autoreifen
vorkamen, auch ein Clown kam herein und führte etwas
Lustiges vor, aber das wichtigste war der immer wieder
gemeinsam skandierte Schlachtruf. Die beiden waren
anfangs gelangweilt zwischen den fremden Kindern
gesessen und hatten sich gefragt, was das alles sollte,
aber der Magie des gemeinsamen rhythmischen Rufens
und Singens konnten sie sich so wenig entziehen wie
alle anderen, und zuletzt wäre die ganze Gruppe willig
für die Autoreifenfirma in den Kampf gezogen. Aber da
war die Veranstaltung zu Ende, und die Hostessen
drückten jedem Kind eine blaue Plastiktasche in die
Hand. Sie betrachteten das Abschiedsgeschenk ein wenig ratlos, aber dann entdeckten sie an der Tasche ein
Ventil zum Aufblasen und verstanden, dass es sich um
eine Badetasche handelte, die man, wenn die Badesachen ausgepackt waren, aufblasen und als Schwimmkis-
sen benutzen konnte. Etwas so Schönes und Sinnvolles
hatten sie noch nie geschenkt bekommen, und den Namen der Autoreifenfirma würden sie gewiss ihr ganzes
Leben lang nicht vergessen.

Nachdem seine Freundin abgereist war, wurde es langweilig am Strand. Er versuchte zu lesen, dann brachte er sein Zeichenzeug mit, kritzelte lustlos herum und legte es wieder weg. Als ihm nichts anderes mehr einfiel, verbrachte er Stunden damit, die am Strand gesammelten Muscheln und Schneckenhäuser immer wieder neu zu sortieren, nach Farbe, Größe, Gattung oder Seltenheitswert. Seine Mutter beobachtete ihn ein paar Tage lang über den Rand ihres Buches hinweg. Eines Nachmitttags klappte sie das Buch zu, stand auf und sagte: „Komm!" Von da an unternahmen sie jeden Tag lange Spaziergänge am Strand. Er ging neben ihr her, nahm ab und zu ihre Hand, blieb zurück, wenn er etwas Interessantes im Sand entdeckte und rannte ihr hinterher, wenn sie schon fast außer Sicht war, denn sie drehte sich nie nach ihm um oder wartete auf ihn. Manchmal lief er voraus, bis er nicht mehr konnte, und blieb dann keuchend stehen, die Hände in die schmerzenden Seiten gestützt, bis sie ihn wieder eingeholt hatte. Sie legten oft weite Strecken zurück, ließen den bewirtschafteten Strand hinter sich und wanderten über menschenleere Sandflächen. Die Steilküste senkte sich allmählich, und die Dünen rückten in die Nähe des Meeres. Manchmal verließen sie den Strand und trieben sich in ihnen herum. Sie kletterten auf den Gipfel der höchste Düne hinauf und schauten über die Insel und über das Meer. Der Wind fegte den Sand über den Kamm hinweg, dass die Sandkörner sie in die Beine zwickten. Beim Abstieg gab der Sand unter ihren Füßen nach und sie rutschten lachend den steilen Hang hinunter. In einer geschützten Mulde ließen sie sich erschöpft auf den Rücken fallen, verschränkten die Arme hinter dem Kopf und schauten in den Himmel, vor dessen seidigem Blau die Möven kreisten und ihre kurzen, hellen Schreie ausstießen.
Eines Nachts ging weit draußen auf dem Meer ein Gewitter nieder. Er konnte nicht einschlafen, beobachtete

durch sein Fenster das Flackern der Blitze und zählte die Sekunden, bis fernes Donnergrollen einsetzte. Am liebsten wäre er zum Strand gelaufen und hätte von dort aus dem Gewitter zugesehen. Auf einmal packte ihn eine ungewohnte Kühnheit. Auf Zehenspitzen schlich er zur Wohnzimmertür und öffnete sie einen Spalt breit. Die Eltern schliefen. Vorsichtig schloss er die Tür wieder, zog Jacke und Schuhe an, nahm den Schlüssel vom Brett und verließ das Haus. Draußen war es dunkler, als er gedacht hatte. Kein Mond war zu sehen. Der Holzweg durch die Dünen war ein blasses, graues Band in der Finsternis, die nur ab und zu vom Wetterleuchten erhellt wurde. Er überquerte die Straße, die so menschenleer und im Dunkeln fremd aussah, und stellte sich an das Holzgeländer. Nun konnte er die Blitze sehen, dünne, grell leuchtende Linien, die wie helle Adern über den Himmel liefen, sich verzweigten und einen fahlen Lichtschein auf das Meer warfen. Dazwischen war es finster, oder hätte es jedenfalls sein müssen, aber da entdeckte er etwas Merkwürdiges. Das Meer leuchtete in der Dunkelheit. Der Meeresspiegel verströmte ein kühles, zwischen grün und blau changierendes Licht, dessen Farbe ihn an die Leuchtziffern auf der Uhr seines Vaters erinnerte, die er oft durch eine kleine Öffnung zwischen den um das Zifferblatt gelegten Händen betrachtete. Das Leuchten schien sich an manchen Stellen zu verdichten, bildete große, grünliche Lachen, die sich mit den Wellen bewegten, dann wieder verteilte es sich zu einem Glitzern und Aufblitzen unzähliger winziger Punkte auf der schwarzen Wasserfläche, die mit den Wellenkämmen emporstiegen und ans Ufer rollten, wo sie mit schwachen Funkeln im Sand verglommen. Lange nachdem das Gewitter vorbei war, stand er noch immer da und konnte sich nicht vom Anblick dieses lebendigen, wogenden, zerfließenden Lichts losreißen. Am nächsten Tag wagte er nicht, seine Eltern nach dem nächtlichen Phänomen zu fragen, denn er hätte gestehen müssen, dass er in der Nacht aus dem Haus und ans Meer gegangen war. Erst viel später erfuhr er, dass das Meerleuchten von winzigen Organismen verursacht wird, die sich in den Sommermonaten im aufgewärmten Wasser unter dem Meeresspiegel vermehren, und deren Stoffwechsel, sozusagen als Abfallprodukt, Licht erzeugt.

Am Morgen schien die Sonne, aber ein heftiger Wind trieb große, ausgefranste Wolken über den Himmel. Trotzdem gingen sie zum Strand. Wie gebannt blieb er auf der Treppe stehen und starrte auf das völlig veränderte Meer hinunter. An Stelle der trägen, grüngrauen, von der Sonnenwärme bis zum Horizont in Dunst gehüllten Fläche, die er seit drei Wochen kannte, regte sich dort unten ein zorniges Ungeheuer und warf sich gegen den Strand. Weit draußen schon wölbten sich die Rücken der Wellen, wuchsen höher und höher und brachen in einer Wolke aus Gischt und Getöse über den Strand herein. Endlich das Meer, das er sich vorgestellt hatte. Kaum waren die Badesachen ausgepackt, musste die Mutter mit ihm ans Wasser gehen. „Seid vorsichtig!", rief der Vater ihnen nach. Die Flutlinie war bis auf wenige Meter an die vordersten Sandburgen herangerückt. Einige der Bewohner hatten ihre Burgen verlassen, die anderen drehten ihre Strandkörbe mit dem Rücken zum Meer, um sich vor dem Dauerregen der feinen Gischttropfen zu schützen, die der Wind über den Strand trug. Viele Leute betrachteten in sicherem Abstand zu den Wellen das Schauspiel. An den Hochsitzen der Strandwache flatterten rote Wimpel und zeigten an, dass es verboten war, zu baden. Ein paar Mutige wagten sich trotzdem bis zu den Knien ins Wasser und lachten, wenn Schaum ihnen ins Gesicht spritzte. Er ging mit seiner Mutter zwischen den Leuten hindurch, und sie machten sich wie gewohnt auf den Weg. Der Wind hatte den Sand glattgebügelt und alle Spuren der letzten Tage ausgelöscht. Sie kamen sie an der Stelle vorbei, an der sie in die Dünen geklettert waren. Weiter waren sie noch nie gegangen. Nach einer Weile wich der Strand zurück und bildete eine kleine, weich in die Dünen gebettete Bucht. Hier hatten die Wellen mehr Auslauf, rollten sanft ans Ufer, und das wütende Gebrüll der Brandung war nur noch von fern zu hören. Kein Mensch war in der Nähe. Sie nahm ihn bei der Hand. „Komm, wir gehen hinein, an dieser Stelle ist es nicht gefährlich." Der Grund war flach und sie gingen langsam, Schritt für Schritt, den Wellen entgegen. „Du musst die Arme hochstrecken und hineinspringen", sagte sie zu ihm, als sie in tieferes Wasser kamen und die Wellen höher wurden. „Schau, ich mache es dir vor." Sie ließ seine Hand los und hielt auf ein Schaumkrone zu, die sich zuerst unscheinbar auf der Spitze einer Welle kräuselte, dann schnell an ihrem Kamm entlang ausbreitete und anzeigte, dass sie gleich umschlagen würde. Bevor dies geschah, sprang die Mutter mit ausgebreiteten Armen in die Welle hinein. Das Wasser hob sie auf und rauschte unter ihr hinweg. Vom nachfolgenden Wellental aus rief und winkte sie ihm begeistert zu. Er suchte sich eine kleinere Welle, wartete, bis sie ihren höchsten Punkt erreichte und warf sich dann, die Arme zum Himmel erhoben, mitten in das aufschäumende Wasser. Wie ein kleines Kind wurde er in die Höhe geworfen, während die Gischt ihm ins Gesicht spritzte und seine Haut von aufgewirbeltem Sand und Luftbläschen massiert wurde. Dann ließ die Welle ihn über ihren Rücken gleiten und setzte ihn sanft wieder auf den Boden. „Das war toll," war alles, was er herausbrachte, als er wieder neben seiner Mutter stand und sie gemeinsam die nächste Welle erwarteten. Zugleich sprangen sie hinein, überließen sich für ein paar Sekunden dieser wilden Kraft, die sie schwerelos machte, sie schaukelte und wiegte und wieder von ihnen abließ. Sie lachten einander zu. „Vorsicht, da kommt eine große", rief die Mutter jetzt und griff nach seiner Hand. Ein riesiger dunkler Berg baute sich vor ihnen auf. „Halt dich fest," schrie sie, da wurden sie schon gepackt und nach oben gezogen. Das Wasser schlug über ihren Köpfen zusammen, die Welle wirbelte sie herum wie Treibholz, und er fühlte, wie seine Hand aus der seiner Mutter gezogen wurde, sie konnte ihn nicht halten, er hatte sie verloren. Wild ruderte er mit Armen und Beinen, bekam kurz den Kopf über Wasser und holte Luft, bevor er mit Gewalt nach unten gedrückt wurde. Plötzlich war es still, nur ein fernes Gurgeln und das Flüstern der aufsteigenden Luftbläschen waren zu hören. Er riss die Augen auf, das Salzwasser brannte, um ihn herum war grüne Dämmerung. Ein starker Sog trug ihn unter den Wellen hindurch aufs Meer zu. Seltsamerweise hatte er keine Angst mehr, er schaute sich um, sah den hellen, gewellten Meeresboden unter sich und das Schäumen des Wassers über seinem Kopf. Wo die Sonnenstrahlen durchs Wasser drangen, entstand ein warmer, goldener Lichtschein, der ihn unwiderstehlich anzog. Er erinnerte ihn an das geheimnisvolle Leuchten in der Nacht, und jetzt wusste er, dass es ihm gegolten hatte, dass das Meer ihm ein Zeichen gegeben, ihn gerufen hatte. In Wahrheit bin ich ein Wasserwesen, dachte er, fand das ganz in Ordnung und versuchte zu atmen.

Als er aufwachte lag er dem Boden, unter sich ein festes Tuch und im Nacken etwas Hartes. Er holte tief Luft und fühlte sogleich einen stechenden Schmerz in der Brust. „Schön, dass du wieder da bist, junger Mann", hörte er eine unbekannte Stimme neben sich sagen. Er wollte sich aufrichten, aber der Mann in weißer Jacke drückte ihn sanft wieder auf die Bahre zurück. „Du musst noch eine Weile liegenbleiben, bis das hier in deine Adern geflossen ist." Er zeigte auf einen kleinen, durchsichtigen Plastikbeutel, aus dem eine klare Flüssigkeit durch einen Schlauch in eine Kanüle floss, die in seiner Armbeuge steckte. Es wurde ihm schlecht, als er sie da stecken sah, aber sein Vater, der auf der anderen Seite der Liege kniete, seine Hand hielt und ihn anlächelte, ließ ihn das Ding vergessen. „Hallo Junge", sagte er, und man konnte hören, dass er nahe am Weinen war. Er wollte nach der Mutter fragen, aber kein Ton kam aus seinem Mund, und seine Kehle fühlte sich an, als hätte sie jemand mit Schmirgelpapier bearbeitet. Eine Menge Leute standen um sie herum, aber seine Mutter war nicht dabei. Auch auf der Fahrt zum Krankenhaus begleitete sie ihn nicht, und er bekam plötzlich Angst, dass sie vielleicht ertrunken sein könnte, aber als er und sein Vater am Abend in die Wohnung zurückkamen, war sie dabei, die Koffer zu packen. Ihr Gesicht war verquollen und ihre Augen gerötet. Die Eltern sprachen den ganzen Abend kein Wort miteinander. Am nächsten Morgen fuhren sie nach Hause.

Sonntag 12 Uhr

Noch lange stand sie auf dem Bürgersteig und starrte dorthin, wo die schwarze Limousine mit ihrem seltsamen Fahrer hinter einer Häuserecke verschwunden war. Dann rieb sie sich die Augen und drehte sich um. Vor ihr stand das Münster. Sie war in Freiburg, an dem Ort, den sie sich am Anfang ihrer Reise träumerisch und ohne die Hoffnung, anzukommen, als Ziel gesetzt hatte. Ihre Schuhsohlen berührten das bunte Mosaik der Pflastersteine, und durch diese Berührung schien Energie in ihren Körper zu fließen, die bewirkte, dass sie sich in Bewegung setzte. Erschöpfung und Müdigkeit waren verflogen, sie fühlte sich wie ein junges Mädchen. Der Münsterplatz wimmelte von Menschen, die bei dem sommerlichen Wetter durch die Stadt flanierten. Vor den Cafès waren Sonnenschirme aufgespannt und verwandelten die Abschnitte des Platzes, die zu den einzelnen Lokalen gehörten, in leuchtende Felder unterschiedlicher Farben. Die kostenlosen Plätze auf den Treppenstufen und an den Rändern der Brunnen waren von Studenten und Jugendlichen besetzt, die sich an das Angebot einer Imbissbude hielten. Sie erinnerte sich an die Tafel Schokolade, die unangebrochen in ihrem Rucksack lag. Am Brunnen gegenüber dem Hauptportal des Münsters war noch Platz. Eine Frau saß dort alleine inmitten der Menge, als bemühten sich die Leute, Abstand von ihr zu halten. Sie trat auf sie zu und fragte, ob sie sich neben sie setzen dürfe. Die Frau hob den Kopf, und sie blickte in ein dunkelrotes, von Blutschwamm entstelltes Gesicht, dessen wirkliche Züge unter der schrecklichen Maske kaum zu erkennen waren. Der Anblick erschreckte sie jedoch nicht, und einen Moment lang wunderte sich darüber. Etwas in diesem Gesicht war ihr vertraut, als verbärge sich unter der Maske jemand, den sie kannte. Die Fremde zögerte, offensichtlich überrascht darüber, dass jemand sie ansprach, und versuchte, ihr Gegenüber einzuschätzen. Dann nickte sie und rückte ein wenig zur Seite. Geschwisterlich saßen die beiden nebeneinander in der Sonne, durch eine unsichtbare Grenze von den übrigen Menschen getrennt. Das Stimmengewirr drang gedämpft durch diese Hülle, nur von fern hörten sie die Leute um sich herum reden und lachen und ab und zu Kinder, die einander mit Wasser bespritzten, vor Vergnügen kreischen. Die Tafel Schokolade wanderte zwischen ihnen hin und her. Als sie fertig waren mit Essen, lehnten sie sich über den Brunnenrand und wuschen sich die klebrigen Hände. Dabei tauchten sie ihre Arme bis über die Ellenbogen ins kalte Wasser, ruderten darin herum, bis die Wellen an die gegenüberliegenden Mauer schwappten, und bespritzen sich gegenseitig wie die Kinder. Einige der Erwachsenen drehten sich nach ihnen um, wagten aber nicht, etwas einzuwenden. Nach einer Weile verloren sie die Lust an diesem Spiel. Sie standen auf, gaben sich zum Abschied die Hand und gingen wortlos in entgegengesetzte Richtungen auseinander.

Das Münster lag in der Mittagshitze. Unerbittlich brannte die Sonne auf die Mauern und Pfeiler der Südflanke und erwärmte die rötlichen Steine bis in die kleinsten Winkel. Auf dem Platz davor stand eine Gruppe Touristen im Halbkreis um einen hochgewachsenen, grauhaarigen Mann in Ordenskleidung herum, die Gesichter zu der sich vor ihnen auftürmenden Fassade erhoben, und folgte andächtig seinen Ausführungen. Sie stellte sich unauffällig an den Rand der Gruppe und hörte zu. Mit einer ausladenden Handbewegung umschrieb der Pater den Baukörper und fuhr dann mit seiner Rede fort.

„Diese Kirche", erklärte er, „steht hier auf diesem Platz nicht in der gleichen Weise wie die Häuser um sie herum, sondern sie wurde mitten in das Kreisen der Gestirne hineingebaut. Sie ist sozusagen ein astronomisches Instrument. So genau ist ihre Ausrichtung, dass die Lichtstrahlen im Innern, die der Bewegung der Erde um die Sonne folgen, an besonderen Augenblicken des Jahres auf bestimmte, bedeutsame Punkte des Raumes treffen, sodass die Natur selbst durch das Medium der Architektur die heilige Geschichte erzählt. Im Lauf eines Tages bewegen sich die Lichtreflexe von Westen nach Osten. Da der Sonnenstand sich kontinuierlich verändert, zeigen die Lichtprojektionen an jedem Tag ein anderes Bild. Am Mittag des Mittsommertages bilden sie eine farbig leuchtende Kette entlang den Bodenplatten des Mittelganges. Den Sommer über wandern sie jeden Tag ein Stück weiter über den Boden und klettern dann allmählich an der nördlichen Säulenreihe empor. Kurz vor Weihnachten erreichen sie ihren höchsten Punkt direkt unterhalb der Kapitelle und sinken dann wieder unmerklich Tag für Tag zum Boden hinab. Wie eine kosmische Sonnenuhr zeigt die Kathedrale die Zeit an, aber nicht die gewöhnliche Zeit, die draußen herrscht und ohne Sinn und Ordnung alles verschlingt, um es vielfach und zufällig wieder aufs Neue hervorzubringen, sondern eine auf ein Ziel hin ausgerichtete Zeit, in der die Dinge geborgen sind, verewigt und aufgehoben, für immer festgehalten wie die Worte und Sätze in einem Buch." Er hatte sich ein wenig in Rage geredet und zog nun ein Taschentuch aus dem Ärmel seiner Soutane, um sich den Schweiß von der Stirn zu wischen. Dabei warf er einen prüfenden Blick auf sein Publikum. Alle waren bei der Sache, niemand hatte etwas zu fragen oder zu entgegnen. Nun wandte er sich der mystischen Bedeutung des Lichtes zu. Wenn es durch die hohen Fenster falle, die von außen so undurchsichtig wirkten wie die Mauern, werde das Licht verwandelt, behauptete er. Einmal auf natürliche Weise, denn die farbigen Gläser der Fenster nähmen den Sonnenstrahlen ihre Wärme und Helligkeit. Wer bei sonnigem Wetter den kühlen, dämmrigen Kirchenraum betrete, befinde sich inmitten des Widerscheins der Fensterbilder, deren farbige Lichtreflexe die steinernen Säulen und Friese erleuchteten, sodass diese von innen heraus zu strahlen begännen. Das verwandelte Sonnenlicht mache den Stein durchsichtig, es lasse in ihm etwas erscheinen, was jenseits seiner Dinglichkeit liege, etwas, das durch die Materialität der Welt hindurchscheine und dem irdischen Licht antworte. Hier zeige sich die zweite, die mystische Verwandlung des Lichtes von einer natürlichen, physikalisch messbaren Energieform zum Abglanz der göttlichen Weisheit, durch die jeder Stein und jeder Holzklotz zum erleuchtenden Symbol werden könne. Wieder ein taxierender Blick in die Runde. Die Männer sahen skeptisch oder gelangweilt vor sich hin, die Frauen hingen an seinen Lippen. Nun holte er zum Schlusswort aus, legte dar, wie die Lichtinszenierung in der Kathedrale vom Dunkel des Vorraumes über das Dämmerlicht des Hauptschiffes bis zum lichtdurchfluteten Chor den Weg der Seele von der Unwissenheit zur Erleuchtung darstelle, und forderte seine Zuhörerschaft auf, ihm zu folgen und sich von der Richtigkeit seiner Worte zu überzeugen. Mit wehendem Gewand schritt er zum Hauptportal, seine Schäfchen folgten ihm und verschwanden eins nach dem anderen im Dunkel hinter der Tür.

Sie mochte nicht mit ihnen hineingehen. Die Kirche gefiel ihr besser von außen. Sie war ein zerklüfteter Fels, in dessen Nischen sich Pflanzen angesiedelt hatten und zwischen dessen Zinnen und Vorsprüngen Vögel nisteten. Der steinernen Natur in Gestalt von Tier- und Dämonenfiguren, die ihre Fassade bevölkerten, hatte sich lebendige Natur hinzugesellt. Langsam umrundete sie den Bau. In seinem Innern folgte alles dem Sog der Aufwärtsbewegung, aber hier draußen hatte das Gebäude Wurzeln geschlagen, war in die Breite gewachsen, um seinen Höhenflug in der Erde zu verankern. Ein Wald von Stützmauern und Strebepfeilern zog sich an den Außenwänden entlang und umringte den Chor. Dazwischen luden Nischen mit steinernen Simsen zum Ausruhen ein und boten an den Markttagen Platz für die Verkaufstische der Bauersfrauen. Zu Füßen dieses großen beschützenden Wesens hatte sie sich immer geborgen gefühlt. Hier war stets der Ausgangspunkt gewesen für ihre einsamen Wanderungen durch die Stadt und ihre Umgebung. Manchmal hatte sie das Bedürfnis, aus ihrem Leben zu verschwinden, und ging einfach fort, ohne jemandem etwas zu sagen. Inmitten von Fremden, die nichts von ihr wussten, oder draußen, wo sie keinem Menschen begegnete, fühlte sie sich frei. Das Alleinsein veränderte ihre Wahrnehmung, die Dinge rückten näher an sie heran. Sie ging dann wie in Trance, alles war deutlicher, farbiger, lebendiger und verwandelte sich oft ins Unheimliche, die starren Glieder einer Schaufensterpuppe, ein vom Lachen verzerrtes Gesicht, das nackte Rot der Fleischstücke in der Auslage einer Metzgerei. Meistens floh sie aus der Stadt und ging den Waldweg zum Schlossberg hinauf. Eine Weile blieb sie am Aussichtspunkt stehen und tauchte in die Landschaft ein. Wenn sie sich sattgesehen hatte, ging sie in den Wald. Wohin war gleichgültig. Sie ging einfach immer weiter. Irgendwo mitten im Wald blieb sie stehen. Um sie herum war es still. Sonnenstrahlen fielen durch die Baumkronen und standen in der Luft, reglos wie Uhrzeiger. Für einen Augenblick schien alles den Atem anzuhalten. Dann war der Moment vorbei, die Erde fing wieder an sich zu drehen, und sie kehrte nach Hause zurück.

Das Stadtviertel am Schlossberg hatte sich verändert, sie fand sich nicht mehr zurecht. Große, terrassenförmige Wohnblocks versperrten den Weg zu der Stelle, an der man früher die Straße überquert hatte. Dann entdeckte sie eine Treppe, die zwischen den Häusern hinaufführte. Über eine Fußgängerbrücke gelangte sie zur anderen Seite. Hier war der alte Weg zum Aussichtspunkt. Sie schaffte es nicht mehr so schnell wie früher, musste zwischendurch verschnaufen. Ein wenig schwindlig wurde ihr, aber sie ging weiter. Oben herrschte Betrieb, Ausflügler packten auf den Tischen Picknickkörbe aus, Kinder rannten über den Platz und Wanderer mit Rucksäcken verweilten am Geländer der Aussichtsterrasse, um dann ihren Weg fortzusetzen. Auf einer Bank abseits saßen zwei junge Nonnen und unterhielten sich offensichtlich über weltliche Angelegenheiten, dann ab und zu lachten sie verschämt hinter vorgehaltener Hand. Sie trat an den Rand des Plateaus, das wie der Bug eines Schiffes über der Landschaft stand, und lehnte sich an die Brüstung. Alles war von einer

Dunstschicht bedeckt, der Münsterturm ragte daraus hervor, als gehörte er zu einer im Meer versunkenen Stadt. Am Horizont quollen schwarze Gewitterwolken herauf und kündigten das Ende des schönen Wetters an. Wie eine Flutwelle, die auf uns zurollt, dachte sie, und einen Moment lang überwältigte sie das Gefühl einer herannahenden Gefahr. Die Kinder fielen ihr ein, die ahnungslos hinter ihr spielten, und plötzlich glaubte sie, eine kleine Hand in der ihren zu fühlen, die langsam, ganz langsam ihrem Griff entglitt. Es wurde ihr schwarz vor Augen, sie klammerte sich an dem Eisengeländer fest und holte tief Luft. Dann ging sie schwankend, mit nachgebenden Knien zu der Bank und setzte sich neben die beiden Nonnen, die kurz aus ihrem Gespräch auf-schauten und ihr zulächelten. Sie lehnte sich zurück und versuchte, sich zu beruhigen. Die Erinnerung hatte sie unvorbereitet getroffen. Sie hatte nie mit ihrem Sohn darüber gesprochen, ihn nie gefragt, ob er ihr verziehen hatte. Durch ihre Schuld wäre er beinahe ertrunken, ein paar schreckliche Augenblicke hindurch hatte sie ge-glaubt, dass er nicht mehr lebte. Was hatte sie sich dabei gedacht, als sie mit ihm ins Wasser ging? An diesem Tag war Baden verboten, die Wellen waren hoch und schlugen mit schrecklicher Kraft gegen den Strand. Das Schauspiel hatte sie unwiderstehlich angezogen. Sie hatte keine Furcht vor dem Meer, sie glaubte, es zu kennen, es erschien ihr auf unerklärliche Weise vertraut. Als dann die große, bösartige Welle auf sie zurollte, war es zu spät. Mit aller Kraft versuchte sie, den Jungen festzuhalten, aber die Welle brachte auch sie zu Fall, wirbelte sie herum und drückte sie zum Meeresboden hinunter. Als sie sich aus ihrem Sog befreit hatte und wieder an die Wasseroberfläche kam, war ihr Sohn verschwunden. Sie rief seinen Namen und hörte ihre eigene Stimme nicht in dem Getöse. Dann tauchte sie wieder hinunter, aber in dem von aufgewirbeltem Sand trüben Wasser war nichts zu sehen. Verzweifelt schwamm sie ans Ufer und winkte, sobald sie Boden unter den Füßen hatte, mit beiden Armen, in der Hoffnung, die Strandwächter würden sie von ihrem Hochsitz aus entdecken. Die schienen den Vorfall beobachtet zu haben, denn zu ihrer großen Erleichterung kam etwas den Strand entlanggefahren, das wie ein Motorrad mit vier übergroßen Stollenrädern aussah. Zwei Männer stiegen von dem Gefährt herunter, sie zeigte auf die Bucht, die beiden liefen ins Wasser und tauchten unter den Wellen hindurch. Nach einer endlos langen Zeit kamen sie wieder ans Ufer. Einer von ihnen trug ihr Kind auf dem Arm, sein Kopf lehnte an seiner Brust und die Arme hingen schlaff herunter. Ihr stockte der Atem. Der Mann legte den Jungen in den Sand, während sein Kollege zum Strandwagen rannte und etwas in sein Funkgerät rief. Nun kniete sich der Lebensretter breitbeinig über den bewusstlosen Jungen und versuchte, das Wasser aus seiner Lunge zu pumpen, indem er seine Handgelenke ergriff, die Arme auf der Brust kreuzte und sich mit seinem ganzen Gewicht auf ihn lehnte, als wollte er ihm die Rippen brechen. Hilflos stand sie daneben. Mehrmals wiederholte er die Prozedur, legte die mageren Arme des Jungen über seinem Kopf in den Sand und presste dann wieder seine Brust, und plötzlich quoll Wasser aus seinem Mund, und ein krampfartiger Atemzug ließ die Rippen unter den Haut hervortreten. Der Mann drehte ihn auf die Seite und strich mit der Hand sanft über seinen Rücken. „Gut gemacht!", sagte er zu dem immer noch bewusstlosen Kind, „gleich kommt der Krankenwagen." Sie kniete sich neben ihrem Sohn in den Sand und streichelte seinen Arm. Sein Atem ging flach und unregelmäßig. Ein paar Minuten später hörte sie die Sirene hinter den Dünen. Ein Arzt und ein Sanitäter rannten mit einer Tragbahre über den Strand. Darauf legten sie den Jungen, der immernoch

nicht aufwachen wollte. Sie stand auf und trat ein paar
Schritte zurück, um sie nicht bei ihrer Arbeit zu stören.
Inzwischen hatten sich eine Menge Leute um sie versammelt und wurden von den dazugekommenen
Strandwächtern auf Abstand gehalten. Der Arzt stach
eine Kanüle in den Arm ihres Kindes und legte eine
Infusion. Plötzlich stand ihr Mann neben ihr. Er sah sie
nicht an, sagte kein Wort, kniete sich neben den Jungen
auf den Boden und nahm seine Hand. Sie ließ die beiden allein und stellte sich in die Reihe der Schaulustigen,
als wäre sie eine von ihnen. Niemand achtete auf sie.
Nach einer Weile sah sie, wie der Junge den Kopf hob
und umherschaute. Also war er wach und außer Gefahr.
Sie entfernte sich von den Leuten und lief an den Dünen
entlang zum Badestrand. In der Strandburg packte sie
die Badesachen zusammen. Jetzt erst kamen die Tränen
und wollten nicht mehr aufhören. Dabei fühlte und
dachte sie nichts, ihr Inneres war wie leergeräumt. Sie
schulterte die Badetasche, zog die Fahne aus dem Sand
und machte sich auf den Weg zurück zur Wohnung.
Als sie von der Bank aufzustehen versuchte, merkte sie,
wie schwach sie war. Die Nonnen waren weggegangen.
Sie konnte in ihrem Zustand unmöglich zwischen den
Leuten hindurchgehen, ohne aufzufallen. Also entschied
sie sich, sitzenzubleiben, bis alle den Platz verlassen
hatten. Sie wusste jetzt, was sie tun musste. Sie würde
in der Stadt zur Polizei gehen. Sie würde mit ihrem
Sohn telefonieren und ihm sagen, wo sie war. Er sollte
sich keine Sorgen mehr um sie machen müssen. Allmählich leerten sich die Tische und Bänke, dann war sie
allein. Die Sonne stand tief über dem Horizont, gleich
würde sie in die Wolken eintauchen. Sie stützte sich auf
die Rückenlehne der Bank und stand auf. Ihre Knie
waren immer noch wacklig, aber es würde gehen, sie
musste sich nur Zeit lassen. Am Weg fand sie einen
langen, gerade gewachsenen Ast, den sie als Stock be-

nutzte. Aber sie hatte ihre Kräfte überschätzt. Als sie den Münsterplatz erreichte, konnte sie sich kaum noch aufrecht halten. Also verschob sie das Telefonieren auf später, erst musste sie sich ein wenig ausruhen. Auf eine Stunde kam es jetzt nicht an. Sie ging an der Südseite des Münsters entlang und suchte sich eine Nische. Die Steine waren noch warm von der Sonne. Sie lehnte den Stock an den Pfeiler und ließ sich auf dem breiten Sims nieder. Eine Weile blieb sie sitzen, dann schob sie den Rucksack als Kopfkissen in eine Ecke und legte sich hin. Die Turmuhr schlug, sie zählte nicht mit. Über ihrem Kopf flogen Dohlen ihre Nester an und stritten sich laut kreischend um ein Stück Brot. Sie schloss die Augen.

Dienstag 13 Uhr

Das Wasser schwappte über seinen Kopf, und er musste sich zwingen, nicht sofort prustend und mit Armen und Beinen rudernd wieder aufzutauchen. Wann er zum letzten Mal geschwommen war, wusste er nicht mehr. Seine Wasserscheu hatte sich im Lauf der Jahre nicht nur auf Flüsse und Baggerseen, sondern auch auf so harmlose Gewässer wie Schwimmteiche und Freibäder ausgedehnt. Mit ein paar Schwimmstößen erreichte er den Grund des Sees. Sowie er ins tiefere Wasser kam, war die Angst verschwunden. Vollkommene Stille und grüne Dämmerung umgaben ihn. Hier unten war eine abgeschlossene Welt, in die nichts Äußeres eindrang. Er drehte sich ein paar Mal um sich selbst wie eine Robbe und sah hinauf zum Wasserspiegel, der wie eine glänzende Schicht aus Quecksilber die Sicht in die Oberwelt versperrte. Sonnenstrahlen fielen durch diesen undurchsichtigen Spiegel in das klare Wasser und brachten es zum Leuchten, ein goldgrünes, fließendes Licht, lebendiger und geheimnisvoller als das Tageslicht. Er schwamm mitten in die Lichtstrahlen hinein, die ihn umhüllten und blendeten, und plötzlich wusste er, warum er in jenem Sommer beinahe im Meer ertrunken war. Seine Mutter traf nicht allein die Schuld. Er sah genau vor sich, wie er schwerelos über dem Meeresboden schwebte, über sich den von Wellen durchpflügten Wasserspiegel, durch den tanzend und irisierend das Sonnenlicht fiel und ein warmes, lebendiges Leuchten entfachte, das näherkam und sich wieder entfernte und ihn spielerisch mit sich zog. Das Wasser war an dieser Stelle nicht tief, er befand sich noch innerhalb der Bucht und hätte versuchen müssen, aufzutauchen und mit den Wellen ans Ufer zu schwimmen, er hätte gegen den Sog ankämpfen müssen, der ihn erfasst hatte, er hätte um sein Leben kämpfen müssen. Aber er tat es nicht, er breitete die Arme aus und ließ sich von der Strömung aus der schützenden Bucht ins offene Wasser hinaustragen. Das war es, woran zu rühren er immer vermieden hatte, was er sich selbst nie eingestanden und auch seiner Mutter nie gestanden hatte, seine Schuld, die um nichts geringer war als die seiner Mutter: dass er im Grunde nicht an die Oberfläche und ins Leben hatte zurückkehren wollen, sondern dort unten bleiben und dem betörenden Licht folgen, das ihn ins Meer hinauslockte.

Auf einmal wurde ihm die Luft knapp, und ein einziger, überwältigender, unbezweifelbarer Impuls erfüllte ihn und ließ alles andere verblassen: er wollte hinauf, wollte atmen, leben! Er stieß sich vom Boden ab, schwamm so schnell er konnte nach oben und holte er tief und gierig Luft. Irgendwie fühlte er sich beschwingt, begeistert, wie neu geboren. Er schaute sich um, und alles, was er sah, gefiel ihm, der blaue Himmel, das klare Wasser, die Bäume am Ufer, ja selbst das Lachen und Schreien der badenden Kinder machte ihm Freude, am liebsten wäre er gleich zu ihnen hingeschwommen, um mit ihnen zusammen im Wasser herumzutoben. Er befand sich etwa in der Mitte des Sees. Das Boot mit den beiden Mädchen lag auf seiner Höhe in der Nähe des Ufers. Die Blonde saß aufrecht im Bug und wickelte sich ein hellblaues Handtuch wie einen Turban um den Kopf. Dann sagte sie etwas zu ihrer Freundin, kletterte in die Mitte des Bootes und setzte sich auf die Reling, während die Andere das Gegengewicht hielt. Langsam ließ sie sich ins Wasser gleiten und schwamm auf ihn zu. Er tauchte unter und entfernte sich ein paar Schwimmzüge weit. Dann holte er kurz Luft und schwamm dicht unter dem Wasserspiegel in einigem Abstand neben ihr her. Fast gleichzeitig erreichten sie das Ufer. Während er versuchte, auf dem steilen, glitschigen Grund Fuß zu fassen, war sie mit ein paar schnellen Schritten auf dem Trockenen und verschwand zwischen den Bäumen. Schließlich bekam er den herabhängenden Zweig einer Trauerweide zu fassen und zog sich daran hoch.

Sie stand ein paar Meter entfernt mit dem Rücken zu ihm und trocknete sich ab. Sie trug nur einen roten Bikini-Slip. Ihre Hüften waren schmal. Auf ihrem Rücken zeichneten sich die kleinen Flügel der Schulterblätter ab wie bei einer mageren Zwölfjährigen. Als sie fertig war, hängte sie das Handtuch über die Schultern und drehte sich um. Erst jetzt wurde ihm bewusst, dass er ihr gefolgt war. Dass er hier stand, war erklärungsbedürftig, sie fühlte sich wahrscheinlich belästigt, wollte ungestört sein. Am liebsten wäre er ins Wasser zurückgekehrt, aber er brachte es nicht fertig, sich zu rühren. Sie sah ihn an, und er schämte sich für seinen Körper, die kindlich schmalen Schultern, die dünnen Arme und Beine, die flache, ein wenig eingefallene Brust. Weil ihm nichts anderes einfiel, fuhr er sich mit der Hand durch das nasse Haar und wischte sich das Wasser aus dem Gesicht. Auf einmal fing sie an zu lachen. Verwirrt sah er an sich herunter und merkte, dass überall auf seiner Haut kleine, gelbe Blätter klebten, die der Zweig der Trauerweide auf ihn hatte fallen lassen. „Ich mach sie weg", sagte sie und kam auf ihn zu. Sie las die Blätter einzeln ab, indem sie um ihn herumging. Er stand regungslos da wie eine Statue und ließ es geschehen. Zuletzt nahm sie das Handtuch von ihren Schultern und trocknete ihn ab, während er sich bemühte, nicht auf ihre kleinen, weißen Brüste zu starren. „So, das war's," stellte sie fest und hängte zu seiner Erleichterung das Handtuch wieder um. Dann blieb sie vor ihm stehen und sah ihm aufmerksam mit ein wenig zur Seite geneigtem Kopf ins Gesicht. Ihre kurzen blonden Haare ringelten sich in unzähligen kleinen Locken um ihren Kopf. Ihre Augen waren braun. Sie hat meine Augen, dachte er, oder ich hab ihre. „Wir haben dich vom Boot aus beobachtet, vorhin auf der Staumauer. Du hast geweint", sagte sie in sachlichem Ton. Es war ihm unangenehm, dass die Mädchen seinen Zustand bemerkt hatten. Er sah zu Boden und nickte. „Ja, aber es ist jetzt vorbei." Immernoch stand sie dicht vor ihm und schien nachzudenken. Dann nahm sie seine Hand. „Komm, ich zeig dir meinen Lieblingsplatz." Sie zog ihn hinter sich her zwischen den ersten, locker stehenden Bäumen hindurch und dann in den Wald. Es war kein richtiger Wald, sondern eine dichte Anpflanzung von Fichten. Der Boden war bedeckt von braunen Nadeln, und als sie weiter hineingingen, wurde es fast dunkel. Wie Hänsel und Gretel, dachte er. Als die Bäume zu dicht wurden, ließ sie seine Hand los und ging voraus. Er versuchte, den dürren Zweigen auszuweichen und nicht auf einen abgebrochenen Ast zu treten. Dann kamen sie zum Waldrand. Sie bog sie die Zweige auseinander, die auf der Lichtseite der Bäume dicht und grün waren und bis zum Boden reichten. Für einen Moment blendete ihn das Sonnenlicht. Als er wieder sehen konnte, lag das

Paradies vor seinen Augen. Jedenfalls schien ihm, dass man sich das Paradies ungefähr so vorstellen konnte, und dass er es sich wahrscheinlich schon immer so vorgestellt hatte. Sie befanden sich am Rand einer großen, etwa kreisförmigen Lichtung. Ringsum bildeten die Fichten mit ihren Zweigen eine undurchdringliche Mauer. Das Gelände erstreckte sich einige hundert Meter in die Länge und in die Breite, und es sah aus wie ein sorgfältig angelegter und gepflegter Garten. Große, moosbedeckte Findlinge von rötlichem Gestein lagen nach allen Regeln der Ästhetik verteilt herum und türmten sich am gegenüberliegenden Rand der Lichtung zu einem kleinen Gebirge. Um die Felsen herum wuchsen hüfthohe Farne und fanden sich an manchen Stellen mit Holundersträuchern und Ebereschen zu kleinen Inseln zusammen. Dazwischen bedeckte weiches Gras den Boden und lud sie ein, den Garten zu betreten. Am schönsten aber waren die Blumen, riesige blaue Glockenblumen, die in großen Büscheln am Rand der Felsen, zwischen den Farnen und mitten im Gras wuchsen und die Lichtung, wenn man die Augen ein wenig zusammenkniff, in ein leuchtend blaues Meer verwandelten. „Und, gefällt's dir?", fragte sie lächelnd und wertete sein Schweigen als Antwort. Sie betraten einen der Graswege und gingen wie schwerelos auf dem weichen, nachgiebigen Boden.
„Was sind das für Blumen?" „Campanula lactiflora, die Waldglockenblume", erklärte sie. „Normalerweise blüht sie weiß, wie der Name schon sagt. Nur hier auf dieser Lichtung entwickelt sie blaue Blüten. Wahrscheinlich liegt es an der speziellen Zusammensetzung des Bodens." „Bist du Botanikerin?", fragte er bewundernd. Sie lachte und schüttelte den Kopf. „Nein, das ist nur ein Hobby von mir. Im wirklichen Leben arbeite ich am Schalter einer Bank." Während sie weiter ins Innere des Paradieses vordrangen, bückte er sich zu einem der

Blumenbüschel hinunter und pflückte vorsichtig einen einzelnen Stängel ab, an dem vier große Blüten hingen. Im selben Moment schob sich eine Wolke vor die Sonne, in der Ferne war Donnergrollen zu hören, und ein dicker kalter Regentropfen traf seinen Rücken. Sie drehte sich zu ihm um und sah ihn verdutzt dastehen mit der Blume in der Hand. „Weißt du denn nicht, dass man keine Glockenblumen pflücken darf?", wies sie ihn scherzhaft zurecht. „Wenn man es tut, gibt es ein schweres Gewitter. Alte Bauernweisheit. Aber nun ist es zu spät. Komm, ich weiß einen Platz, wo wir in Sicherheit sind." Wieder nahm sie seine Hand und führte ihn quer über die Lichtung zu dem Felsenhügel, den er von weitem gesehen hatte. Die Steinbrocken lagen locker übereinander, vielleicht hatte ein eiszeitlicher Gletscher sie von weither mitgebracht und hier an den flachen Hängen des Rheintales abgeladen. Sie kletterten über ein paar verstreute kleinere Felsen, die von ober heruntergerollt waren, und gelangten zu einem kleinen grasbewachsenen Platz, rings umgeben von Sträuchern und eingerahmt vom unirdischen Blau der Glockenblumen. Es kam ihm vor, als wäre er nun in den innersten Bereich einer geheimen, von der äußeren Wirklichkeit abgeschiedenen Welt vorgedrungen. Der Regen war stärker geworden, und der Himmel über der Lichtung hatte sich mit dunklen Wolken bezogen. Ab und zu ließ ein Blitz die Konturen der Baumwipfel hervortreten.

„Hier hinein, schnell!" Das Mädchen wies auf eine Nische zwischen den Felsen, die sich zu einer kleinen Grotte erweiterte. „Eigentlich ist kein Platz für Zwei", meinte sie, während sie das Handtuch auf dem trockenen Lehmboden ausbreitete, „aber wir sind ja beide so dünn, dass wir zusammen gerade mal Einen ergeben." Sie kauerten sich nebeneinander in die Höhle und lauschten dem Regen und dem Donner. So nahe saßen sie beieinander, dass sie irgendwann ganz von selbst anfingen sich zu küssen. Er schloss die Augen und fühlte ihren Mund, und als seinen Lippen der Schwung und die Weichheit ihrer Lippen vertraut war, machten sie sich auf den Weg, ihren Körper zu erkunden, wanderten den Hals hinab bis zur Brust und verweilten dort, während er sich erinnerte, gelesen zu haben, dass die Nervenenden in der Haut der Lippen so dicht sind wie sonst nirgends und dass man die Zartheit eines Stoffes, also zum Beispiel der Haut, am Besten mit den Lippen erkennt. Von der Brust aus setzte sein Mund die Expedition fort in Richtung Bikini-Slip, aber weil er dabei seine Körperhaltung verändern musste, standen seine Beine auf einmal aus der Höhle heraus und gerieten in den Regen. Er zuckte zusammen und kroch schnell wieder ins Trockene. Darüber mussten sie beide lachen. Dann sahen sie einander an und zeichneten mit den Fingerspitzen die Konturen ihrer Wangen und Augenbrauen nach, folgten der Linie der Nase und des Kinns, als wollten sie sich jede Einzelheit einprägen. Schließlich fingen sie noch einmal beim Küssen an, und danach machte ihnen der Regen nichts mehr aus, sie krochen aus der Höhle und legten sich ins weiche, nasse Gras, während das kühle Wasser über ihre Haut lief.

Der Regen wusch den Staub aus der Luft, polierte die reifen Kirschen und frischte das Rot der Dachziegel auf. Die helle, ausgetrocknete Erde färbte sich dunkel. Entlang den Straßen und Feldwegen bildeten sich kleine Bäche und Rinnsale und flossen ins Tal. Die Autos fuhren langsam, und unter den Autobahnbrücken versammelten sich Motorradfahrer und warteten, bis es aufhörte. Wer zu Fuß unterwegs war, spannte den Regenschirm auf oder sah zu, dass er ins Trockene kam. Die Badegäste am See flüchteten sich unter das Vordach der Strandbude. Einige stiegen in ihre Autos und fuhren nach Hause. Der Spiegel des Sees war rauh und undurchsichtig, denn die fallenden Tropfen rissen unzählige kleine Krater in die glatte Oberfläche. Das Wasser stieg um ein paar Zentimeter. Dann hörte der Regen so plötzlich auf, wie er begonnen hatte. Die Wolken zogen ab und ließen die Sonne auf die frisch gewaschene, wie neu erschaffene Landschaft scheinen. Von den Büschen und Bäumen tropfte das Wasser. Die Fußgänger klappten ihre Schirme zusammen. Die Autos fuhren wieder schneller, und die Motorradfahrer unter den Brücken setzten ihre Helme auf, starteten ihre Maschinen und reihten sich in den Verkehr ein.

Sie schüttelte das Handtuch aus und hängte es über ihre Schultern. Dann machten sie sich auf den Weg zurück, überquerten die Lichtung und tauchten in den Wald. Bevor sich die Zweige hinter ihm schlossen, drehte er sich noch einmal um und warf einen Blick zurück in den verborgenen Garten, in dem sie die letzten Stunden zusammen verbracht hatten. Er lag da wie eine urweltliche Landschaft. Dampf stieg aus dem Gras und den Sträuchern auf, von den schräg einfallenden Sonnenstrahlen aufgefächert. Die blauen Blumen, die vom Regen niedergedrückt worden waren, erhoben sich wieder. Als sie das Seeufer erreichten, blieben sie eine Weile schweigend im Schutz der Bäume stehen und sahen auf die Wasserfläche hinaus, die wieder glatt und unberührt wie ein Spiegel dalag. Am Strand räumten ein paar Leute Sonnenschirme und Liegestühle weg. Die beiden Paddelboote lagen kieloben im Sand. „Meine Freundin wird wohl schon nach Hause gefahren sein", meinte sie, „dann nehme ich den Bus. An der Straße ist eine Haltestelle, nur ein paar Meter zu Fuß, ich glaube, er fährt alle halbe Stunde." Sie schwiegen wieder. Dann nahm sie plötzlich seine Hand und zog ihn zu einer umgestürzten Fichte. „Stell mal deinen Fuß auf den Baumstamm", befahl sie. Er gehorchte. Sie brach einen trockenen Zweig ab und prüfte mit dem Finger die Bruchstelle. Dann begann sie, mit dem Zweig die Haut an der Innenseite seines Oberschenkels einzuritzen. Das tat weh. „He, was machst du da", protestierte er. „Halt still!" Sie schrieb etwas auf seine Haut, wobei sie sich auf die Zungenspitze biss wie ein Schulkind, das seine ersten Buchstaben malt. Als sie fertig war, betrachtete sie zufrieden ihr Werk. „Das ist meine Handynummer. Wenn du zuhause bist, kann man sie vielleicht nicht mehr lesen. Du musst ein bisschen Salz oder Zitronensaft auf der Stelle verreiben, dann erscheint sie wieder. Alter Pfadfinder-Trick." Sie grinste. „Das tut zwar höllisch weh, aber umso sicherer denkst du an mich." Sie legte ihre Arme um seinen Nacken und küsste ihn. Dann nahm sie das Handtuch von ihren Schultern, wickelte es sich um den Kopf und stieg zum Wasser hinunter. Bevor sie hineinging, drehte sie sich noch einmal um und sah ihn an. „Ich heiße Angie," sagte sie, „ruf mich an, wenn du magst." Dann schwamm sie los. Wellen liefen von ihrem Körper über den See und bildeten ein regelmäßiges Muster. Auf halbem Weg zum Strand hob sie ihre Hand aus dem Wasser und winkte. Er winkte zurück, aber sie schaute nicht zu ihm her. Vorsichtig kletterte er die glitschige Böschung hinunter, ließ sich ins Wasser gleiten und schwamm zum anderen Ufer hinüber.

Weitere Romane der Autorin:

DER GOLDSCHMIED
Die Galeristin Renée Weiß verbringt ihren Geburtstag in Paris. In einem Trödelladen entdeckt sie einen goldenen Armreif und macht ihn sich selbst zum Geburtstagsgeschenk. Sie erfährt, dass es sich um eine Arbeit des berühmten Goldschmieds Johann Lux handelt, der im Jahr 1989 spurlos verschwand. Renée beschließt, dem Geheimnis des genialen Goldschmieds nachzugehen.

STADTRANDPHILOSOPHEN
Ein seltsamer Professor, die Geschwister Niki und Dora, der obdachlose Joker mit seinem Hund und die kleine Mignon, die kein Wort spricht - sie treffen sich jeden Mittwoch zu Gesprächen über Existenz, Kino, Unsterblichkeit und den ganzen Rest bei Lena, die vor kurzem unsanft aus ihrem gewohnten Leben geworfen wurde. Was Lena noch nicht weiß: sie ist Teil eines Weltrettungsplanes, in dessen Zentrum ein verschollenes philosophisches Buch steht.

WALDMÄDCHEN

Als Kind konnte Klara fliegen, aber sie erzählte niemandem etwas davon, auch nicht vom Waldmädchen, mit dem sie drei Tage in der Wildnis verbrachte. Nun liegt sie nach einem Schlaganfall in einer Klinik. Dass sie sprechen kann, behält sie vorerst noch für sich. Im Bett nebenan liegt die achtzigjährige Karla, deren Familiendrama sich in Hörweite abspielt. Eines Tages muss sich Karla gegen eine Familienintrige zur Wehr setzen und braucht Klaras Hilfe.

MEINE JO!

Als Jo nach den Sommerferien neu in die Klasse kommt, steht für Sophie fest: sie will ihre Freundin sein. Kurz vor dem Abitur, stirbt Jo bei einem Autounfall. Bis heute kann Sophie nicht glauben, dass ihre Freundin am Steuer saß. Die Einladung ihrer alten Schule zur fünfundzwanzigjährigen Abiturfeier will sie zuerst wegwerfen, aber dann entschließt sie sich doch zu einer Reise in die Stadt ihrer Kindheit. Es ist ihre letzte Chance zu erfahren, was in jener Nacht geschah.